Neun Leben

sind nicht genug

ECON Krimi

Katzenkrimis von Carole Nelson Douglas:

Nachts sind alle Katzen schlau (TB 25051)
Montags kommt der Katzenjammer (TB 25102)
Coole Katzen im Kasino (TB 25137)

Mitten auf der Buchmesse in Las Vegas stolpert Temple Barr, die eigentlich nur für die PR engagiert ist, über einen toten Taschenbuchverleger. Als dazu auch noch zwei Katzen, die Maskottchen eines großen Unternehmens, entführt werden, macht sie sich an die Aufklärung der Verbrechen. Unterstützt wird sie dabei von ihrem Kater Midnight Louie, der einen Teil der spannenden Geschichte aus seiner Perspektive erzählt.

Carole Nelson Douglas gilt als eine der »First Ladies der Krimiszene«. Sie lebt als freie Schriftstellerin in Fort Worth, Texas.

Carole Nelson Douglas

Neun Leben
sind nicht genug

Ein Katzenkrimi

Aus dem Amerikanischen von Rainer Schmidt

ECON Taschenbuch Verlag

Veröffentlicht im ECON Taschenbuch Verlag, 1997
ECON Verlag GmbH, Düsseldorf und München
Der ECON Taschenbuch Verlag
ist ein Unternehmen der ECON & List Verlagsgesellschaft

Deutsche Erstausgabe
Neuausgabe

First published by Tom Doherty Associates, Inc., New York
Titel des amerikanischen Originals: Catnap
Aus dem Amerikanischen übersetzt von Rainer Schmidt
Umschlaggestaltung: DYADEsign
Titelabbildung: Thomas Jarzina
Druck und Bindearbeiten: Ebner Ulm
Printed in Germany
ISBN 3-612-27336-1

Für den echten und einzigen Midnight Louie:
Neun Leben waren nicht genug.

CLUB

Prolog
Midnight Louie, Privatdetektiv

Ich habe einen Riecher für Neuigkeiten und Respekt vor gar nichts. Deswegen bin ich es immer, der den Toten findet.

Diesmal ist es ein toter Mann; er liegt versteckt in einem von dreitausend Ständen, die sich auf den fünfzigtausend Quadratmetern der östlichen Messehalle des Las Vegas Convention Center befinden.

Wie meistens, bringt meine Anwesenheit am Tatort – von meiner Nähe zur Leiche gar nicht zu reden – mich in eine heikle Lage. Wenigstens mache ich meine unappetitliche Entdeckung in der stillen Stunde vor Tagesanbruch. Die Sicherheit mit großem S lebt in seliger Ahnungslosigkeit, was meine Anwesenheit in den Gängen der ausgestellten Handelsware betrifft, und das gefällt mir.

Las Vegas, das ist eine Vierundzwanzig-Stunden-Stadt, und ich bin ein Vierundzwanzig-Stunden-Typ. Deshalb nennt man mich Midnight Louie.

Ich hab's im Blut. Vegas, meine ich. Ich kenne jeden Hinterhof und jedes grell-grausige, überelektrifizierte Reklameschild am Strip. Vegas, das sind Leute, die schmieren, Leute, die geschmiert werden, und Leute, die sich einfach nur amüsieren wollen – ein bißchen gewinnen, vielleicht 'ne Menge verlieren. Manchmal komme ich in eine Situation, wo es klüger wäre, die Stadt für 'ne Weile zu verlassen (ich bin kein Engel), aber ich bleibe hier und bemühe mich sogar, sauber zu bleiben.

Aber es zahlt sich nicht aus, wenn man in dieser Stadt allzuviel weiß – die Touristen ahnen nicht auch nur die Hälfte von dem, was hier abgeht. Nee, für die ist Las Vegas bloß ein Drei-Tage-Trip mit Blackjack, singenden Spielautomaten und Gratisdrinks, die mehr Papierschirmchen als Sprit enthalten.

Manche sagen, Las Vegas ist nicht mehr das heiße Pflaster, das es war, als Bugsy Seigel damals in den dreißiger Jahren das erste Hotel-Casino-Schild raushängte. Manche sagen sogar, eine gewisse Familie hat ihre behaarten Finger längst nicht mehr in allem, was hier Profit bringt: Glücksspiel, Mädchen und was den Leuten sonst noch verbotenen Spaß macht, einschließlich gewisser Substanzen pharmazeutischer Natur. (Drogen sind nicht das Laster meiner Wahl, das will ich klar sagen, wenn ich auch hin und wieder mal dran schnuppere.)

Dennoch, eine zurückgezogene Seele wie ich sollte tunlichst nicht zugeben, daß sie allzuviel weiß. Meine Gewohnheiten sind ruhig, mein Auftreten unauffällig; ich habe zwar einen gewissen Ruf hier in der Stadt, aber das nur innerhalb eines ausgewählten Kreises von Bekannten, von denen die meisten wie ich der Ansicht sind, daß Diskretion stets das Ausschlaggebende beim Entdecken von Leichen ist.

Der Tod verströmt einen unverwechselbaren Geruch. Da sind keine grausigen Blutlachen nötig. Alle fünf Sinne zucken zurück vor dem Leblosen, in den Überresten einer Maus wie in denen eines Menschen.

Ich bin noch nie einer Leiche begegnet, die mir gefiel, aber ich nehme an, dieses Gefühl dürfte wohl auf Gegenseitigkeit beruhen. In philosophischen Augenblicken sinne ich darüber, wie der Verblichene, möglicherweise Beweinte (nichts ist sicher in dieser Stadt) es wohl finden würde, daß er von meinesgleichen entdeckt wird, denn Tatsache ist, daß ich in gewissen Kreisen dieser Stadt als eine Art Streuner, wenn nicht gar Spieler, bekannt bin.

So stehe ich vor dem *Corpus delicti in flagranti delicto* und sinniere über die zerbrechliche Natur des Gleichgewichts von Leben und Tod in Las Vegas sowie meine Neigung dazu, den Ort des Verbrechens zu wittern. Es ist dunkel bis auf das fluoreszierende Glimmen der fernen Notlampen, aber ich kann gut genug sehen, um festzustellen, daß der Leichnam keine sichtbaren Spuren von Gewalteinwirkung aufweist – was keine Garantie für einen natürlichen Tod ist, nicht mal in dieser Stadt, die tödliche Schocks für die Brieftasche, wenn nicht gar für den Kreislauf, austeilen kann.

Ich stelle mir vor, wie ich meine Anwesenheit den örtlichen Gesetzeshütern erkläre – eine drollige Szene aus dem schlichten Grunde, weil mein Mund stets fester verschlossen ist als der Mantel eines Exhibitionisten, wenn er sich im polizeilichen Gewahrsam befindet. Midnight Louie redet nicht. Nie. Ich habe gleichwohl meine Methoden, eine Sache bekanntwerden zu lassen, und ich überlege jetzt, was zu tun ist. Ich gehöre nicht zu denen, die auf Katzenpfötchen um ein Problem herumschleichen.

Erstens und wichtigstens: Das Las Vegas Convention Center liegt weit ab von meinem gewöhnlichen Wirkungskreis. Wie ich herkam? Folgendermaßen: Ich bin Undercover-Hausdetektiv im Crystal Phoenix, dem edelsten kleinen Hotel-Casino, dessen Name in Neon am Strip erstrahlt. Es ist eine geschmackvoll, wenn nicht gar schmackhaft anmutende Reklame mit einem mythischen Untier vogelartiger Natur, dessen gesträubte Federn in blaurotem Neon mit einem Touch von Smaragdgrün explodieren – mit anderen Worten, einem Vetter ersten Grades des NBC-Pfaus, eines anderen mythischen Untiers jüngerer Provenienz.

Manche in der Stadt finden es ungewöhnlich, daß ein Typ mit meiner etwas gestreiften, um nicht zu sagen karierten Vergangenheit sich einen so verantwortungsvollen Job als inoffizieller Hausdetektiv unter den Nagel reißt. Ich habe ihn dem Gründer des Crystal Phoenix zu verdanken. Nicky Fontana, einem reizenden Kerl und dem einzigen in seiner ganzen großen Familie, der so geradlinig ist wie der Las Vegas Strip selbst.

Nicky hat acht Millionen ehrliche Mäuse aus der Pastafabrik seiner Oma in Venedig (Venedig, Kalifornien, genau gesagt) geerbt. Diese stattliche Kohle hat er in ein leerstehendes Hotel gesteckt und daraus ein Musterexemplar dessen gemacht, was Vegas sein könnte, wenn die ganze Stadt soviel Geschmack besäße, ein Marzipanpüppchen wie Van von Rhine als Geschäftsführerin für den Laden zu engagieren.

Dieses Püppchen hat es außerdem geschafft, Nicky zu heiraten, und darin liegt meine gegenwärtige Ernüchterung begründet. Aus dieser Vereinigung nämlich, so profitabel sie für das Hotel sein mag, ist Nachwuchs hervorgegangen. Das Crystal Phoenix, ein Vierundzwanzig-Stunden-Palast mit hochklassigen Pokertischen, Glamour, Glanz und Gratisküche, kennt jetzt auch das Trippeln kleiner Füßchen.

Es gab Zeiten, da waren meine kleinen Füßchen die einzigen, die in dem Etablissement willkommen waren, und zwar von der Garderobe der Ballettmiezen bis zum Penthouse des Eigentümers. Der Neuankömmling aber – der keine erkennbaren Attraktionen aufweist, außer der zweifelhaften Fähigkeit zu kreischen wie ein Harem von rolligen Siamkatzen vor dem Morgengrauen – ist jetzt der Anlaß für mannigfaltiges Gegurre.

Ich zeige mein Mißfallen dadurch, daß ich weit ab von meinen jetzt so ungastlichen Jagdgründen zum Las Vegas Convention Center flaniere, welches, wie ich der Lokalpresse entnehme, derzeit die ABA beherbergt, auch bekannt als American Booksellers Association oder Amerikanischer Buchhandelsverband.

Ich denke mir, ich stöbere mal in ein, zwei Ständen herum; ich war ja immer schon ein Büchertyp und bin über manchem dicken Wälzer eingenickt – einschließlich der gesammelten Werke Dickens'. Und die eine oder andere literarische Persönlichkeit kenne ich persönlich; die berühmteste – neben Boss Banana, dessen Memoiren einige Jungs weiter oben am Fluß ans Messer geliefert haben – ist wohl mein hartgesottener Kumpel Archy, dessen nächtlicher Steptanz auf den Tasten der Schreibmaschine (er ist ein altmodischer Typ) schon 'ne Menge Spaß und Profit eingebracht hat.

Ich beschließe also, meinen Horizont zu erweitern – keine leichte Sache in einer Stadt wie Las Vegas, die nur aus Horizont besteht –, und flitze rüber zum Convention Center.

Ich habe vor, zunächst den rückwärtigen Servicebereich auszukundschaften, der zur Stunde meines Namens verlassen daliegt, von ein paar Streunern aus der Gegend abgesehen, die im Müll nach ein paar Häppchen wühlen. Auch Vegas hat heutzutage seine Unbehausten, zusätzlich zu den üblichen Unbekleideten.

Es gibt tausend Wege, in ein verschlossenes Gebäude hineinzukommen, vor allem wenn man ein leichtfüßiger, aber drahtiger kleiner Kerl ist, und Midnight Louie kennt jeden einzelnen. Nicht lange und ich spaziere durch ein Labyrinth von Ständen und betrachte Berge von Büchern, Postern und Plastiktüten mit Bildern jeglicher Art.

Ich bin halbwegs auf der Suche nach dem Stand von Baker & Taylor; ich habe nämlich mitbekommen, daß hier ein Paar berühmter Feliden zu bewundern sein soll. Anscheinend ist jeder Auftritt eines lebendigen Wesens auf einer Buchmesse eine Meldung wert. Dieses Duo war jedenfalls in allen Zeitungen; sie sind ja, sozusagen, Eingeborene von Nevada und außerdem die offiziellen Bibliothekskater der Verwaltung von Douglas County in Minden am Lake Tahoe.

Nach den Photos zu urteilen, ist Baker ein Kater in Weiß, Grau und Was-weiß-ich ohne klare Abkunft und Taylor ebenfalls. In punkto Ohren haben sie beide nichts Nennenswertes aufzuweisen, und das verleiht ihnen den Ausdruck beständigen Stirnrunzelns. Über die Schwänze kann ich nichts sagen, da ich stets Gentleman bin. Aber eine prominente Katze – erst recht zwei –, das ist schon eine Sehenswürdigkeit; seit Rhubarb, dem längst entschwundenen Marmalade Tom aus dem Kino, gibt's ja nur noch wenige. Natürlich ist jemand mit Baker und Taylor über Nacht abgehauen; am Stand gibt's bloß leere Regiestühle und Hochglanzprospekte. Ich beschnuppere das Terrain und will mich gerade zurückziehen – möglicherweise das einzige Individuum in der Geschichte, das die Buchmesse ohne ein einziges unbezahltes Buch verläßt –, als mein Riecher für Neuigkeiten die furchtbare Wahrheit entdeckt: Die abgestandene Luft ist nicht das einzige Tote in diesem Laden.

Ich schiebe mein Mäulchen durch einen Vorhang, klettere über einen Everest aus weggeworfenen Kartons, umrunde mehrere leere Super-Kingsize-Pappbecher und eine Big-Mac-Packung, die schon sauber abgeleckt ist – und finde mich Nase an Nase mit einem männlichen Weißen, etwa sechzig Jahre alt, mit Brillengläsern, so dick wie die Linse von Mount Palomar, für die er auf Erden keine Verwendung mehr hat.

Er liegt flach zwischen all dem Müll und ist toter als das Nachmittagspublikum in einer Stripshow im »Lace 'n' Lust« in der City. Ich trotte außen herum nach vorn, um nach der Standnummer zu sehen. Der Stand selber ist ziemlich unverwechselbar, bunt behängt mit Illustrationen diverser Leichen in ähnlichen oder spektakuläreren Zuständen permanenter Paralyse wie der gegenwärtige Tote. Außerdem gibt es Abbildungen von so unheimlichen Gerätschaften wie blutig tropfenden Injektionsspritzen und ziselierten Silberskalpellen, die tödlich genug aussehen, um Lizzie Borden gesund und munter auferstehen und ohne Zulassung Medizin praktizieren zu lassen.

Ich präge mir den Namen, der den Stand auf einem Transparent überspannt, ins Gedächtnis – Pennyroyal Press – und verziehe mich dann an freundlichere Örtlichkeiten, um dort den Morgen abzuwarten und die zuständigen Behörden mit meiner Entdeckung auf eine Weise bekanntzumachen, die meiner Bürgerpflicht genügt und meinen Namen gleichwohl nicht auf die Liste der Verdächtigen geraten läßt.

1. Chesters letztes Kapitel

Da streunt 'ne Katze in der Messehalle rum«, brummte der Wachmann und nahm Kurs auf die Kaffeemaschine im Büro. »Dachte, wir sollten hier nach internationalen Terroristen Ausschau halten.«

»Eine Katze!« Temples Kopf fuhr interessiert hoch, und sie wandte sich von ihrem Computermonitor ab. »Wo?«

Der Wachmann schüttelte den Kopf und setzte die Mütze auf. Koffein pieselte aus dem Hähnchen, bis Schaum am Rand seines Styroporbechers leckte. »Kitty Kong. Schöner Terrorist.«

»Hören Sie, Lloyd, zufällig ist heute morgen eine sehr wertvolle Katze aus einem Messestand verschwunden – zwei Stück, genau gesagt. Wir fangen sie lieber wieder ein, bevor wir die Aussteller in die Halle lassen. Wo wurde sie gesehen?«

Lloyd kratzte sich den Schädel und hätte dabei fast seine Mütze entthront. »Ihr Büromädels habt allesamt einen Katzenfimmel.«

Temple brachte ihre vollen einsachtundfünfzig zur Geltung, als sie jetzt aufstand und sich die übergroße Brille von der Stirn auf den Nasenrücken herunterschob.

»Ich bin kein ›Büromädel‹. Ich bin die PR-Referentin für die Lokalpresse bei dieser Buchmesse, und während der Arbeit sind mir Miezekatzen schnurzegal, solange sie ohne Belang für meine Öffentlichkeitsarbeit sind. Aber Sie können wetten, daß Unternehmensmaskottchen wie Baker und Taylor für die American Booksellers Convention verflucht wichtig sind. Baker & Taylor sind zufällig einer der größten Grossisten im ganzen Land.«

Temple verstummte atemlos, tauchte unter ihren Schreibtisch und zerrte eine riesige Segeltuchtasche hervor, auf der die Worte »Temporus Vitae Libri« gedruckt waren. Ein Präsentchen von Time-Life-Büchern.

Sie kam stirnrunzelnd um den Schreibtisch herum. »Also, wo ist dieser Streuner? Wenn es unter Ihrer Würde ist, werde ich das Tier eigenhändig einsacken.«

Lloyd betrachtete ihre Zehn-Zentimeter-Absätze, ihre elefantenblasengroße Tasche und ihre unversöhnlich entschlossene Miene. Sie sah keinen Tag älter aus als einundzwanzig, obwohl sie in der unmittelbaren Gefahr schwebte, dreißig zu werden – der Juli war ihr Geburtsmonat, und man befand sich gerade am Scheitelpunkt zwischen Mai und Juni –, was sie bitter bedauerte.

Lloyd deutete mit einer ruckartigen Kopfbewegung über seine Schulter. »Da irgendwo bei dem vergoldeten Blechzebra am Stiel.«

»Blechzebra am Stiel? Ach, Sie meinen das Karussell von Zebra Books. Verdammt. . .« Temple warf einen Blick auf das Ziffernblatt, das ihr Handgelenk verdeckte. ». . . um neun wird geöffnet. Bloß gut, daß Büchermenschen lange schlafen. Lesen wahrscheinlich die ganze Nacht.«

Sie stolzierte mit flatternder Tasche zur Bürotür hinaus, während Lloyd etwas Unschickliches über »moderne Weiber« in seinen brühheißen Kaffee murmelte.

Lichter strahlten in der gigantischen Ausstellungshalle auf und verwandelten die Hochglanzposter an den Ständen und die vergrößerten Buchcover-Plakate in vertikale Spiegelpfützen. Temple suchte sich ihren Weg durch das Labyrinth der Gänge. Ein paar Frühaufsteher unter den Ausstellern waren bereits bei der Arbeit; sie packten Bücherkartons aus und bereiteten ihre Ware für die Präsentation vor.

Sie hastete vorbei an Stellagen mit Kalendern vom nächsten Jahr, an saftigen Schutzumschlägen, die Sex und Gewalt in üppiger Dosis verhießen, an schwelgerischen Coverphotos auf wuchtigen Kunstbänden, vorbei an Reihen von Leselampen und befransten Lesezeichen.

Sie hörte, wie Lloyd von Ferne »Miss Barr« rief und trippelte weiter. Wenige würden glauben, wie schnell Temple in ihrem hochklassigen Schuhwerk vorankam; in ihren Lieblingsschuhen, den Seymour Weitzman's, war sie sogar einer ausgerissenen Katze gewachsen.

»Hierher, Miez-miez-miez«, gurrte sie, als sie sich dem Zebra-Stand näherte und die Time-Life-Büchertasche vom Arm nahm, um sie elegant über das Tier zu stülpen.

Aber nichts regte sich; nur ein eifriger Aussteller fächerte Bücherkataloge auf Displaywürfeln auf.

»Hiiierher, Miez. Braaave Miez.«

Der lebensgroße Pappmaché-Namensvetter von Zebra Books glitzerte vor ihr, und in der gespenstischen Stille schien es, als bewegte er sich in majestätischer Pracht.

»Hierher, Miiiez, verdammt noch – !«

Ein empörtes Kreischen übertönte den Rest von Temples Fluch, als sie über etwas stolperte, das sich anfühlte wie ein dickes Stromkabel. Sie fiel fast vornüber, und als sie hinunterblickte, sah sie einen mißhandelten Katzenschwanz, der sich blitzartig vom nadelspitzen Ende ihres rechten Weitzman-Stilettabsatzes entfernte.

Lloyd kam schlendernd heran und verkündete das Offensichtliche. »Da haut sie ab.«

Temple jagte hinterher, schoß durch die Gänge, wirbelte um die Ecken, prallte gegen unachtsame Fußgänger.

»Die Katze – festhalten!« schrie sie.

Verwirrte Aussteller hielten bloß inne und sahen zu, wie sie vorbeisprintete. Ein glatzköpfiger Mann mit einer Warze auf der Nase deutete wortlos den Gang hinauf. Temple galoppierte weiter.

Ein schwarzer Schwanz winkte hinter einem Berg Paperback-Bibeln hervor. Temple folgte ihm. Der Turm von Babel stürzte ein zweites Mal ein.

»Taylor! Baker! Alter Schäker!« flehte sie erfindungsreich. »Komm zurück, kleine Sheba . . .«

Die lockende Extremität wippte, huschte, flitzte von Messestand zu Messestand. Plattere Füße polterten hinter Temple her – Lloyd und eine Kolonne abgelenkter Zuschauer, die sich jetzt endlich in Bewegung gesetzt hatten. Temple sah, wie der Katzenschwanz durch den rückwärtigen Vorhand eines Standes verschwand und tauchte hinterdrein.

»Gefangen!« verkündete sie. Ihre Füße quetschten mit dem Innenrist aufgetürmte Pappkartons zusammen, ihre Ellbogen duellierten sich mit vereinzelten Regenschirmen – höchst vereinzelt, in der Tat: Wer kam mit einem Regenschirm nach Vegas? – und boxten Rollen von Plakaten nieder, daß sie ineinanderpurzelten wie Origami-Skelette.

Endlich war ihre Jagdbeute in Reichweite. Temple stürzte sich wie ein Footballstürmer auf einen dicken schwarzen Schatten, warf sich gleichsam der Länge nach auf ihn, ungeachtet möglicher Hindernisse, wie sie es in den meisten Situationen zu tun pflegte. Der Kater saß in der halbdunklen Ecke und betrachtete ihre hingestreckte Gestalt. Jemand riß den Vorhang zurück, und ein Lichtstreifen fiel herein.

»Laßt ihn nicht abhauen«, murmelte Temple und tastete nach ihrer Brille, die während ihrer Flugattacke desertiert war.

»O mein Gott«, sagte jemand.

Temple befühlte mit flacher Hand die diversen Klumpen, auf denen sie lag, bis sie ihre Brille gefunden hatte. Sie setzte das Gestell wieder auf die Nase, um den Kater triumphierend anzufunkeln.

»Heiliger Strohsack«, murmelte Lloyd hinter ihr.

»Helfen Sie mir doch mal hoch«, befahl Temple. »Und lassen Sie den Kater nicht wieder entwischen.«

Sie hatte inzwischen bemerkt, daß der Ausreißer rabenschwarz war. Auf ihren Publicity-Photos waren Baker und Taylor gefleckt. Und die großen, aufgerichteten Ohren dieses Tieres hier sahen ganz anders aus als die winzigen Ohrenspitzen der verschwundenen Kater.

Temples Handballen stemmten sich haltsuchend in den Untergrund. Dann merkte sie, daß sie sich auf das Anzugjackett eines Mannes stützte – daß sie in ganzer Länge einen kakaobrauen Kammgarnstoff arg zerknautschte.

»Oh, entschuldigen Sie, Sir. Ich will nur . . .« Sie stemmte sich halb hoch, und ihre Handflächen drückten auf eine harte, unregelmäßige Oberfläche. »O mein Gott.« Temple starrte einem Mann in die Augen. Aber der Mann war nicht in der Lage, gegen ihre Anwesenheit zu protestieren – oder gegen die zusätzlichen Knitterfalten in seinem Anzug.

Jemand packte sie beim Ellenbogen und riß sie hoch. Als Temple wieder aufrecht auf den Beinen stand, starrte sie das an, was die Zuschauer und anscheinend sogar die Katze bereits hypnotisiert hatte: einen Mann, der mit dem Gesicht nach oben im Kulissenmüll des Messestandes lag, ein handgeschriebenes Schild mit der Aufschrift »STET« schief auf der reglosen Brust.

»Na.« Temple drehte sich um, als die Menge hinter ihr zu tuscheln begann. »Lloyd, sperren Sie die Umgebung ab, bis die Behörden da sind. Und stopfen Sie diesen Kater da« – sie deutete auf das Tier, als könne es Mißverständnisse geben – »in diese Tasche. Bitte macht hier Platz, Leute. Es hat einen Unfall gegeben; die entsprechenden Behörden müssen sich darum kümmern.«

Falls jemand Lust hatte zu widersprechen, tat er es nicht. Temple hatte ihren Tonfall zu gleichen Teilen mit forscher Autorität und gedämpftem Respekt vor dem Verblichenen erfüllt. Die Zuschauer wichen zurück. Ein paar Augenblicke später baumelte der Time-Life-Bücherbeutel, den Lloyd ihr an den Unterarm hängte, wie eine tote Last herunter. Grüne Augen zwinkerten gelangweilt aus den mitternachtsblauen Tiefen des Beutels herauf.

Temple ging zurück in den vorderen Teil des Standes, und die Katze in der Tasche schwang an ihrem Arm hin und her. Sie schien eine Tonne zu wiegen. In den Ausstellungsstrahlern funkelte ein schwarz-kupferfarbenes Schild der »Pennyroyal Press«, daneben eine Graphik, die einen Schädel mit zwei gekreuzten Knochen über einem Arzneirezept zeigte.

Temple betrachtete die makabren Illustrationen des Standes, bevor sie einen nervösen Blick auf den Kater in ihrer Tasche warf. Sein Gähnen offenbarte einen rosa gerieften Gaumen, so zart wie ein Babypullover, aber das Maul war ausgerüstet mit Reihen von spitzen, weißen Zähnen.

2.
Ein verlegter Verleger

Erzürnte Bücherleute – Lektoren, Vertreter, Verlagsbonzen – wimmelten durch die Gänge, aber das ließ sich nicht ändern.

Zwei Reihen waren auf unbestimmte Zeit abgesperrt. Mit polizeilicher Erlaubnis waren Messeangestellte dabei, die umliegenden Kojen auszuräumen und die Displays auf die freien Plätze zu schieben, die sich von der vollgestopften Ausstellungsfläche noch abzwacken ließen. Auf Staffeleien, die die abgesperrte Zone umgaben, standen Schilder mit der Aufschrift »Kein Zutritt – Filmarbeiten«. Das war Temples Idee gewesen. Tatsächlich wurde ja auch gefilmt, dachte sie, als sie die klickenden, surrenden Polizeikameras sah.

Detective Lieutenant C.R. Molina schaute stirnrunzelnd auf sie herab. »Sie jagten eine *Katze*, als Sie die Leiche fanden?«

»Wir konnten sie ja nicht frei in der Messehalle herumlaufen lassen. Außerdem dachte ich, sie wäre von einem Stand entwischt, wo Katzen ausgestellt werden.«

»Lebendige Katzen?«

»Na ja. . . tote Katzen wären wohl irgendwie unangebracht.«

»Was, sagten Sie, ist das hier für eine Messe?« Molinas skeptische blaue Augen blinzelten in die visuelle Kakophonie von Illustrationen und Schrifttypen.

»Die ABA – oh, das ist nicht die American Bar Association. Der Buchhandel. Die American Booksellers Association.«

»Und Sie haben den Toten zufällig gefunden?«

»Da können Sie sicher sein.«

»Und alles durcheinandergebracht.«

»Hey, er war steif wie eine Zaunlatte, der Mann im Eisernen Anzug. Muß wohl gestern abend spät hier. . . abgelegt worden sein. Aber ich nehme an, der Gerichtsmediziner wird den genauen Todeszeitpunkt. . .«

»Wo ist die Katze jetzt?«

»Die Katze? Im PR-Büro. In einer Tragetasche. Die Katze hatte nichts damit zu tun.«

»Und das war der einzige Grund, weshalb Sie sich um diese Zeit dort aufgehalten haben? Ihre Jagd nach der Katze?«

»Ich bin PR-Referentin. Das ist mein Job: dafür zu sorgen, daß alles reibungslos läuft. Auch streunende Katzen einzufangen, wenn das nötig ist.«

»Streunend? Ich dachte, Sie sagten, die Katze sei von einem Ausstellungsstand verschwunden?«

»Na ja, das war ja wohl ›streunen‹, oder?«

»Ich habe den Eindruck, Miss Barr, daß Sie uns wieder etwas verheimlichen. Das gehört auch zum Job einer PR-Referentin, wie?« drängte Molina mit müder Logik. »Da wir gerade von Heimlichkeiten sprechen – haben Sie je wieder etwas von Ihrem verschwundenen Boyfriend gehört?«

»Kein Wort. Wieso, glauben Sie, nennt man ihn den Mysteriösen Max?«

»Nicht bloß wegen einer guten Unsichtbarkeitsnummer, möchte ich wetten.«

Temple antwortete nicht; sie wartete, bis die große Polizistin den Tatort inspiziert hatte. Es stimmte, sie hielt etwas zurück – nämlich die fortgesetzte Abwesenheit der beiden Kater, Baker und Taylor. Aber das hatte ja nichts zu tun mit . . . einem potentiellen Mord.

»Wie ist er umgebracht worden?« Sie konnte sich die Frage nicht verkneifen.

Augen von der Farbe eines mitternächtlichen Margarita verwandelten sich in Eis. »Wir wissen nicht, ob er umgebracht worden ist. Könnte eines natürlichen Todes gestorben sein.«

Temple verdrehte die Augen. »Und das Schild ist eine Krawattenklammer?«

»Wer hat Zugang zum nötigen Material für so ein Schild?«

»Jeder. Die ABA kreist um das geschriebene Wort. Jeder hier will Nachrichten hinterlassen, ein Buch signieren, eine Anweisung schreiben. Auf der ganzen Ausstellungsfläche finden Sie bestimmt zwanzigtausend Magic Marker. Lokker.«

Molinas von Berufs wegen stoisches Gesicht bekam Fältchen. Ärgerte sich die Kriminalpolizistin, weil Temple das Schreibgerät identifiziert hatte, mit dem man das Schild auf der Brust des Toten geschrieben hatte? Johoho, und 'ne Buddel voll Magic-Marker-Tinte . . . »Sie wissen, was dieses ›Stet‹ bedeutet?«

»Na klar. Für jeden Journalisten oder Textredakteur ist das eine Abkürzung zum Markieren von Textstellen. Sie bedeutet ›Stehenlassen‹.«

Molina wartete, groß, geduldig und unversöhnlich wie eine Inselgöttin.

»Stet bedeutet, daß Text, der gestrichen oder verändert wurde, wieder in den ursprünglichen Zustand versetzt werden soll«, erläuterte Temple weiter. Wie aufs Stichwort sahen beide den Toten an. »In diesem Fall also«, bemerkte sie, »Asche zu Asche.«

»Noch nicht ganz«, sagte Molina »Wie werden Sie es der Presse präsentieren?«

»Diskret.«

»Viel Glück.« Die Polizistin grinste vielsagend und entfernte sich.

Lloyd beugte sich herüber. »Dieses Weib macht sich offenbar gern wichtig.«

»Jede Frau, die in flachen Schuhen eins achtzig groß ist, jagt mir eine Heidenangst ein«, gestand Temple und schüttelte sich dramatisch. »Andererseits, solange Lieutenant Molina sich hier rumtreibt, brauchen wir keine Angst zu haben, daß die Klimaanlage mal ausfällt: Sie könnte ja ganz allein die Sahara abkühlen.«

»Ich schwöre, Temple, du plauderst sogar wie eine PR-Tante – immer in den flotten Superlativen einer Pressemitteilung«, warf eine vertraute Stimme ein. Es war kein Kompliment.

Sie musterte den herannahenden Crawford Buchanan. »Und du redest wie ein DJ, bei dem jede fünfte Silbe ›Ich‹ heißt – mit großem I. Was führt dich herunter vom Elfenbeinturm deiner Petzpostille?«

Buchanan war Unterhaltungsautor für eine der zahlreichen Zeitungen in Las Vegas – viel Wirbel und wenig Objektivität. Er arbeitete außerdem als Freelance-Mietling wie Temple und war das Bindeglied zwischen der regulären PR-Abteilung der ABA und den Mysterien der Myriaden von Lokalblättern. Buchanan war ein kleiner Mann, geschmeidig wie ein Vielfraß, mit dauergewellten grauen Löckchen und permanenten Tränensäcken, die klare braune Augen kaum aufzuhalten vermochten, spinnwebzarten Wimpern und dem moralischen Empfinden einer Sidewinder-Rakete.

Wie viele napoleonisch egomanische schmächtige Männer glaubte er, daß Temple genau seine Größe sei.

Er ignorierte ihre Stichelei und betrachtete den Aufruhr. »Nicht gut fürs Geschäft. Genau das, was das LV C & VB vermeiden wollte, T.B.« Als hingebungsvoller Anhänger des Initialesischen hatte Buchanan schon früh entdeckt, wie unglücklich Temples Name sich abkürzen ließ.

»Na, es läßt sich eben nicht vermeiden«, versetzte sie. »Nicht mal durch das Las Vegas Convention & Visitors Bureau. Du hast ja wohl schon gehört, daß zwei Dinge auf ewig unvermeidbar sind: der Tod und das Finanzamt.«

»Aber *den* solltet ihr lieber vom Gelände schaffen.« Er deutete mit dem Kopf auf den Leichnam – oder, besser gesagt, auf die Gestalten, die sich um ihn drängten.

»Erst wenn die Polizei fertig ist.«

»Vielleicht solltest du jemandem im Präsidium ein bißchen Dampf machen, T.B.«, grinste Buchanan. »Du hast eine so machtvolle Persönlichkeit.«

»Ja, und du bist der reinste Limburger. Warum stellst du dich nicht da drüben hin und vertreibst sie alle?«

Seine Finger huschten wie eine Schlangenzunge über ihren Nacken. »Na, na, na, Temple.«

»Laß das!«

Aber Buchanan war schon weitergeglitten; er war ein Experte im Zuschlagen und Wegducken, der sich gern an arglose Frauen heranschlich. Temple begab sich nach hinten ins PR-Büro der ABA; es drängte sie jetzt, den Schaden abzuschätzen.

»Na, wenn das nicht Jessica Fletcher junior ist«, rief Bud Dubbs, der für die Freelance-PR-Leute zuständig war.

Temple verzog schmerzlich das Gesicht. »Ich dachte, ich jage einen verschwundenen Kater. Ich wäre froh, wenn ich auch bloß einen verschwundenen Kater gefunden hätte.«

Dubbs spähte über seine Lesebrille hinweg durch das Drahttürchen des Katzenkorbes, den Temple von einem Assistenten hatte besorgen lassen, als der Kater eingefangen war. »Ist er das?«

»Gewissermaßen.«

»Und die Polizei?«

»Müßte in ein paar Stunden weg sein, und dann können wir den Gang wieder aufmachen.«

»Was ist mit der schlechten Publicity?«

»Vielleicht kriegt keins der Lokalblätter was mit.«

»Glaubst du das im Ernst?«

»Nein. . . aber vielleicht kann ich die Bombe irgendwie entschärfen.«

»Und wie?«

»Weiß ich noch nicht.«

»War es Mord?«

»Die Polizei sagt noch nichts – oder sie weiß noch nichts.«

»Du bist doch auf der Leiche gelandet.«

»Die Todesursache stand nicht drauf. . . Allerdings sieht das Schild ganz so aus, als ob jemand sich über den Tod dieses Burschen freut.«

»Wer war's denn?«

Das war das Üble. Temple schob den Katzenkorb von der Mitte ihres Schreibtisches zur Seite. Ein tiefes Grollen war die Antwort auf diese Verschiebung. Temple setzte sich; sie hatte immer das Gefühl, in dieser Position mehr Autorität zu verströmen.

»Ein Verleger. Chester Royal, Chef von Pennyroyal Press.«

»Ein Verleger?« Dubbs schaute Temple mit finsterem Blick an, als sei das ihre Schuld. »Ein großes Tier?«

»So groß auch wieder nicht, Pennyroyal Press ist nur eine Agentur – ein kleiner Laden in einem Großverlag.«

»Und wie heißt der Großverlag?«

»Reynolds/Chapter/Deuce.«

»Das. . . klingt vertraut.«

»Das waren lauter selbständige Verlage, bis sie in den achtziger Jahren fusionierten.«

»Sie sagen also, es handelt sich um einen verflucht großen Konzern, und die haben auf unserer Messe einen Manager verloren.«

»Nein, das sagen Sie. Bud, es ist nicht unsere Schuld, daß von den dreizehntausend Leuten, die hier durch die Sicherheitskontrollen strömen, einer vielleicht ein Mörder ist und eine Mörderin. Das hätte überall passieren können – in San Francisco, Atlanta, Washington.«

»Aber es ist hier passiert, und das gibt schlechte Presse. Und morgen ist der Eröffnungstag, wo alle Buchhändler und nachrichtengeilen Medienleute aufkreuzen. Du mußt verhindern, daß es sich herumspricht.«

»Ich kann die Nachricht nicht unterdrücken, Bud. Die Öffentlichkeit hat ein Recht darauf, es zu wissen.«

»Die Öffentlichkeitsarbeit ist dein Job. Was für einen Sinn hat es, so was zu tun, wenn du nicht filtern kannst, was die Öffentlichkeit zu wissen berechtigt ist?« Bud warf einen Blick auf den Katzenkorb. »Und wenn der Tote abgeholt ist, solltest du diese Katze wegschaffen.«

»Das weiß ich gar nicht.« Temple beugte sich über den Korb und spähte ins dunkle Innere. Ein Paar traubengrüne Augen musterte sie vorwurfsvoll. »Vielleicht habe ich noch professionelle Verwendung für diesen Pussykater.«

3.
Ein Kleeblatt in PR

Temple huschte den Korridor hinunter, vorbei an Charlton Heston, und nickte automatisch.

Die vertrauten Gesichter von Filmstars gaben einem immer das Gefühl, mit ihnen tatsächlich bekannt zu sein, leider eine ganz und gar einseitige Angelegenheit. Sie blieb stehen und sah Heston um die Ecke gehen, zuckte die Achseln und ging auf Zimmer 208 zu. Erstaunlich, überlegte sie, wie ein Mord das Gefühl für Proportionen verändern kann. Heston war auf dem Weg zum Interviewraum am Ende des Korridors, wo sich die Prominenz versammelte wie ein Schwarm Lerchen; es gab einen großen Vorrat davon, angesichts der Nähe von Las Vegas zu Hollywood.

Am Anfang der Vorbereitungen für das lange ABA-Wochenende nach dem Memorial Day, als Temples Geduld noch jugendfrisch und ihre Füße ohne Schwielen gewesen waren – also gestern, am Donnerstag –, da war sie tatsächlich noch uncool genug gewesen, zu »gucken«, wenn eine besonders galaktische Persönlichkeit sich in Fleisch und Blut bewundern ließ. Jetzt hätte sie über Charlton Heston, Paul Newman oder Sean Penn stolpern können, und es wäre ihr egal gewesen – vorausgesetzt bloß, er war nicht tot.

Vor der unauffälligen Tür des Konferenzraums 208 blieb sie stehen und überdachte die bevorstehende Strapaze. Nichts war schlimmer als ein Triumvirat von PR-Leuten mit unterschiedlichen Zielen.

Ein scheußlicher Mord brachte das Image nicht nur eines Beteiligten in die Schußlinie; das galt für das Convention Center genauso wie für die ABA und vor allem für den Großverlag, unter dessen Dach Pennyroyal Press arbeitete. Temple schob die Brille auf ihre Nase herunter, reckte den Hals, um eine Illusion von höherer Körpergröße zu schaffen, und griff nach der Türklinke.

Ich muß mich korrigieren, dachte Temple, als sie die beiden Leute in dem ansonsten leeren Zimmer sah: Nichts ist schlimmer als ein Trio von PR-*Frauen*, denn die sind entschieden die gefährlichen dieser Spezies. Public Relations war eines der raren Gebiete, auf denen Frauen bis zur Spitze aufsteigen konnten; die meisten wollten sich infolge dessen mit weniger nicht begnügen, und das galt vor allem für Claudia Esterbrook, die Powerfrau, die den Publicity-Circus-Maximus der ABA seit Messalinas Blütetagen führte. Daß man ihr das nicht ansah, hatte sie nur der sanften Kunst der plastischen Chirurgie zu verdanken.

»Wir haben nicht viel Zeit«, verkündete Claudia. Ihr lackiertes Haar hatte die Farbe von Tapioka. Es war mit dem Rasiermesser geschnitten, genau wie ihre Fingernägel, die so lang wie die eines Mandarins waren. Mit einem tippte sie jetzt auf den Tisch, um ihre Worte nach Freddie-Krueger-Art zu unterstreichen.

»Ich habe einen Rockstar, dessen Mundwerk sich nicht mal mit Sekundenkleber verschließen ließe«, sagte sie. »Er gibt in fünfundzwanzig Minuten eine Pressekonferenz. Ich muß da sein, um den Schaden zu begrenzen.«

»Es wird nicht lange dauern.« Temple trat klappernden

Schritts an den Konferenztisch und warf ihren Aktenkoffer auf die beigefarbene Kunststoffplatte. »Wir sollten zusehen, daß wir unsere Pläne auf die Reihe kriegen, bevor wir vorschnell widersprüchliche Pressemitteilungen über Royals Tod herausgegeben. Das würde die Qualen wirklich nur verlängern.«

Die maushaarige Frau mit dem langen, sehnigen Gesicht, die Claudia Esterbrook gegenübersaß, nickte. »Lorna Fennick, Leiterin der PR-Abteilung bei Reynolds/Chapter/Deuce. Sie haben recht: Wenn wir nicht alle im Takt steppen, wird's hier donnern.« Aus ihrem offenen Lacklederaktenkoffer nahm sie Stöße von Papier und ließ sie über die glatte Tischplatte rutschen. »Biographien von Chester Royal; ein Überblick über die Geschichte der Pennyroyal Press; Pressemitteilungen über ihre drei größten Autoren und ein Statement von unserem Verleger mit dem Ausdruck des Bedauerns et cetera zu Mr. Royals Tod.«

»Großartig.« Temple grinste und setzte sich. Es lief besser, als sie gedacht hatte. Lorna Fennick sah zwar aus wie eine zähe Pute, aber sie verströmte eine hyperaktive Effizienz wie nur die Besten ihrer Art. »Hier sind Kopien der Presselisten des Convention Center – Lokal- und Regionalpresse. Damit wissen Sie, gegen wen Sie sich zu wehren haben.«

»Na klar.« Claudia Esterbrook kratzte sich mit ihren mörderischen Fingernägeln geziert den Hals. »Etwas Unangenehmes passiert, ein Mord zum Beispiel, und wir müssen uns gegen die Presse zur Wehr setzen. Tun wir unsere normale Arbeit, und tun wir sie ordentlich – verbreiten wir gute Nachrichten, zum Beispiel über Bücher und Schriftsteller –, und wir füllen den Interview-Raum der ABA nicht mal zu einem Viertel.«

»Sie wissen, wieso«, sagte Lorna. »Das liegt daran, daß Buchkritiker null Einfluß haben, weil der Buchteil der

Zeitungen buchstäblich keine Anzeigenunterstützung bekommt. Wir bekämen eine bessere Berichterstattung bei der ABA, wenn die Zeitungen mit Verlags- und Buchhandelsanzeigen mehr verdienen würden. Geld regiert die Welt.«

»Genau, deswegen ziehen unsere Messen so viele Typen aus den Lokalredaktionen an, die über eine ABA-Veranstaltung nur berichten wollen, um hier für ihre eigenen kaffeefleckigen Manuskripte zu trommeln, von denen die meisten sich bestenfalls als Löschpapier eignen würden.«

»Genau das ist der springende Punkt, Claudia.« Lorna Fennick nahm einen Schluck aus einem Styroporbecher. »Die ABA zieht die Presseleute an, ganz gleich, aus welchen Motiven, und jeder Reporter verschlingt eine so saftige Sache wie einen Mord, vor allem, wenn er in einem so abwegigen Zusammenhang wie bei der ABA begangen wird.«

»Ich weiß nicht, ob das so abwegig ist«, widersprach Claudia. »Sie dürfte es doch nicht wundern, was alles passiert, wenn bei der ABA die Egos zusammenprallen. Es ist noch keine zwei Tage her, da hat Chester Royal Ihnen ins Gesicht gesagt, Sie seien eine ›nüsseknackende Pressemappen-Pusherin‹.«

Lorna wurde rot. »Chester Royal war saugrob zu jedermann; das war Teil seiner Mystique«, sagte sie erklärend zu Temple. »Manche Leute glauben, nur so läßt sich Macht ausdrücken.«

»Wenn ich recht verstehe, war das Opfer also ein kleines bißchen unsympathisch?« Temple hatte einen furchtbaren Gedanken. »Das könnte aber die Ermittlungen in die Länge ziehen, bis nächste Woche – im Jahr 2003!«

Claudia schnüffelte. »Hören Sie mal, Little Miss Lollipop, Royal hat sich doch sogar mit Ihnen angelegt. Wissen Sie nicht mehr? Sie waren im Presseraum und erwähnten, daß die Zeitungen in Vegas keine großartige Kulturberichterstattung treiben.«

Temples Brauen hatten sich bei »Little Miss Lollipop« gehoben und seitdem nicht wieder gesenkt. »Ich erinnere mich, daß irgend jemand eine senile Tirade abließ: Das Buchbusiness bestehe aus ›Thrillern und Killern und Saldoerträgen, nicht aus Literatur‹. Und ich glaube, er nannte mich ›Mädelchen‹.«

Lorna stöhnte. »Das ist Chester. Oder das war Chester. Er spielte den professionellen Miesepeter.«

»Mit Betonung auf ›mies‹«, fügte Claudia hinzu und überflog dabei den Stapel von Lornas Pressemitteilung. »Offen gesagt, Reynolds/Chapter/Deuce können von Glück sagen, den alten Griesgram loszuwerden. Ich habe gehört, er wurde in letzter Zeit so senil, daß er drauf und dran war, seinen Laden unter die Erde zu bringen. Das Betrauern des Herrn Bigboss ist die reine Show.«

»Das wohl kaum.« Lorna Fennicks Stimme war plötzlich spitz wie gefeilte Heftzwecken. »Pennyroyal Press hat den Medizinthriller als marktfähiges Subgenre praktisch erfunden. Der Laden ist extrem profitabel.«

»Ohne Royal auch?« fragte Temple und blickte von der Biographie des verblichenen Chester Royal auf.

Bevor Lorna antworten konnte, tat Claudia Esterbrook es. »Gerade ohne ihn. Wie ich höre, hat er die Herren von Reynolds/Chapter/Deuce am Nasenring vorgeführt. Niemand hatte irgendeine Kontrolle über ihn oder über Pennyroyal Press, ob es nun Buchhaltung oder Lektorat betrifft. Und PP brachte ganz hübsche Summen ein, wie ich höre – bis vor kurzem jedenfalls.«

»Tut es immer noch«, zischte Lorna Fennick mit zusammengebissenen Zähnen. Die Zähne waren außergewöhnlich hübsch und wahrscheinlich sehr teuer gewesen. »Mit Spekulationen aus der Gerüchteküche helfen wir Miss Barr vermutlich überhaupt nicht.«

»Damit können Sie mich ja wohl nicht meinen«, fauchte Esterbrook. »Hören Sie, ich bin weg. Mr. Schandmaul schickt sich bereits an, das Podium vollzuquatschen, während wir hier schwatzen. Sie können ja noch hierbleiben und Miss Barr Märchen erzählen. Was anderes scheint die Presse sowieso nicht drucken zu wollen.«

»Puh«, sagte Temple, als die Tür sich hinter der Frau mit scharfem Laut geschlossen hatte.

»Ist 'n harter Job.«

»Meiner auch – jetzt«, sagte Temple. »Und Sie haben ebenfalls rauhe Zeiten vor sich. Die Polizei wird einen Crashkurs über das Büchermachen nötig haben, um in diesem Fall zu ermitteln. Sie werden wissen wollen, wer/was/wann/wo und warum nicht. Das ist das letzte, womit Ihre Leute sich werden befassen wollen.«

Lorna holte ein bordeauxrotes Zigarettenetui aus Schlangenleder und ein Feuerzeug hervor und warf Temple einen fragenden Blick zu. Als Temple nickte, zündete sie sich eine Zigarette an und sog daran, bis ihre Wangen konkav wurden.

»Claudia hat recht«, bekannte sie und pustete eine Rauchwolke von sich wie ein Drache. »Chester Royal war ein königlicher Nervtöter. Unter uns gesagt.« Ihre Augen wurden schmal. »Schon mal für einen Verlag gearbeitet? Da kriegt man schon mal ein paar Einblicke in Unternehmensinterna.«

»Für ein Repertoiretheater. Ist aber das gleiche: Kunst und Entertainment verkaufen, Skandale und bösen Klatsch zuschütten.«

»Wo?«

»Minneapolis.«

»Das Guthrie.« Lornas düstere Augen funkelten hochachtungsvoll. »Was hat Sie da nach Vegas verschlagen, um Himmels willen?«

Temple seufzte. »Eine lange, private Geschichte. Ich spare sie mir für einen Film auf.«

»Jedenfalls wissen Sie dann, wie nervtötend diese egoistischen Kunstszenetypen sein können.«

Temple nickte. »Aber die Besten sind meistens richtige Schätzchen.«

»Meistens.«

»Außerdem war Chester Royal kein temperamentvoller Autor; seinem Lebenslauf zufolge war er Cheflektor – und in letzter Zeit mehr Chef als Lektor. Hatte er in seiner Position nicht hauptsächlich mit dem Geschäft und weniger mit der Kunst zu tun?«

»Wegen der Bilanzen, Baby, werden mehr Leute umgebracht als wegen der Kunst.«

»Trotzdem, dieses ›STET‹ klingt doch eher nach dem letzten Wort eines Autors, dem jemand an seiner kostbaren Prosa herumgefummelt hat. Könnte es sein, daß ein Autor im Programm der Pennyroyal Press wegen vergangener Schmach noch einen Groll hegt?«

»Die Lebensläufe der Bestseller-Autoren haben Sie da vor sich. Die anderen haben nicht viel zu gewinnen – oder zu verlieren.«

Stirnrunzelnd betrachtete Temple die Standard-Pressemitteilungen – zusammengeheftete, zweiseitige, zweizeilig bedruckte Blätter mit kleinen Photos des Autoren und seines letzten Buchcovers. Mavis Davis. Lanyard Hunter. Owen Tharp.

»Noch nie von denen gehört«, gestand Temple.

Lorna verdrehte die Augen und inhalierte selbstmörderisch. »Willkommen bei der Mehrheit der US-Bevölkerung. Die meisten Leute kaufen nur drei oder vier Bücher pro Jahr, und das schließt Kochbücher, Reiseführer und Horoskope ein. Nur ein winziger Prozentsatz liest regelmäßig. Wenn Sie das noch auf die verschiedenen Lesegeschmäcker aufteilen – Literatur, Genreprosa wie SF, Krimis, Liebesromane, nehmen Sie Sachbücher dazu – und eine Stammleserschaft von hunderttausend Leuten kann eine mittelgroße Autorenkarriere befeuern.«

»Eine B-Nummer in Vegas in der Fastenzeit zieht da ja schon mehr Leute an.«

Lorna zuckte die Achseln. »Fakten des Verlagslebens. Da ist es bei den meisten Autoren schwer, sie sich bei einer so mageren Beute als blutrünstige Killer vorzustellen.«

»Ah, aber dabei vergessen Sie die Künstlerseele«, meinte Temple düster. »Ich habe Schauspieler erlebt, die schon für einen Auftritt ohne Text töten würden. Aber diese Bande hier« – sie schwenkte die Waschzettel – »macht einen ziemlich normalen Eindruck.«

Lorna kicherte. »Zeigen Sie mir einen normalen Autor, und ich zeige Ihnen einen wandelnden Widerspruch. Wie die Schauspielerei ist auch das Schreiben auf Ablehnungen aufgebaut. Ein erfolgreicher Autor ist entweder jemand mit unglaublich viel Glück und einem fingerdicken Fell – oder mit einer sehr langen Liste von Feinden und einem entsprechenden Gedächtnis.«

»Diese Mavis Davis sieht aus, wie eine nette Frau aus Peoria, Illinois, aussehen sollte: wie eine Julia Child um die Vierzig, die mit einer Hühnersuppe rüberkommt.«

»Lassen Sie die Suppe aber von einem Chemiker analysieren, bevor Sie einen Löffel davon essen. Mavis Davis schreibt die ›Teufel des Todes‹-Serie.« Bei Temples verständnislosem Blick lief Lorna Fennick erst richtig warm.

»Informative kleine Geschichten über Killerschwestern. Ihr letzter, *Tod bei Entbindung*, handelte von einer Baby-Massenmörderin. Aber sie schreibt auch über kidnappende Hebammen. Wir nennen Sie die Königin der Weiße-Häubchen-Krimis.«

»Netter Slogan. Heißt sie wirklich. . .?«

»Ja, sie heißt so. Glauben Sie, irgendein Lektor würde von sich aus ›Mavis Davis‹ verzapfen? Wir haben sie bedrängt, ein Pseudonym zu nehmen, aber sie wollte nichts davon hören.«

»Und was ist mit Lanyard Hunter?«

»Meinen Sie den Namen oder den Autor?«

»Den Autor. Was ist seine Geschichte?«

Lorna zündete sich eine neue Virginia Slim an – ihre vierte – und betrachtete ihre Kopie der Pressemappe. »Ein faszinierender Fall. Einer von diesen medizinischen Hochstaplern.«

»Sie meinen die Burschen, die sich weiße Kittel anziehen und Stethoskope umhängen und dann als falsche Ärzte in echten Krankenhäusern arbeiten?«

Lorna nickte. »Wir betonen das nicht weiter in unserer Pressearbeit; wir nennen ihn einfach einen ›Medizinfan‹. Hunter hat eine erstaunliche Anzahl von angesehenen Kliniken dazu gebracht, ihn zu engagieren, und zwar für eine noch erstaunlichere Vielfalt von Spezialgebieten, bis seine Betrügereien schließlich auffielen. Chester Royal hat ihn für eine Autobiographie unter Vertrag genommen, aber was rauskam, waren Romane – und der Kerl kennt sich aus in den Kliniken, glauben Sie mir. Nach der Lektüre seiner Bücher bin ich davon überzeugt, daß ich notfalls jederzeit lieber eine Rasenmäherwerkstatt als einen Arzt konsultiere.«

Temple betrachtete Lanyard Hunters Photo; er war ein

gutaussehender, vorzeitig silberhaariger Charmeur von Anfang Vierzig mit einem Handelskammerlächeln. »Er sieht so distinguiert und human aus.«

»Genau deshalb hätten sie in die entgegengesetzte Richtung wegrennen sollen, als er sich als Arzt vorstellte. Er war zu gut, um wahr zu sein.«

»Er muß schon clever und selbstbewußt sein, um so etwas zu tun. Er müßte sich jedem in seiner Umgebung überlegen fühlen. Und er müßte eine gewisse Distanz kultivieren, die es leicht machen könnte, einen Mord zu begehen.«

Lorna nickte nüchtern. »Lanyard Hunter ist ein faszinierender Mann. Ich habe ihn für diese Mappe interviewt, und wenn ich es nicht besser wüßte, würde ich mir von ihm die Gallenblase rausnehmen lassen. Aber er hat aus seinem Wissen über Krankenhäuser eine Goldgrube machen können, und Pennyroyal Press bringt seine Bücher als Spitzentitel heraus – warum sollte er den Riesen erschlagen, der ihn solche goldenen Eier legen läßt?«

»Und dieser letzte – Owen Tharp?«

»Ein absoluter Lohnschreiber. Er hat Romane in einem Dutzend Genres geschrieben, unter zwei Dutzend Pseudonymen. Owen Tharp ist nicht sein richtiger Name. Sein Material wird nie zum Spitzentitel, aber er ist schnell, zuverlässig und hat eine entschieden gruselige Ader, die dem Programm einen Touch von echtem Horror verleiht.«

»*Corpus Delicius*?«

»Kannibalische Leichenhauswärter.«

»*Anonyme Skalpelle, Inc.*?«

»Eine Praxis mit sadistischen Gesichtschirurgen, die ihre Patienten entstellen und in den Selbstmord treiben.«

»Da frage ich mich allerdings – sind die Leute, die solche Bücher schreiben, wirklich normal?« Tharp sah jedenfalls normal genug aus.

Lorna strahlte wie eine Komikerin, die ein gutes Stichwort bekommen hat. »Sind Schriftsteller überhaupt normal? Selbstverständlich nicht. Sie schreiben die Phantasien hin, die ihnen im Hirn herumspuken, und werden dafür bezahlt. Wenn sie Glück haben.«

»Aber es gibt schönere, sanftere Dinge, über die man schreiben kann.«

»Zum Beispiel?«

»Äh. . . die Liebe, die Familie, die Aktienbörse. . .«

»Schön und sanft verkauft sich nicht. Sex und Gewalt verkauft sich. Und davon gibt's reichlich in der Aktienbörse, in der Familie und zwischen angeblich Verliebten.«

»Wenn man es so sieht, ist es ein Wunder, daß nicht mehr Leute aus der Buchbranche ermordet werden.«

»Sind Sie denn sicher, daß es Mord war? Die Polizei hat nichts davon gesagt.«

»Der Leichnam sah aus, als ob ihn jemand dort hingelegt hätte, dem es Spaß machte. Hat die Polizei erwähnt, wie Royal aufgefunden wurde?«

»Tot«, sagte Lorna, und ihre Augen wurden schmal. »Gibt's da noch mehr?«

»Noch nicht, aber demnächst vielleicht.« Temple klopfte den Stapel Pressemitteilungen von Reynolds/Chapter/Deuce auf dem Tisch zu einem säuberlichen Stoß zusammen.

»Würden Sie Ihre Leute bitten, sich zu meiner Verfügung zu halten? Ich kenne die Medien und die Polizei hier in der Stadt, und je mehr ich weiß, desto besser kann ich sie ablenken.«

»Glauben Sie wirklich, es wird noch mehr Wirbel um diese Sache geben – statt weniger?«

»Darauf können Sie Ihre Reizwäsche verwetten. In Las Vegas ist das Verbrechensbewußtsein sehr viel ausgeprägter als das Literaturbewußtsein, aber die traurige Statistik haben Sie mir ja selbst vorgetragen.«

»Kooperation ist mir jederzeit lieber, als einzeln zu hängen. Wir stecken schließlich alle miteinander drin«, sagte Lorna Fennick mit verschwörerisch hochgezogenen Brauen.

Bei dieser Bemerkung fragte Temple sich, weshalb der Cheflektor eines Kleinverlags die PR-Chefin seines Oberherrn wohl als »nüsseknackende Pressemappen-Pusherin« bezeichnen sollte.

»Immer noch hier?« Temple war nicht erfreut, Crawford Buchanan an ihrem Schreibtisch sitzen zu sehen, wo er mit einem Bleistift durch das Drahtgitter in den Katzenkorb piekte. Es war lange nach sechs Uhr abends, und das Büro war ansonsten menschenleer.

»Wir stecken alle zusammen drin«, erwiderte er im Singsangton. »Die Solidarität der Presse. Dabei fällt mir ein: Dubbs will wissen, gibt's was Neues über die verschwundenen Miezekatzen?«

»O Gott. . . Baker und Taylor. Hör mal, ich habe alle Hände voll damit zu tun gehabt, den Schaden wegen des Toten zu begrenzen.«

»Du meinst, ungefähr so?« Buchanan hob den Ellbogen und offenbarte die Nachmittagsnummer des *Review-Journal*. Die Überschrift »Lektor tot im Convention Center« sprang Temple ins Auge.

»Wenigstens steht die Story auf der unteren Hälfte.« Sie beugte sich vor, um das Geschriebene zu überfliegen.

»Aber auf Seite eins. Wenig Details. Zu schnell in den Druck gegeben. Und diese Molina ist ziemlich wortkarg. Dubbs hat heute nachmittag zwei Ibuprofin genommen.«

»Der sollte lieber Aspirin nehmen«, fauchte Temple. »In seinem Alter ist das besser fürs Herz.«

Buchanan drehte sich mit Temples Schreibtischstuhl hin und her. »Der Mangel an Stories wie dieser wäre noch besser für sein Herz, T.B. Hey – autsch! Das Mistvieh hat mir den Bleistift aus der Hand geschnappt.«

»Du solltest auch lieber jemanden pieken, der nicht größer ist als du, C.B.«

Das trieb Buchanan von ihrem Stuhl hoch, aber sein Zorn hielt nie lange an. Er grinste schleimig und klopfte mit den Fingerknöcheln oben auf den Katzenkorb. »Ich kann nur sagen, du solltest lieber diese Katzen auftreiben und die Mordgeschichte ein bißchen abkühlen, oder das Las Vegas Convention Center and Tourist Board wird sehr unzufrieden mit dir sein – von der ABA gar nicht zu reden. Bye-bye.«

Temple sah dem grauen Lockenschopf nach, als er hinausschlenderte; er ragte knapp über die diversen Trennwände hinweg.

»Hai!« zischte sie ihm leise nach. »Alles okay, Pussy? Hat der böse kleine Mann dir wehgetan? Nein, das dachte ich mir. Komm, laß uns abhauen. Ich hab' die Nase voll von diesem Laden.«

4.
Ein neuer Junge in der Stadt

Der Katzenkorb schlug im Vierviertaltakt gegen Temples Knöchel, als sie sich durch das Licht der Spätnachmittagssonne mühte, die den Asphalt auf dem Parkplatz des Circle Ritz aufgeweicht hatte, so daß er die Konsistenz von halbgarem Plätzchenteig hatte.

Ihre hohen Absätze bohrten sich in den Boden und blieben bei jedem Schritt stecken, und sie kam sich vor wie ein Goldsucher, der durch eine Wüste aus Buttertoffee stapfte. Sie stellte den Korb ab, riegelte das Holztor auf, schob den Korb hindurch und verriegelte das Tor wieder.

Sie blieb stehen, um sich vom indigoblauen Schatten einer gebogenen Palme tränken zu lassen und den von gelben Calla-Lilien flankierten kühlblauen Apartment-Pool zu betrachten. Ihr Lieblingsliegestuhl stand leer am Beckenrand und wartete nur darauf, ihre müde Gestalt und zerfranste Psyche im Schatten eines ausladenden Oleanderbusches schmiegsam aufzunehmen. . . Home, sweet home.

Temple hatte ihren Liegestuhl fast erreicht, als sie den Fremden erblickte, der sechs Stühle weiter saß.

»Oh.«

Er blickte von einem Las-Vegas-Führer auf. Blond geboren, mit karamelbraunen Augen, heller Sonnenbräune, leuchtend grünem kurzärmeligen Hemd, mit Muskeln, die hinreichend fein ausgeprägt waren, um interessant zu sein, und einem fragenden Blick – vor allem auf den Katzenkorb. »Kann ich Ihnen helfen damit?«

»Nein.« Temple hatte etwas gegen jede Bemerkung, die sich auf ihre zierliche Gestalt bezog. Sie stellte den Tragekorb auf die Steinplatten und setzte sich züchtig auf die Kante des Liegestuhls, statt sich wie üblich in voller Länge hineinplumpsen zu lassen. »Ich weiß nicht, ob ich es wagen kann, das arme Ding herauszulassen.«

»Was für ein armes Ding ist es denn?«

»Ich weiß nicht genau. Schwarz. Katzenartig. Schwer. Heult ganz furchterregend.«

»Ein Streuner?«

»Eher ein unbefugter Eindringling. Gott, was für ein Tag!« Nicht einmal ein gutaussehender Fremder konnte Temples langerwarteten Zusammenbruch jetzt noch verhindern. Sie seufzte, rutschte dann weit, weit nach hinten in ihrem Liegestuhl und legte die Beine hoch.

Der Mann kam heran, bedeckte sie kurz mit kühlem Schatten und hockte sich dann neben den Korb. »Darf ich gucken?«

»Aber nicht weglaufen lassen. Da ist ein unentbehrlicher Zeuge bei einem Mordfall drin.«

»Sie machen Witze.«

Temple schüttelte den Kopf. Dabei erwog sie, die Sonnenbrille abzunehmen, um ihren neuen Bekannten in lebensechten Farben zu betrachten, aber sie hielt sich zurück.

»Sie machen keine Witze.« Der Mann zog eine lange schwarze Pelzboa aus dem engen Tragekorb. »Er muß ja fast zwanzig Pfund wiegen.«

»Er?«

»Ohne Zweifel.«

»Tierarzt?«

»Ich bin auf einer Farm großgeworden.« Vorsichtig ließ er den Kater los und streckte ihm eine braune Hand entgegen, und das Ganze begleitete er mit einem Lächeln, von dem ein Maulwurf blind geworden wäre. »Matt Devine. Ich wohne jetzt auch hier – nehme ich an. Mrs. Lark war herzlich, aber ein bißchen unbestimmt.«

»Nur ein bißchen? Dann müssen Sie sie stark beeindruckt haben. Hallo – Temple Barr. Ich wohne seit fast einem Jahr hier im Circle Ritz. Sie werden entzückt sein, aber Sie müssen für ›kleine Unbestimmtheiten‹ viel übrig haben. He, das ist wirklich ein großer Brocken, was?«

Temple setzte sich auf und betrachtete den Kater; der beschnupperte lange und eingehend den Absatz ihres Schuhs, das Aluminiumgestell ihres Liegestuhls und Matt Devines Hand.

»War das Ihr Ernst?« fragte Matt. »Daß er ein Mordzeuge ist?«

Temple seufzte. »Es war eine Übertreibung – eine Todsünde für eine PR-Spezialistin.«

Matt schrak bei diesen Worten auf. Vielleicht hatte er etwas gegen PR-Leute, dachte Temple. Vielen sonst ganz netten Menschen ging es so. PR-Leute als Gruppe galten oft stereotyp als verschlagen, seicht und unecht.

»Tatsächlich«, räumte sie ein, »müßte Boston Blackie hier einen Orden bekommen. Wenn er sich nicht unerlaubt im Convention Center herumgetrieben hätte, dann hätte ich die Leiche nicht gefunden, als ich ihn jagte.«

»Das muß aber hart gewesen sein – eine Leiche zu finden.« Matt war aufgestanden, um den Erkundungsgang des Katers in die nähere Umgebung zu beaufsichtigen.

»In meiner Stellenbeschreibung steht jedenfalls nichts

davon. Jetzt soll ich den Mord herunterspielen, bevor er die ganze Messe ruiniert. Verdammt! Das ist mein erster Auftrag für die ABA. Buchhändler, das klang so steif. Wer hätte so was vermutet? Ich brauche was zu trinken.«

»Sorry.« Matt spreizte die leeren Hände und wandte sich zu den Calla-Lilien hinüber, wo eben ein schwarzer Schwanz verschwand. »Versuchen Sie's bei Mrs. Lark.«

»Hat sie nicht gesagt, Sie sollen sie Electra nennen?«

»Doch, aber . . .« Matt bückte sich zwischen die brusthohen Halme. »Ich wette, Sie wünscht nicht, daß dieser Bursche in ihren Lilienteich hüpft, egal, wie man sie nennt.«

»O Gott, nein! Ab ins Kittchen mit ihm. Ich muß in mein Apartment; mal sehen, ob ich noch Thunfisch habe. Dann kann er sich bei mir ein bißchen umschauen.«

Ein Kreischen, das ganz und gar nicht gentlemanlike klang, ließ vermuten, daß der Kater eingefangen worden war.

»Was sagt Mrs. Lark – Electra – denn zu Haustieren auf dem Gelände?« wollte Matt Devine wissen.

»Es ist ja nur für eine Nacht. Jemand mußte ihn mitnehmen, und ich hatte das Pech, ihn zu fangen. Lieutenant Molina vom Sex- und Morddezernat hat mich aufs Korn genommen, und sie hat einen verdammt bösen Blick. Nicht eben angenehm – falls Sie Lieutenant Molina je begegnet sind.«

Matt grinste, als ob ihn etwas amüsierte, tätschelte den glänzend schwarzen Kopf des Katers und stopfte das Tier dann durch die Tür in den Korb, obwohl vier schwarze Pfoten und ein Schwanz sich wütend nach allen Seiten spreizten wie die Arme eines Tintenfischs.

»Tun Sie ihm nicht weh«, warnte Temple.

»Ich *ihm* weh tun? Haben Sie gesehen, was für Krallen dieser Miezekater hat?«

»Juu-huu!« jodelte es von der Hintertür des Apartmenthauses. Electra Lark in leuchtfarbenem Flattergewand erschien gleich darauf. Sie war eine der letzten noch lebenden Frauen in Amerika, die »juu-huu« schrien und Flattergewänder trugen, separat oder beides gleichzeitig.

»Kann einer von Ihnen Orgel spielen?« Die Hauswirtin blieb atemlos vor ihnen stehen. Ihre Frisur war ein pittoreskes Postpunk-Patchwork aus Limettengeleegrün, Alte-Damen-Lavendel und Feuerwehrautorot.

Temple schüttelte nur den Kopf. Matt war zu verdattert, um irgend etwas zu schütteln.

Electra Lark schaute auf eine »California-Rosinen«-Uhr an ihrem kräftigen Handgelenk. »Euphonia liegt krank zu Hause, und ich habe um halb sechs eine Hochzeit, die nicht warten kann. Ohne Marsch wirkt sie irgendwie nicht legal.«

»Ich spiele ... ein bißchen«, gestand Matt. Er stand da, die Hände in den Taschen seiner Khakihose, und sah anbetungswürdig unsicher aus.

»Wirklich, Matt? Sie spielen Orgel?« Electra vibrierte vor Erleichterung. »Warum haben Sie das nicht gesagt? Ich kann Ihnen mit der Miete entgegenkommen, wenn Sie Euphonia vertreten können. Sie hat vier Kinder.« Electra verdrehte die Augen. »Da sind Notfälle eingebaut.«

»Ich spiele nur nach Gehör, und Lohengrin kann ich nicht«, warnte er.

»Keine Sorge.« Electras amethystene Ohrclips blitzten, als sie Matts gebräunten, golden behaarten Arm unter ihren rundlichen, sommersprossigen zog. »Wenn es bloß feierlich und kirchenhaft klingt.«

Temple sah ihnen nach, wie sie um das runde Gebäude herumspazierten, und sie beneidete Frauen eines gewissen Alters, die sich bei Männern von einer gewissen Attraktivität gewisse Freiheiten herausnehmen konnten, ohne daß sich jemand etwas dabei dachte.

Dann gab sie sich einen Tritt – bildlich gesprochen (die Weitzmans waren vorn viel zu spitz für eine solche Ermahnung im buchstäblichen Sinn). Was tat sie denn hier – oder, besser gesagt, was dachte sie da? Da hatte ein Mann sie erst drei Monate zuvor allein und ohne Freunde in Vegas sitzenlassen. Was kümmerte es sie da, wenn ein Märchenprinz höchstpersönlich ins Nachbarapartment einzog? Sicher, Matt machte einen freundlichen und sanften Eindruck, aber Max Kinsella hatte schließlich auch so manchen Eindruck gemacht – einschließlich dessen, daß er es allzu ernst damit gemeint hatte, sie ohne Vorwarnung zu verlassen. Max, der sie mit seinem Charme aus dem besten PR-Job herausgelockt hatte, den sie je gehabt hatte – beim Guthrie, um Himmels willen. Drei Tage, und sie hatte allen Verstand sausen lassen und war ihm nach Vegas gefolgt wie ein Lemming, der sich vom Pazifikkurs abbringen und in die Große Wüste hatte umleiten lassen. Max hatte das Circle Ritz entdeckt und Electra mit seinem Charme dazu gebracht, ihnen ein Eckapartment zu geben. Er hatte Temple mit seinem Charme sogar dazu verleitet, sich eine kleine Zeremonie vorzustellen, wie sie dereinst in der Hochzeitskapelle »Lovers' Knot« stattfinden könnte . . . Das war Max gewesen, ein Unglücksbringer von Anfang bis Ende.

Das Wiedererwachen ihrer Erinnerungen an diese maßlose Romanze und an Max' cooles Verschwinden machte noch jedesmal Püree aus Temples Emotionen. Wenn ihre Guthrie-Kollegen sie jetzt hätten sehen können, wie sie hier und da PR-Gelegenheitsjobs übernahm – zu beschämt, um in die Stadt zurückzukehren, die sie verlassen hatte, zu halsstarrig, um Vegas und sich selbst aufzugeben, bloß weil ein Mann sie hier hatte sitzenlassen.

Temple konzentrierte sich auf die heitere Ruhe am verlassenen Swimmingpool und darauf, die Vergangenheit dahin zurückzudrängen, wo sie hingehörte.

Sie nahm den Katzenkorb und ging ins Haus, wo eine antike Klimaanlage die Temperatur in der Lobby während des langen, glutheißen Sommers auf gleichmäßigen dreiundzwanzig Grad hielt. Vor der Aufzugtür übermannte sie die Neugier. Sie stellte den Korb ab und huschte durch den offenen Gang hinüber zur Kapelle, bemüht, mit ihren Stakkato-Absätzen nicht die gerade stattfindende Hochzeit zu stören.

Der winzige Raum platzte schier aus den Nähten vor lauter Blumen (überwiegend Recycling-Ware aus Sam's Bestattungsinstitut am Charleston Boulevard; Sam war entweder Electras ehemaliger oder ihr Möchtegern-Beau). Das glückliche, aber eilige Brautpaar stand erwartungsvoll im Spalierbogen des Eingangs. Reihen von behüteten Köpfen füllten die Sitzbänke, aber die Hüte bedeckten Hirne aus alten Strumpfhosen und Styroporchips, denn Electra hatte diese Puppengemeinde Stück für Stück mit eigener talentierter Hand modelliert und ausgestopft.

Die kleine Lowry-Orgel an der Seitenlinie sah aus wie ein Instrument für Zwerge, als Matt Devine jetzt in seinem smaragdgrünen Polohemd und der Khakihose davorsaß; er sah aus wie ein Golfprofi, der in musikalische Sklaverei gezwungen worden war. Electras Gewand war jetzt unter einer bräunlich-schwarzen Examensrobe verschwunden, die ihr ein angemessen geistliches Aussehen verlieh. Sie nickte dem wartenden Matt kurz und selbstzufrieden zu.

Die Orgel erwachte pustend zum Leben. Temple hörte zu, erst neugierig, dann erstaunt. Musik, marschähnlich und von sanfter Sinnlichkeit, erfüllte schwellend den kathedralenhaft gewölbten Raum. Das Paar setzte sich mit dem traditionell nervösen Stocken eines gemessenen Schritts in Bewegung. Die Hutkrempen der versammelten Kleiderpuppen schienen beifällig zu wippen.

Temple blinzelte. Es war ein harter Tag gewesen. Sie hatte einen Toten gefunden, den Langstreckenrekord im Tragen des schwersten Katers der Welt errungen, einen hinreißenden neuen Mieter männlichen Geschlechts kennengelernt, gerade als sie mit diesem Geschlecht unwiderruflich abgeschlossen hatte, und jetzt zerschmolz sie im Zauber eines Hochzeitsmarsches, den sie noch nie zuvor gehört hatte. Noch eine Minute, und sie würde sich einbilden, daß die »Gemeinde« im Chor mitsummte.

Halleluja – sie mußte machen, daß sie hier wegkam.

»Okay, Miez«, sagte Temple zu dem Kater, als sie am Ende ihres Weges angekommen waren. »Das hier ist ein ganz besonderes Haus. Es ist rund, weißt du – das ganze Gebäude. Und was wir hier sehen, ist meine Wohnungstür – sschhh, Moment, ich muß erst meinen Schlüssel finden! Eine solide Kassettentür aus Mahagoni. Solches Holz vergeudet man heute überhaupt nicht mehr. Nicht mehr seit den fünfziger Jahren. Das hier war mal ein hochfeiner Laden, bis es in den Siebzigern damit bergab ging; und dann kam Electra und brachte wieder Klasse hinein. Und jetzt haben wir die Neunziger, und du kannst es dein Zuhause nennen.«

Die Tür öffnete sich lautlos zögernd auf soliden Messingangeln, so schwer war sie. Temple wuchtete den Katzenkorb über die Schwelle. Dann war sie drinnen, und sofort hätte jeder Freund aus Minneapolis, der sich vielleicht gefragt hätte, weshalb sie hierblieb, nachdem Max verduftet war, es verstanden.

»Hübsch, was? Ich laß dich raus, du schaust dich um, und dann essen wir.«

Das war eine Tagesordnung, die dem Kater offensichtlich paßte. Er kam vorsichtig aus seinem Korb und setzte dabei eine dicke Pfote so präzise vor die andere wie ein Ballettgirl im Tropicana.

Links lag die sonderbare, keilförmige Küche, aber der Kater schnupperte nur einmal lange und mit bebendem Schnurrbart, wandte sich dann dem Wohnzimmer zu und tappte auf lautlosen Pfoten über das Walnußparkett.

Temple liebte ihre Wohnung, mit oder ohne Max. Die Einrichtung war eher eine Mischung aus Phantasie und Zufallsfunden denn aus Geld und Zeit. Die Hauptzimmer waren keilförmig wie Tortenstücke und verbreiterten sich zu den gekrümmten Fenstern hin. Die geschwungenen, gewölbten Stuckdecken schienen sich wie Sanddünen den Wänden entgegenzuwellen und brachten ein sanftes, unterwasserähnliches Spiel von Licht und Schatten hervor. Kein Wunder, daß Electra eine mystische Ader entwickelt hatte, nachdem sie fast zwanzig Jahre hier gelebt hatte.

Der schwarze Kater interessierte sich indessen weder für das Mystische noch für das Unterwasserähnliche, solange sich damit nicht ein schmackhafter, flossengeschmückter Leckerbissen verband. Er nahm Kurs auf die französischen Fenster und stellte die Vorderpfoten auf die unteren Sprossen, um die dreieckige Loggia vor dem Wohnzimmer zu begutachten.

»Nicht nach draußen«, sagte sie und drehte den Apartment-Thermostat für den Abend ein bißchen herunter. »Da fällt mir ein – ich sollte wohl lieber eine Grillpfanne oder so was auftreiben. Ja, das ist die Toilette – *meine* Toilette. Komm ja nicht auf dumme Gedanken.«

Der Kater schnupperte mit seiner kohlschwarzen Nase hinter der Toilette herum. Dann stellte er sich wie eine Leiter aufrecht an die quadratzollgroßen Fliesen der Badezimmerwand und reckte sich nach dem kleinen Fenster über ihm.

»Zu hoch sogar für dich, Schlauberger!«

Er pflichtete ihr bei, denn einen Augenblick später war er in ihrem Schlafzimmer und musterte ihren Kleiderhaufen. »Bin ich eben unordentlich – na und? Wir sind nicht verheiratet oder so was.« Er sprang auf das große Doppelbett und ließ sich genau in der Mitte nieder. »Runter da! Wenn du Glück hast, kriegst du ein Kissen in der Ecke. Das sage ich allen Männern, die hier übernachten.«

Seine Vorderpfote schob die Lamellentür des Wandschranks einen Spaltbreit auf und offenbarte eine Schatztruhe voller Schuhsohlen. »Schnuppern? Aber keine Zicken! Ich besorge dir gleich die nötigen Gerätschaften.«

Der Kater richtete sich an der Innenseite einer Schranktür auf, streckte die Vorderpfoten aus und tappte spielerisch auf ein Poster, das an der Tür klebte.

»Genau, du hast's erfaßt, Kumpel. Mein schmutziges kleines Geheimnis. Was du da siehst, ist der letzte verbliebene Überrest des ›mysteriösen Max‹ in Vegas. Richtig, ein schönes langes Gähnen wert. Wie langweilig. So unoriginell – ein Zauberer, der einfach verschwindet, um Himmels willen.«

Temple betrachtete das Erinnerungsstück. Der »Mysteriöse Max« sah ebenso koboldhaft wie tödlich aus; sein Haar war schwarz, und seine Hände waren stark, knochig und geschickt. Er trug einen marineblauen Rollkragenpullover, und sein Gesichtsausdruck schien zu sagen: »Eben noch da, und plötzlich weg« – eine ziemlich gute Zusammenfassung ihrer Beziehung.

Sie hob den Kater auf, ein unbesonnener Entschluß. Er wog immer noch eine Tonne. Aber seine Augen waren fast so grün wie Max'.

»Ich hoffe, ihr seid nicht zwei von derselben Sorte«,

murmelte sie in sein üppiges Nackenfell. »Nicht, daß du mir auch wegläufst. Dich brauche ich. Irgendwie, irgendwie wirst du mir diese Mordsache bei der ABA entschärfen. Das weiß ich.«

Der Kater ruhte mit seinem ganzen Gewicht behaglich in ihren Armen; nur der Blick seiner grünen Augen streifte unter der Decke entlang, als suche er einen Weg hinaus.

Temple verstärkte ihren Griff. »Tu mir das nicht an! Wag es nicht!«

5.
Reingefallen

Oh, was für private Komplikationen ergeben sich doch aus dem schlichten, wenn auch einigermaßen beispiellosen Versuch, in einer bösen Welt eine gute Tat zu tun.

Ich meine die List, die darin bestand, jemanden auf der Jagd nach meiner Wenigkeit über die Leiche stolpern zu lassen. Ich hatte nicht damit gerechnet, mich im Verlauf der Sache mit der Mißhelligkeit meiner eigenen Festnahme auseinandersetzen zu müssen. Niemandem aus meinem engeren Bekanntenkreis dürfte es indessen entgangen sein, daß ein leinener Bücherbeutel, so robust er sonst sein mag, alles andere als hinreichend ist, um einen Burschen meines Kampfgewichts aufzuhalten, sollte ich mich zu entfernen wünschen.

Aber ich habe nun überhaupt kein Verlangen danach, am Schauplatz des Verbrechens meinerseits eine Szene zu machen, und so begebe ich mich ohne Aufhebens in die gute, marineblaue Dunkelheit des Leinenbeutels.

Mit der tragbaren Zelle sieht es anders aus. Ein cleverer Typ wie ich weiß, daß diese Gittertür von außen verriegelt wird. Mein spezielles Gefängnis ist aus genopptem Plastik in einem scheußlichen Beige und erinnert mich an ein bestimmtes Katzenfertigfutter, mit dem ich sehr flüchtige Bekanntschaft habe. Für meine Farbe taugt es nichts, von meinem Körperbau ganz zu schweigen, der ohnehin nie dafür gedacht war, in eine für die schlappschwänzige gemeine Hauskatze konstruierte Zelle gequetscht zu werden.

Ich nehme das alles mit relativ anständiger Haltung hin. Entscheidend ist, daß ich schnell und diskret aus jeglichem Zusammenhang – geistig wie körperlich – mit dem *corpus delicti* entfernt werde. Wie auch die Pläne von Mäusen und Menschen gelegentlich in die Hose gehen, um den schottischen Poeten zu paraphrasieren, so geht es auch denen, die Midnight Louie macht.

Zum einen habe ich nicht damit gerechnet, im Gewahrsam einer streitsüchtigen Puppe wie dieser Miss Temple Barr zu landen. Während ich den Tag über im Convention Center in meiner Knastzelle hocke, behält sie mich die meiste Zeit in ihrer Nähe. (Wer kann es ihr verdenken? Sie ist nicht ohne Geschmack, die kleine Puppe.)

Das ermöglicht mir, mehr zu hören, als meinen ungewöhnlich scharfen Ohren lieb ist. Zwar ist es mir gelungen, die viehische Tat zu offenbaren, ohne mich selbst in Verdacht zu bringen, aber ich hatte nicht erwartet, daß meine Selbsterhaltungstaktik für eine bittersüße Zuckerpuppe wie diese Temple sozusagen zum Reinfall werden würde.

Und während die grollenden Stimmen der ABA und des Convention Center draußen vor den Polyurethanwänden meines Gefängnisses ihre Politik erläutern, wird mir klar, daß Miss Temple Barr in schlimmeren Schwierigkeiten steckt als ich, denn ihr Job ist es, Leichen im Keller zu verstecken, und nicht, über sie zu stolpern.

Obwohl ihre Reaktion soviel Kampfgeist zeigt, daß sie wahrscheinlich auch eine mitternächtliche Massenprügelei hinter dem Schlammringerpalast überstehen würde, ist meine Verantwortung in dieser Sache doch nur allzu klar: Meine Ehre als Gentleman verpflichtet mich, die kleine Lady aus einem Schlamassel zu befreien, in dem sie nicht stecken würde – hätte sie sich nicht unglückseligerweise von meiner flüchtenden Gestalt anziehen lassen.

Am besten halte ich meine Karten dicht vor der Brust, warte ab und stelle mich dämlich. Und hier wird die Sache unwürdig: Ich muß zulassen, daß man mich wie ein Haustier behandelt.

Ich gestatte also, daß man mich aus meiner Zelle heraus in einen hochinteressanten Garten hinter dem Circle Ritz zerrt, und haue nicht gleich ab. Die Hütte ist zwar ungewöhnlich, aber den Standard des Crystal Phoenix Hotel erreicht sie nicht. Jeder Trottel, der Midnight Louie kennt, würde wissen, wie ich auf die Entlassung aus dem Knast normalerweise reagiere: eine Palme rauf, übers Dach wieder runter und nichts wie weg.

Aber ich halte mich zurück, und das ist gut so. Als Haustyp war ich immer schon ausgezeichnet, wenn ich das mal so sagen darf, und als ich jetzt per Lift in Miss Temple Barrs bezauberndes *pied-a-terre* – in ihre Bude, mit anderen Worten – befördert werde, fange ich auch an, ihre Situation zu checken.

Sie macht sich Sorgen; das ist offensichtlich, wenn sie sich allein und unbeobachtet glaubt. (Ein paar meiner besten Freunde finden, ich sollte mich auf diese psychoanalytische Masche verlegen. Ich habe ein Talent dafür, mir die Probleme der Leute anzuhören – und ich habe sogar den nötigen Schnurrbart für diesen Job.)

Jedenfalls zwitschert die Kleine sich und mir was vor, während sie ihren häuslichen Abendpflichten nachgeht; dazu gehört auch ein kurzer Abstecher in den Supermarkt, wo sie einen Sack Zementkrümel und eine Grillpfanne aus Aluminium besorgt.

Als ich das letztemal einen Sack von dieser Größe mit ähnlichem Inhalt gesehen habe, war Guido Calzone dabei, für »Noodles« Venucci ein Paar haltbare Stiefelchen und einen kurzen Trip auf den Grund des Lake Mead vorzubereiten. Was die Grillpfanne betrifft, so ist es gewissen großen Vögeln aus meinem Bekanntenkreis in solcher Nachbarschaft nicht gut ergangen.

Aber Schlimmeres als diese Spekulationen steht mir bevor, wie ich spät abends entdecken muß – doch zuvor die wichtigste Entdeckung. Ich mache sie auf der Innenseite von Miss Barrs Wandschranktür – immer ein bedeutsamer Ort. Die Leute neigen dazu, ihr

Dope in Wandschränken zu verstecken, aber auch ihre abgelegten Kleider und Träume. Ich habe selbst eine Vorliebe für solche Bereiche, hauptsächlich weil es dort gemütlich, dunkel und still ist – Qualitäten, die sich in einer Stadt wie Vegas nicht oft gleichzeitig am selben Ort finden.

Jedenfalls, da hängt es dann: ein Poster mit einem herrischen Typen, der aussieht wie eine Kreuzung zwischen Frank Langella und Tom Cruise. Einen so bohrenden Blick habe ich nicht mehr gesehen, seit ich damals dem Pitbull Auge in Auge gegenüberstand. Dieser spezielle Posterboy hier hat schwarzes Haar. Ich habe immer wieder festgestellt, daß die Ladies eine spezielle Vorliebe für Typen mit schwarzem Haar haben, womit ich ja nun besonders gut ausgestattet bin. Es liegt auf der Hand, daß meine unbestreitbare Attraktivität in diesem Punkt dazu beigetragen hat, Miss Temple Barr vom Pfad der Tugend abweichen zu lassen, und das nicht zum erstenmal.

Ich erkunde meine neue Operationsbasis, während sie im Schlafzimmer schlummert. Nicht schlecht, die Bude; ich entdecke mehrere auserlesene Ecken – eigentlich nicht so sehr Ecken als vielmehr Winkel. Das spricht meinen Sinn für Humor an, von dem für Selbstverteidigung nicht zu reden. Und die Loggia draußen vor den Wohnzimmerfenstern liegt im dritten Stock und ist somit ein praktisches Landeplätzchen für Leckerbissen geflügelter Natur.

Tja, Midnight Louie könnte in diesem Laden ganz gut zurechtkommen, und nirgends wittere ich Spuren eines sabbelnden Menschenwesens, das hinter den Ohren und an anderen, eher unaussprechlichen Stellen naß ist und weder die angeborenen Manieren noch den Verstand besitzt, die Klappe zu halten und die Zunge für die fundamentale Hygiene zu benutzen.

Meine eigenen natürlichen Bedürfnisse, muß ich gestehen, nötigen mich zur näheren Untersuchung der Grillpfanne, die Miss Temple klug hinter die Badezimmertür geschoben hat. Es ist ein popliges Aluminiumding, eine Blechschüssel beinahe, voll mit dem übelsten Sand-Ersatz, den ich je gesehen habe – staubige, grobe Nuggets ohne den geringsten irdischen Wert. Als ich probehalber mit der Pfote darin scharre, verstopft eine Staubwolke meine Nasennebenhöhlen und verkrustet mein frisch gestriegeltes Überfell.

Mein Verdruß wächst, als ich erkenne, welchem Zweck diese erbärmliche Kiesschütte dienen soll. Ich bin indessen ein braver Bürger und kein Umweltverschmutzer, und so bediene ich mich dieser Gelegenheit, meine neuen Jagdgründe zu markieren.

Später schlüpfe ich ins Schlafzimmer (auch in Manövern dieser Art bin ich ziemlich gut, und ich war schon immer ein »Mann für oben«), und ich gewähre meiner kleinen Puppe die Ehre eines warmen Körpers, an den sie sich ankuscheln kann. Das Arrangement ist nicht unangenehm, vor allem als sie aufwacht und kleine Manipulationen an meinen Ohren vornimmt, meiner erogenen Lieblingszone. Um die Wahrheit zu sagen, ich kann die Ladies einfach nicht von mir fernhalten, und ich habe nie die Grobheit besessen, mich über eine derartige Wendung der Ereignisse zu beklagen.

Aber dann, ganz plötzlich, sitzt Miss Temple Barr kerzengerade im Bett, als hätte sie soeben einen Spaziergang durch die Alptraumgasse gemacht.

»Oh, Pussy!« sagt sie.

Ich ziehe schmerzlich berührt den Kopf ein, was im Dunkeln aber kaum zu merken ist. Niemand nennt mich »Pussy« – mit Ausnahme der Touristen; und obwohl jedes Jahr an die fünfzehn Millionen hier herumwimmeln, sehe ich doch so wenige wie möglich. Aber Miss Temple Barr ist noch nicht völlig stubenrein, und so vergebe ich ihr diesen Quatsch.

»Oh, Pussy!« gurrt sie noch mal, wie gesagt. »Was für eine brillante Idee! Du wirst mir helfen, diese Mordgeschichte zu entschärfen.«

Das soll doch ein Wort sein!

Natürlich werde ich mich nach Kräften bemühen, die böse Tat aufzuklären, damit der Job meiner kleinen Puppe nicht länger auf dem Spiel steht. Ich bin erleichtert, daß sie so schnell auf meine unvergleichlichen Werte gestoßen ist, auch wenn dazu ein Traum nötig war. Und auf der Stelle widme ich mich weiter meinem Schönheitsschlaf.

Ich weiß, ich werde meine Ruhe brauchen, denn ich habe das Gefühl ('ne kleine übersinnliche Begabung habe ich nämlich auch – sagte ich das schon?), daß wir morgen einen großen Tag vor uns haben.

6.
Autorenparade

Die Nachmittagsausgabe des *Las Vegas Review-Journal* vom Samstag lag verstreut auf Temples Schreibtisch, die Seite eins des zweiten Teils zuoberst.

Ebenfalls obenauf war das Photo einer schwarzen Straßenkatze, die eine karierte Jagdmütze schräg über einem Ohr trug und eine Lupe zwischen den nachtschwarzen Pfoten hielt.

Die Schlagzeile über dem eingerahmten Bericht lautete:

Kater deckt Verbrechen im Convention Center auf
Kein Wort über die eigene mysteriöse Vergangenheit

Ein Anreißer darüber verkündete »*Ein Bücherfan*« – in Achtzehn-Punkt-Kursiv.

Die Besatzung des PR-Büros hatte sich um die ersten Exemplare der Zeitung gedrängt, als sie kurz nach Mittag gekommen waren – Bud Dubbs, Temple, die Sekretärinnen, alle außer Crawford Buchanan. Sogar der Kater war anwesend, wenn auch in seinem Tragekorb und – aus Achtung vor der Wahrheitstreue des Headline-Texters – stumm wie ein Grab.

»Schnelle Arbeit.« Dubbs stand in Hemdsärmeln da und umfaßte seine beiden Ellbogen mit den Händen. Er betrachtete den Artikel mit nachdenklicher Zärtlichkeit. »Weiß nicht, wie Sie das geschafft haben, Temple. Dieser Human Touch – oder Tierfreunde-Touch – verringert die Attraktivität des Mordes tatsächlich.«

»Ich weiß«, erwiderte Temple. Sie hatte eine erdige, flexible Stimme, die augenblickliche Gefühle ausdrücken konnte. Selbstgefällig wäre kein zu starkes Wort gewesen, um ihre derzeitige Stimmung zu beschreiben. »Betsy Cohen ist ihre beste Feature-Autorin«, sagte sie. »Ich hoffte nur, daß sie auf Katzen stand. Aber man darf dabei unseren Kater-Star nicht vergessen. Er war ein Engel; hat nicht mal versucht, die Mütze zu fressen. Es funktioniert wirklich, nicht wahr? Jetzt ist der Mord eine Fußnote in der Katzenstory, und ich find's entzückend, wie Betsy den pelzigen Burschen als getarnten Literatur-Freak beschreibt, der sich an der Atmosphäre der Buchmesse delektiert.«

»Eine bessere Berichterstattung über diesen unglückseligen, äh, Zwischenfall hätten wir auch für Geld nicht kriegen können«, meint Dubbs zustimmend. »Sehen Sie eine Möglichkeit, den dicken Burschen auch für eine Fahndung nach den beiden verschwundenen Scotties zu verwenden? Sie wissen schon, ohne tatsächlich bekanntzugeben, daß sie verschwunden sind?«

»Ich bin Publizistin, Budd, keine Wundertäterin. Baker & Taylor sind vielleicht nicht so scharf darauf, das Verschwinden der beiden Katzen bekanntzumachen; das könnte mehr Probleme verursachen, als dadurch gelöst würden. Und die verschwundenen Katzen sind keine ›Scotties‹, sondern *Scottish Fold*-Katzen. Das bedeutet, ihre Ohren sind eingeknickt.«

»Von mir aus.« Dubbs verbreitete wie üblich eine unbestimmt fordernde Aura. »Treiben Sie die Katzen auf, und ich vergesse, daß Sie hier einen Tag vor der Eröffnung Leichen ans Licht zerren.«

»Eine Leiche. Singular.«

»Achten Sie darauf, daß es so bleibt«, erwiderte Dubbs mürrisch.

Die Kollegen hatten sich während dieser Diskussion verzogen und Temple und den Kater allein zurückgelassen, damit sie Dubbs' Anweisungen aufnahmen. Dubbs wandte sich ab und hielt dann noch einmal inne. »Verstauen Sie diesen Kater lieber irgendwo«, sagte er. »Lieutenant Molina holt Sie in ein paar Minuten ab.«

»Sie holt mich ab? Das klingt wie eine Verhaftung – oder wie ein Date. Wieso denn?«

Dubbs schüttelte den Kopf, eine seiner eher herrischen Gesten. »Sie hat nach Ihnen gefragt. Braucht einen Führer, der ihr sagt, wer hier auf der Messe wer ist.«

»Mist! Das weiß *ich* doch noch nicht mal.«

»Helfen Sie ihr. Und versuchen Sie, es diskret zu machen.«

Temple setzte sich an ihren Schreibtisch und starrte wehmütig in die babygrünen Augen, die sie durch das Gitter des Korbes betrachteten. »Der Lieutenant holt mich ab«, intonierte sie. »Tut mir leid, Kumpel, ich muß dich wieder in den Lagerraum sperren; das ist der einzige Raum, der groß genug ist für deine Grillpfanne. Heut abend gibt's Lachs, das verspreche ich.«

Temple verfrachtete den Kater in den Lagerraum, als sie den schweren Schritt des Gesetzes hörte. Eilig kehrte sie zurück und erblickte die Polizistin, die sich über ihren Schreibtisch beugte.

»Niedlich.« In Molinas absichtlich ausdruckslosem Tonfall lag nicht ein Hauch von Freundlichkeit. »Das liest sich, als ob die Polizei eine Katzendivision brauchte, um ihren linken Fuß zu finden – von einem Toten ganz zu schweigen. Ihre kreative PR, nehme ich an.«

»Ist auf jeden Fall besser als ›Toter Lektor im Convention Center‹.«

»Dichtung klingt immer besser als Wahrheit. Deshalb wenden sich so viele Leute dem Verbrechen zu.«

»Hey, schauen Sie mich nicht so an, Lieutenant. Ich dachte, Sie wollten einen ABA-Führer und keine Verdächtige.«

»Wie ich höre, hatten Sie schon mal einen Zusammenstoß mit dem Opfer.«

»Sie müssen mit Claudia Esterbrook gesprochen haben. Sie hat mich auch wieder daran erinnert. Aber es ist doch irgendwie blöd, jemanden umzubringen, den man noch nie gesehen hat und dessen Namen man noch nicht einmal kennt.«

Molinas Augen – in einem überirdischen Aquamarinblau, das faszinierend hätte sein können, wäre ihr Blick nicht so ausdruckslos gewesen – musterten Temple flink von Kopf bis Fuß. Ihr Mund verzog sich spöttisch. »Entspannen Sie sich. Es ist schwer, sich vorzustellen, daß Sie einem Mann eine Stahlstricknadel Nummer fünf durch den Magen stechen und dann aufwärts ins Herz bohren.«

»Das also war die Mordwaffe! Aber hören Sie zu: Ich wette, ich kann alles, was Sie auch können.«

Lieutenant Molina ließ ihre professionelle Fassade für einen Augenblick von einem schmalen Lächeln auftauen. »Fangen Sie hier keinen Wettbewerb an, Barr. Wir reden von einem Mord. Ich möchte, daß Sie mir zeigen, wie dieser Laden hier läuft.«

»Es ist eine normale Buchmesse.«

Molinas Augen rollten in ihren Höhlen wie widerspenstige blaue Murmeln. »Vierundzwanzigtausend Leute! Sind Sie die ganze Zeit Manegenmeister in diesem Zirkus?«

»Das ist mein Job«, versetzte Temple ein wenig steif.

Molina hob eine rabenschwarze Augenbraue, die nach Temples Meinung ein bißchen wohlabgewogenes Zupfen vertragen hätte. »Sagen Sie mir nicht, jemand muß es ja tun.«

»Aber so ist es. Was wollen Sie wissen?«

»Wie diese Sache organisiert ist. Welche täglichen Veranstaltungen stattfinden. Wer hier mit dem Getöteten Verbindung hatte.«

»Lassen Sie uns losgehen. Als erstes brauchen Sie eine Ausweismarke.« Sie mußte unwillkürlich grinsen, als sie das sagte, aber Molina reagierte nicht.

Als sie auf dem weiten Weg zur Anmeldung die flachen Schuhe des Lieutenants hinter ihrem eigenen scharfen Absatzklappern dumpf tappen hörte, spielte sie im Geiste mit unfreundlichen Variationen zum Thema »Plattfuß«, aber die behielt sie klug für sich.

In der Eingangshalle drängten sich die Leute in Dreierreihen, unter ihnen viele Frauen mit Handtaschen und leeren Leinenbeuteln, auf dem Gesicht einen zarten Film von sichtbarer Perspiration.

»Ist das immer so'n Irrenhaus hier?« wollte Molina wissen.

»Immer. Aber die ABA ist eine unserer Mammutveranstaltungen – vierundzwanzigtausend bücherliebende und bücherverkaufende Seelen. Wir können uns für Ihre Marke durchmogeln. Mitarbeiterprivileg. Danke, Carrie. So. Bevor wir uns der Halle zuwenden, sollten wir uns den Presseraum vornehmen.«

Molina winkte Temple, vorauszugehen.

Ihre erste Station war ein stiller Raum, in dem Reihen von Klappstühlen wie in einer Kirche standen; eine leichte Unordnung ließ darauf schließen, daß die Gemeinde soeben geschlossen aufgestanden und hinausgezogen war. Temple strich an einem langen, L-förmigen Tisch an der Wand entlang, auf dem sich Gedrucktes türmte. Hier und da blieb sie stehen, schnappte sich zwei Hochglanzmappen, drückte immer eine der Polizistin in die Hand und behielt die andere.

»Ich brauche diesen ganzen Papierkram nicht«, protestierte Molina. »Ich habe selber genug.«

»Nicht?« Temple schaute Molina über das blitzblaue Gestell ihrer Brille hinweg an. »Komisch. Das sind die Lebensdaten der drei bestverkauften Autoren von Pennyroyal Press.«

Molina klappte eine Mappe auf und betrachtete ein 20x24-Hochglanzphoto von Mavis Davis und die dazugehörige Pressemitteilung. »Ist irgend was von diesen Informationen denn tatsächlich wahr?«

»Genug, um Ihnen einen Eindruck zu geben, und ich kann Ihnen noch mehr sagen, wenn Sie mir eine Frage beantworten.«

»Ja?«

»Wieso ich?«

»Wie – wieso Sie?«

»Wieso fragen Sie nach mir, wenn Sie jemanden suchen, der einen kleinen Rundgang durch dieses Wunderland unter Glas macht?«

Molina grinste. »Ich hatte die Wahl zwischen Ihnen – und Crawford Buchanan.«

»Was ist mit Bud Dubbs?«

»Für ihn steht zuviel auf dem Spiel. Sie *sind* doch Freelance-Mitarbeiterin, oder? Ich meine, Sie schulden Ihre Kohle dem Company Store nie länger als ein paar Wochen.«

Statt einer Antwort zückte Temple ihre Visitenkarte mit

der Zeichnung eines rauchenden Filzstifts und den Worten »Temple Barr, P.R.«.

»Niedlich«, sagte Molina.

»Sie können mich nicht leiden«, stellte Temple fest. Das war eine ernste Beleidigung; die meisten Leute mochten sie nämlich. Charme gehörte zu ihrer Berufsausrüstung.

»Vielleicht kann ich Ihren Boyfriend nicht leiden.«

»Ex-Boyfriend. Und Sie haben ihn nie kennengelernt. Oder doch?«

»Ich stelle hier die Fragen, wenn Sie gestatten. Ich finde sein Verhalten verdächtig.«

»Ich finde es beklagenswert«, gab Temple zurück, »aber es gibt kein Gesetz, das einem Mann verbietet, die Stadt zu verlassen. Das ist jetzt drei volle Monate her. Ich bin drüber weggekommen; vielleicht sollten Sie es auch versuchen.«

Etwas blitzte in Molinas eisblauen Augen und war wieder verschwunden. »Vielleicht sollten Sie sich mal fragen, wieso er abgehauen ist. Es sei denn, Sie wären einer der Gründe gewesen.«

Temple zog eine Grimasse. »Ich hab' zuviel Anchovis-Pizza gegessen, okay? Hören Sie, Lieutenant, er ist einfach verschwunden. So was kommt vor. Es lag nicht an mir; alles war...«

»Was?«

»Erste Sahne«, zischte Temple durch die Zähne. »Nein, ihm gefiel die Scene von Las Vegas nicht, oder die Art, wie die Hitze von Nevada seine Krause durchschlagen ließ, oder – irgend so was. Außerdem weiß ich gar nicht, wieso eine Polizistin, die für Sexual- und Tötungsdelikte zuständig ist, ein solches Interesse für einen Zauberer aufbringt, der ein Pülverchen genommen hat und verschwunden ist. Es sei denn, Sie finden mein Sexualleben sehr viel interessanter als Ihres.«

Kein Blitzen diesmal im fernen Blau. »Kommt darauf an, was für ein Pülverchen er genommen hat. Und sind Sie schon mal auf den Gedanken gekommen, daß es die Sache mit den Tötungsdelikten sein könnte, die mich so interessiert sein läßt?«

»Max? Er sollte jemanden umgebracht haben? Ein Mann, der seinen Lebensunterhalt damit verdient, daß er Kaninchenbabies und Kakadus aus dem Ärmel zieht? Entschuldigen Sie mal.«

»Es könnte ja anders herum sein.«

Temple zog die Stirn kraus. Sie hatte nicht damit gerechnet, wegen des halb-unbeweinten Max Kinsella noch einmal in die Mangel genommen zu werden. Worauf wollte die Eiserne Jungfrau vom Las Vegas Police Department jetzt hinaus? Die Antwort traf sie wie ein Eisblock in den Magen. Daran hatte sie noch nie gedacht – nicht einmal im finstersten Brüten um drei Uhr früh.

»Max. . . tot? Nein! Sie wissen ja nicht, wie stark und körperlich fit Zauberer sein müssen, wie schnell, wie clever. Das sind keine Kandidaten für einen leichten Mord, glauben Sie mir. Glauben Sie ernsthaft, daß Max deshalb nicht wieder aufgetaucht ist?«

»Kopf hoch, Barr. Persönlich wäre dies ein sehr viel schmeichelhafterer Grund als der, an dem Sie sich seit drei Monaten erfreuen.«

»Was wissen Sie schon, woran ich mich erfreue?« brauste Temple auf, und sofort bereute sie den Ausbruch.

»Das ist das Problem. Ich weiß es nicht. Als ich Sie vor drei Monaten nach Kinsellas Verschwinden befragte, da waren Sie ungefähr so offen zu mir wie ein Killer vom Syndikat. Und jetzt mauern Sie wieder, diesmal bei einem Mord auf der Buchmesse. Ich bin die Polizei, wissen Sie. Ich habe das Recht, Fragen zu stellen.«

»Nicht, wenn sie derart persönlich sind. Nicht in einem simplen Vermißtenfall.« Molina schwieg. »Was habe ich Ihnen denn nicht gesagt, was Sie hätten wissen müssen?«

»Alles. Sie haben behauptet, Sie wüßten nichts über Kinsellas Herkunft, Familie, Freunde...«

»Weiß ich auch nicht. Hören Sie, Max und ich waren nur ein paar Monate zusammen. Er war ein Zauberer auf Tournee, und ich habe zu meiner Familie auch nicht viel Kontakt. Ich wußte – weiß – über diese Dinge einfach nichts.«

»Und Sie sehen auch nicht ein, was sie mit seinem Verschwinden zu tun haben könnten?«

»Ich habe nicht eingesehen, wieso unsere Beziehung die Polizei etwas angeht. Max war – ist – ein freier Geist. Das wußte ich; es ist ein Grund, weshalb ich... überhaupt, er hat nicht alle seine Sachen mitgenommen, aber er hat auf Reisen nie viel dabeigehabt. Sein Engagement im Goliath war an diesem Abend zu Ende gewesen. Liegt es nicht nahe, daß er einfach ohne mich weiterreisen wollte und nicht den Mumm hatte, es mir zu sagen?«

»Ein freier Geist. Und emotional ein Feigling. Und Sie der Inbegriff der Stabilität. Warum ist eine clevere Frau wie Sie auf ihn reingefallen?«

»Diese Frage gefällt mir jetzt keinen Deut besser als damals.«

»Es war damals nicht ganz so offensichtlich, daß Kinsella mit dem Feuer spielte.«

»Was meinen Sie damit?«

»Darüber darf ich nichts sagen.«

»Aber ich soll alles ausspucken – klar!« Temple holte tief Luft. »Ich will's mal so sagen. Max hat nie getan, was man von ihm erwartete. Er hat die Leute immer gern überrascht. Das hat ihm echten Spaß gemacht. Deswegen ist er Zauberer geworden. Er hat nie die Lust an kindlichen Spielen verloren. Vielleicht war er deshalb als Partner nicht besonders zuverlässig, aber er hat einem das Leben verdammt interessant gemacht. Meins hat er durcheinandergewirbelt wie ein magischer Tornado, und ich kann nicht behaupten, daß ich überrascht war, als er in einer Rauchwolke verschwand.«

»Sie verzeihen ihm?«

»Nein. . . aber sein Verschwinden paßte zu ihm, und mit Feigheit läßt es sich nicht einfach erklären. Varieté-Zauberer gehen Risiken ein; das gehört zu ihrem Auftritt.«

»Täuschung der Hände und der Augen.« Molina schnaubte. »Tricks.«

»Aber man muß ein Athlet sein, um sie vorzuführen.« Temple schüttelte den Kopf. »Einen Mann wie Max werden Sie nie verstehen. Er hält sich nicht an das Kleingedruckte im Buch der Regeln. Er lacht über Regelbücher und festangestellte Leute wie Sie und mich. Und deshalb ist er auch nicht tot, wenn Sie meine Meinung wissen wollen, Lieutenant. Der Tod ist noch nicht schnell genug für Max Kinsella.«

»Ich glaube immer noch, daß Sie etwas vertuschen wollen. Vielleicht bloß die Tatsache, daß er Ihnen fehlt.«

»Glauben Sie, was Sie wollen.« Die leise Belustigung, die die Polizistin erkennen ließ, kühlte Temples Ärger – und ihre Beunruhigung – besser ab als ein Eimer Eiswasser. »Hören Sie, Mavis Davis gibt in fünf Minuten eine Pressekonferenz. Wollen Sie sie sehen?«

»Sie wollen es anscheinend.«

Temple ging voraus zu zwei Stühlen in der Mitte der ersten Reihe. »Sie schreibt Bestseller über mordende Krankenschwestern. Wenn Sie Täter suchen, Lieutenant – und nicht Geistern hinterherjagen wollen –, dann waren die nächstbesten Mordexperten in Chester Royals Umgebung seine Autoren.«

Die Mittagspause im Presseraum war abrupt zu Ende, Claudia Esterbrook kam als erste hereingestürmt; angewidert blickte sie über die durcheinandergeworfenen Pressemappen und zischte einen Unterling deshalb an.

Sie begrüßte Temple und die Polizistin mit einem knappen Kopfnicken und offenkundig ungnädig. Die beiden würden keine Artikel schreiben. Ihr Gesicht nahm den gewohnten Ausdruck von Ungeduld an, als die nächsten, die den Raum betraten, Lorna Fennick und der erste Gang des heutigen Mediendinners, Mavis Davis, waren.

Claudia verschwand geschäftig draußen im Korridor. Ein paar Augenblicke später hörte man, wie sie unschlüssige Reporter zusammentrieb. »Larry, Sie haben mir geschworen, Sie würden das erste Interview des Nachmittags nicht versäumen! Ich verlasse mich auf Sie; gehen Sie nur hinein. Elise – vom *Graffiti Magazine*, nicht wahr? Sie dürfen sich Miss Davis nicht entgehen lassen. Kommen Sie jetzt alle herein, kommen Sie, und wir können anfangen.«

Sie kamen hereingezockelt, die tranig blickenden Vertreter der Presse, die forschen, aber gelangweilten TV-Reporter. Ihre Gesäße hatten den Lack auf den so umsichtig für die Aufnahme hängender Hintern geformten Klappstühlen dünnpoliert, und ihre aufmerksamen Ohren hatten eine Überdosis der immer gleichen Fragen ihrer Kollegen aufnehmen müssen, der immer gleichen Antworten von Autoren, die wie Zirkuspferde in Zwanzig-Minuten-Abständen herausgeführt wurden.

Die einzigen interessanten Augenblicke des Vormittags waren von Erica Jongs dekolletiertem Busen – interessant auch nur für die Hälfte der anwesenden Presse – und Walter Cronkites Aperçus über die immer noch instabile Weltpolitik bei der Präsentation seines neuesten Wälzers über Segelschiffe und schlitzäugige alte Teerjacken geprägt gewesen.

Auf Mavis Davis richteten die Medienvertreter ein gleichförmig gelangweiltes Auge: eine junge Version von Julia Child in öde. Ein Hühnerflügel hätte ihnen mehr zum Abnagen geboten. Die Hälfte träumte von eigenen Buchprojekten und von dem ermutigenden Lektor oder Vertreter oder Freund eines Lektors oder Vertreters, den sie vorhin in der Ausstellungshalle ausgiebig beschwatzt hatten. Claudia schwang ihre Peitsche – ihre durchdringende, beinahe bösartig fröhliche Stimme. Sie trieb sie zusammen, führte sie in den Corral, warf sie nieder und ... wieder vier Stunden Brandzeichen setzen.

Mavis Davis hatte man den Journalisten gegenüber in einem geschmackvoll bezogenen Tweedsessel plaziert, und hinter ihr stand ein ebenfalls tweedbespannter Raumteiler, an den Lorna Fennick jetzt in aller Eile Plakate mit dem neuesten Davis-Titel, *Marienkäfer*, anpinnte. Dem Waschzettel zufolge ging es in dem Buch über die medizinische und private Laufbahn einer brandstiftenden Kinderkrankenschwester. Der Marienkäfer auf dem Cover, durch Prägedruck zu sinnlicher Tiefe gebracht, hatte eine blutrot leuchtende Flügeldecke, gepunktet mit winzigen schwarzen Totenköpfen, und seine Flügel waren rot lodernde Flammen.

»Und die Leute lesen solches Zeug?« zischelte Lieutenant Molina so laut in Temples Ohr, daß es noch auf fünf Schritt Entfernung zu verstehen war. »Das ist doch krankhaft. Und bringt die Verrückten auf dumme Ideen.«

Köpfe drehten sich herum. Claudia Esterbrook funkelte herüber, und ihre Krallen fuhren über eine Hochglanzmappe und schlitzten die Vorderseite auf.

»Sie haben die Bestsellerlisten offensichtlich nicht aufmerksam verfolgt, Lieutenant«, antwortete Temple. »Ihr Beruf ist durchaus nicht schlecht vertreten.«

»In den Schmutz getreten, meinen Sie«, erwiderte Molina.

Claudia eröffnete die Vorstellung mit einem fanfarenhaften Räuspern, das die trainierten Pressevertreter zum Schweigen brachte. Die meisten waren Literaturredakteure und somit ABA-Veteranen, und sie wußten, daß Claudia auf ihrer Weide nur lammfromme Schafe duldete. Wenn sie feststellte, daß einer seine Pflicht vernachlässigte – und etwa nicht mehr an der endlosen Runde von Programmen, Interviews, Autorenfrühstücken etc. teilnahm –, dann konnte sie demjenigen seine Akkreditierung wegnehmen oder sie doch wenigstens beschneiden. Also machten sie sich jetzt bereit, die Bleistifte gezückt, die Kameras – Photoapparate wie schultergestützte Videomaschinen – schußfertig.

Alle waren einsatzbereit, bis auf Mavis Davis, die an einem Exemplar ihres neuen Romans herumnestelte, bis der Schutzumschlag zerknickt war.

»Wie sind Sie darauf gekommen, über mordende Krankenschwestern zu schreiben, Miss Davis?« lautete die erste, nicht sehr originelle Frage.

»Äh. . .« Mavis Davis war eine grobknochige Frau, deren Haar sich in der Hitze von Las Vegas zu einem wenig schmeichelhaften beige-grauen Ako-Pad gekräuselt hatte. Ihr tailliertes Polyester-Kostüm mußte wirken wie ein Nylonzelt, aus dem die Hitze nicht entweichen konnte. Auf ihren Wangen glühten heiße rote Flecke auf einem bleichen Untergrund von echtem Lampenfieber. Temple hatte noch nie jemanden gesehen, der sich für ein öffentliches Interview schlechter geeignet hätte. Sie hatte Mitleid mit der Frau.

»Äh. . .« wiederholte Miss Davis. Sogar ihre Stimme war

unglückselig – ein dünnes Beben, das sich nicht entscheiden konnte, ob es nun Sopran und Alt singen wollte. »Es ist der Kontrast, verstehen Sie? Hinter dem Beruf, der geprägt ist von Barmherzigkeit, Fürsorge und dem. . . dem. . . na ja, man erwartet eben einfach nicht, daß eine Krankenschwester etwas so Drastisches tut, nicht wahr? Absichtlich, meine ich. Darin liegt die Faszination.«

»Wollen Sie damit implizieren, Miss Davis, daß Ihr Thema einen feministischen Unterton hat? Daß man Männern für gewöhnlich Gewalt und Verwüstung zutraut, Frauen aber nicht? Es gibt ja jede Menge von verbrecherischen Ärzten sowohl in der fiktionalen als auch in der nicht fiktionalen *True Crime*-Literatur.«

»Genau«, sagte Mavis Davis eifrig. »Krankenschwestern sind so unschuldig, verstehen Sie? Ganz in Weiß, wie Bräute. Und dann. . . ihre Opfer – meine Opfer – in meinen Büchern, meine ich – sind auch unschuldig. Hilflose Kinder. Nun, ich kann eigentlich nicht sagen, weshalb meine Bücher so populär sind, außer weil es hier um den Kontrast zwischen Gut und Böse geht. Und das gefällt dem Leser immer.«

»Aber Ihre Krankenschwestern sind ja keine unschuldigen Fürsorgeengel; sie gehören ja eher zum Typus der Nurse Ratched.«

»Nurse Ratched? Ich habe noch nie von –«

»Die bösartige Oberschwester, die Jack Nicholsen in *Einer flog übers Kuckucksnest* schikaniert.«

Mavis Davis zwinkerte nervös. »Was für ein seltsamer Titel. Viel zu lang für ein Buch.«

»Es war ein Film. Und davor ein Roman.«

»Oh. Nun, ich kenne es nicht, junger Mann. Vielleicht könnten Sie mich über eine der Figuren aus meinen eigenen Büchern befragen.«

Stille trat ein.

Dann kam von hinten eine sanft singende Frauenstimme. »Wie ist es mit der Realität, Miss Davis? Hat der Tod Ihres Lektors und Chefs Ihres Verlags, Chester Royal, Sie veranlaßt, die fiktiven Todesfälle, von denen Ihre Romane erzählen, mit anderen Augen zu sehen?«

»Natürlich bin ich nieder. . . niedergeschmettert. Ich habe seit Beginn meiner Karriere mit Mr. Royal zusammengearbeitet. Niemand außer Mr. Royal hat meine Bücher redigiert. Ich – ich weiß nicht, was ich ohne ihn. . .«

Lorna Fennick schaltete sich mit geschmeidiger Effizienz ein. »Wir werden einen Lektor für Sie finden, der ebenso kongenial ist wie Mr. Royal, Miss Davis. Sie sind eine hochgeachtete Autorin im Hause Reynolds/Chapter/Deuce. Wir werden Sie wohl kaum je im Stich lassen, ganz gleich, unter welchen Umständen.«

»Trotzdem. . .« Miss Davis lächelte matt. »Die Schriftstellerei ist nicht mein erster Beruf, wissen Sie. Ich war früher Krankenschwester – allerdings eine völlig andere Krankenschwester als diejenigen, über die ich schreibe, sollte ich vielleicht hinzufügen. Es ist schwer. . . mitten im Fluß die Pferde zu wechseln. . .«

Lornas Hände umfaßten mitfühlend die Schultern der Frau. »Überlassen Sie das alles uns. Wir bitten Sie nur: Schreiben Sie weiter diese wunderbaren Geschichten, für die Sie so begabt sind. Wir danken Ihnen, Ladies und Gentlemen; lassen Sie uns jetzt rasch zum Ende kommen. Miss Davis ist, wie Sie sehen, tief betroffen von Mr. Royals plötzlichem Tod. O ja, ein paar letzte Photos noch; ich ziehe mich kurz zurück. . . So. Ich danke Ihnen allen.«

»Wissen Sie, wen ich gern auf dem Heißen Stuhl sehen würde?« fragte eine leise Männerstimme hinter Temple. »Den superscharfen Lieutenant vom Morddezernat, der sich hier auf der Messe rumtreibt. Wie lautet das Urteil, Molina? Mord?«

C. R. Molina drehte sich um und warf ein Auge auf den Lokalreporter hinter ihr. »Dafür müssen Sie schon zur Polizeipressekonferenz kommen, Hentzell. Hier schwirrt soviel Fiktion herum, daß Sie sie höchstwahrscheinlich mit den Fakten verwechseln. Aber die Gefahr droht bei Ihnen ja sowieso.«

»Titel: Wie man Freunde gewinnt und Menschen beeinflußt«, flüsterte Temple in die tauben Ohren der Welt.

»Was haben Sie gesagt?« Molina hatte sich rasch nach ihr umgedreht.

»Sie würden eine grauenhafte PR-Frau abgeben.«

C. R. Molina sah für einen Augenblick betreten aus. Aber der Augenblick war schnell vorüber. »Es ist mein Job, herauszufinden, was Leute verbergen wollen, und nicht, ihnen zu helfen, es zu verbergen.«

»Glauben Sie wirklich, PR bedeutet nur, die Wahrheit zu verbergen?«

»Etwa nicht?«

»Ebenso wenig, wie es bei der Polizeiarbeit um Gesellschaftspolitik und Korruption geht. Vielleicht hat die PR eine Kehrseite. Aber meistens ist sie ein notwendiges Bindeglied in der endlosen Kommunikationskette, von der die moderne Welt abhängt.«

»Das glauben Sie?«

»Warum nicht?«

Molina sah sie mit durchbohrendem Blick an. »Vielleicht wissen Sie wirklich nichts über Kinsellas Verschwinde-Nummer.«

»Soll das heißen, Sie halten mich für naiv?«

Molina zuckte die Achseln. »Ihr Beruf erfordert, daß Sie immer nach dem Silberstreif am Horizont Ausschau halten.

Wenn Sie gesehen hätten, was ich in dieser Stadt schon gesehen habe...«

»Sie meinen, im Polizeidienst.«

»Auch da. Aber ich bin in Los Angeles aufgewachsen und als Teenager nach Las Vegas gekommen. Und beide Städte sind nicht in Kansas, Dorothy.«

»Ich war mal Fernsehreporterin in der Großstadt, Lieutenant. Ich habe im Leben auch schon mehr gesehen als das glückliche alte Land Oz.«

»Mag sein.« Lieutenant Molina warf einen Blick auf die Timex an ihrem Handgelenk. »Wann kriegen wir den nächsten Royal-Autor zu sehen?«

Temple reckte die Schultern. »Folgen Sie mir.«

Molina folgte ihr. Mit steinerner Miene betrachteten die Sicherheitsleute am Eingangsportal ihre Namensschilder, bevor sie die riesenhafte Ausstellungshalle betraten, wo Chester Royal, ohne es zu wissen, seinen letzten Aufenthalt genommen hatte.

Kreuz und quer strömten die Massen durch die Ausstellung. Alle waren mit Satteltaschen voller Bücher behängt, die planlos umherbaumelten und den Vorüberdrängenden blaue Flecken an Schienbeinen und Hüften verpaßten. Empörte Aufschreie übertönten hier und da den Lärm.

»Wer sind alle diese Leute?« wollte Molina verdrossen wissen, als sie nach fünf Minuten erst drei verstopfte Gänge weitergekommen waren.

Temple legte ungebremst los. »Nur ungefähr sechstausend sind Buchhändler – die Eigentümer unabhängiger Buchhandlungen und kleiner Ketten sowie die Einkäufer der großen Buchhandelsketten wie Waldenbrooks, B. Dalton's und Crown. Mehr als dreizehntausend sind Verlagsangestellte – Herausgeber, Abteilungsleiter für Nebenrechte und Lizenzen, Lektoren, Publizisten, PR-Leute und die unentbehrlichen Vertreter. Die Vertreter sind diejenigen, die den Buchhändlern das Herbstprogramm vorführen und Aufträge sammeln. Was hier passiert, entscheidet letztendlich darüber, was Sie vor Weihnachten in den Regalen der Buchhandlungen finden werden.«

»Ich gehe in die Bibliothek«, knurrte Molina und versperrte sich dem Puls des freien Unternehmertums, der ringsumher pochte.

»Bibliothekare sind auch hier. Sie gehören zu den noch einmal fünftausend Diversen. Bibliothekseinkäufer, Buchrezensenten, oh. . . alles Mögliche eben.«

»Und Autoren.«

»Natürlich, aber nur ausgewählte Autoren. Auf der ABA hat niemand Zutritt, der nicht im Geschäftsbetrieb tätig ist. Wenn die Verlage alle ihre Autoren hereinlassen wollten, würde die Veranstaltung darin ersticken. Außerdem verkaufen Autoren keine Bücher – es sei denn, indirekt oder in ihrer Phantasie. Vor allem ist die ABA eben ein Marktplatz. Eine Verkaufsmesse.«

Ein Mann in einem Gorillaanzug ging an ihnen vorbei; er begleitete ein Mädchen in einem Metallbikini. Molina blieb stehen. »Die Szene hier hat überhaupt nichts Vornehmes an sich; es ist hier wie auf jedem großen Kongreß, vom Bücherfieber mal abgesehen.«

»Nach allem, was ich so höre, gibt es nichts Vornehmes am Buchgeschäft«, sagte Temple. »Es ist ein Multimillionen-Dollar-Entertainment-Business, stahlhart auf Gewinn ausgerichtet, nachdem die meisten Verlage ja inzwischen Film- oder Ölkonzernen gehören.«

»Und was ist mit dem Elfenbeinturm, mit den Männern der Schrift und den Frauen der blauen Stifte. . .?«

»Hat die Polizei etwa irgend etwas mit ihren Stereotypen zu tun? Männer aus Stahl, Ritter in blauer Uniform?«

»Natürlich nicht. Ich verstehe.« Molina sprach die letzten beiden Worte so, daß es klang, als sei das Thema – und ihr Nachdenken darüber – für alle Zeit abgeschlossen. »Es ist also eine perfekte Umgebung für einen Mord. Der Brennpunkt der gesamten Industrie. Opfer, Verdächtige, Täter – alle sind vernebelt von einem Meer« – Molina schaute sich mit durchbohrendem Blick um – »von gebundenen Druckfahnen und Winnie-der-Pu-Posters.«

C. R. Molina, wie ihr eine Offenbarung widerfuhr, als sie in ihrem konservativen khakifarbenen Blazerkostüm dastand, umtost von einer Flut buchbegeisterter Messebesucher – das war schon ein vergnüglicher Anblick.

Temple schob die Polizistin weiter durch das Gedränge. »Betrachten Sie das Ganze als einen Kongreß von Stripperinnen und Buchmachern, und das Bild wird klar. Das hier sind Büchermenschen – fast alle durchaus respektabel und auch sehr nett –, aber vor allem sind sie *Menschen*, und ein Mord kommt immer als Licht, sogar bei der ABA.«

7.
Anonyme Pseudonyme

Also, da haben wir einen Mann, der einen Mord begehen könnte.«

»Ist das eine professionelle Ansicht?« fragte Molina.

Der Police Lieutenant war immer noch ein bißchen benommen von den Reihen der Menschen – vierfach wallten sie auf und ab wie eine menschliche Wolldecke – vor den langen Tischen mit signierenden Autoren.

Temple tat die Frage mit einem Achselzucken ab. »Die Pressemappe beschreibt Lanyard Hunter als ›Medizinfan‹ und Autor von medizinischen Thrillern. *Sie* dagegen« – Temple zeigte unhöflich mit ausgestrecktem Finger, aber wer sollte das in diesem Gedränge bemerken? – »sagt, er habe sich jahrelang als Arzt verkleidet. Er würde wissen, wie und wo man eine Stricknadel ansetzen muß, um sie einem Lektor ins Herz zu bohren.«

»Die pferdegesichtige Frau, die da um Hunter herumscharwenzelt, die war doch bei Mavis Davis im Presseraum.«

»Lorna Fennick, die PR-Chefin von Reynolds/Chapter/Deuce.«

»Und Sie glauben, weil dieser...« Molina konsultierte ihr Pressematerial. »... dieser Hunter früher hinterlistig und verrückt – genug war, um sich in mehreren Fällen als Arzt auszugeben, würde er jetzt auch vor einem Mord nicht zurückschrecken?«

»Schauen Sie sich die Silberlocken an, diese Ausstrahlung von gütiger Aufmerksamkeit, die blinkende, beruhigende Zweistärkenbrille mit dem Pilotengestell. Ist dieser Mann der geborene Blender oder etwa nicht?«

»Sie sollten's ja wissen«, bemerkte Molina mit einem Seitenblick, offenbar in verhüllter Anspielung auf Max. »Wie hat diese Fennick es denn geschafft, vom Presseraum aus noch vor uns hier zu sein?«

»Sie kennt sich aus. Wahrscheinlich hat sie Mavis Davis am Reynolds/Chapter/Deuce-Stand abgesetzt und ist dann hierher galoppiert, um dem Starautor von Pennyroyal Trost und Hilfe zu spenden. Ein paar hundert Bücher signieren, das ist zwar nicht wie Erbsen verlesen, aber es kommt ihm doch sehr nah.«

Molina nickte. »Schade, daß Hunter seine Autogrammsitzung nicht veranstalten konnte, *bevor* Royal ermordet wurde; ich hätte nicht gedacht, daß er danach noch die Kraft haben würde, auch nur mit einer Pinzette zu hantieren.«

»War das ... ein Scherz, Lieutenant?«

»Nein.« Molinas Kopfschütteln war entmutigend, und sie seufzte schwer, ohne es zu bemerken.

Temple nickte. »Wenn wir jetzt noch Owen Tharp finden könnten.«

»Owen Tharp. Auch ein Autor?«

»Nicht genau. Ein Pseudonym, aber Sie haben ja dort sein Bild – ja, genau der. Ich weiß nicht, wo wir ihn finden. Er ist zur Zeit weder zum Signieren noch für eine Pressekonferenz eingeplant, aber Lorna sagte, er sei hier.«

Mit scharfen blauen Augen musterte Molina die Menge. »Wie wär's mit – dem da drüben?«

»Wo?« Temple stellte sich auf Zehenspitzen und spähte in die Richtung, in die Molina schaute, aber sie sah nichts.

Ein paar Augenblicke später marschierte Lieutenant Molina durch eine Gasse in der Menschenmasse; ihre beeindruckende physische Präsenz schaffte ihr automatisch freie Bahn. Temple klapperte hinter ihr her und kam sich ein bißchen vor wie ein schlechtgelaunter Pekinese.

Am Rande des Geschehens, so, daß er sehen konnte, wie Lanyard Hunter Hardcover für Hardcover signierte, stand ein Mann mittlerer Größe. Er war etwa fünfzig, und sein braunes Haar war grau meliert. Seine kräftige Gestalt und die Aura beherrschter Energie kündeten von Drei-Meilen-Dauerlauf und Vollkornbrot. Seit das Photo für die Pressemappe gemacht worden war, hatte er sich einen Schnurrbart wachsen und das Haar kürzer schneiden lassen, aber Molinas professionelles Auge hatte ihn trotzdem im Handumdrehen erkannt.

Temple erwog widerwillig, aufkeimende Hochachtung zu zeigen, unterdrückte sie aber, als sie eine allzu vertraute Gestalt sah, die mit dem tintenschwarzen Schatten am Fuße eines Pfeilers verschmolz. Herrje! Sie mußte die Tür des Lagerraums offengelassen haben, so daß der Kater sie hatte aufdrücken können. Die Polizistin war zu sehr auf ihr menschliches Wild konzentriert, als daß sie das Katzentier bemerkt hätte, und Temple war das nur recht. Sie hatte es allmählich satt, sich für die Wanderungen des Katers zu entschuldigen.

»Mr. Tharp?« fragte Molina schneidig. »Haben Sie ein paar Minuten Zeit?«

Der Mann spreizte die Hände. »Lady, ich habe ein paar Stunden Zeit – in Anbetracht dessen, daß mein Verlag es nicht für angebracht gehalten hat, eine dieser Hosiannah-Veranstaltungen für mich zu arrangieren.«

»Lieutenant, nicht Lady«, korrigierte Molina ihn ungerührt. »Vom Las Vegas Police Department. Ich höre, Sie haben für den verstorbenen Chester Royal gearbeitet.«

Owen Tharp reckte sich, so hoch er konnte, um der langen Amazone des Gesetzes Auge in Auge gegenüberstehen zu können. Er war so gebannt von ihrer polizeilichen Anwesenheit mit all ihren persönlichen Implikationen, daß er es nicht bemerkte, als Midnight Louie sich einschmeichelnd an seinem Hosenbein rieb. Temple kicherte, und gleich war ihr wohler: Zumindest war sie nicht die einzige, die sich von Lieutenant Molina einschüchtern ließ.

»Sorry, Sir«, sagte Tharp. »Ich meine, Ma'm. Als Schriftsteller kann man eigentlich nicht gerade sagen, daß man ›für‹ einen Lektor oder auch Verlag arbeitet. Letzten Endes sind wir alle freischaffend. Bestimmte Verlage kaufen uns bestimmte Bücher ab, und damit hat sich's.«

»Und bringen sie dann unter bestimmten Namen heraus?«

»Manchmal.«

»Wie heißen Sie wirklich?«

Tharps keckes Lächeln wurde sanft und bitter zugleich. »Würden Sie mir Indigo Atwill abnehmen? Zweihunderttausend Leser historischer Liebesromane haben es getan. Maeve Michaels? Oder Sean Owen? Kevin Gill vielleicht? Wie wär's mit Owen James und Jesse Wister? Es ist strategisch schlecht, einen Anfangsbuchstaben aus der zweiten Hälfte des Alphabets für einen Autorennamen zu nehmen, aber ich habe eine Neigung zu schlechter Strategie. Wie ich sehe, Lieutenant, klingelt's bei keinem dieser Pseudonyme – gut für meine weitere Freiheit, aber schlecht für meine schriftstellerische Karriere.

Kein Wunder, daß ich hier draußen im Limbo schwebe, während der heilige Lanyard Hunter, der unter seinem eigenen Namen drei Jahre in Joliet gesessen hat, sich gleich daneben im Rampenlicht sonnt.«

»Wollen Sie damit sagen, daß Hunter vorbestraft ist?«

»Ich will überhaupt nichts sagen. Ich verspritze nur ein bißchen schriftstellerisches Gift. Ich nehme an, bei der Obduktion des beklagenswerten Mr. Royal hat sich ergeben, daß sein Tod im Gefolge einer unnatürlichen Einwirkung von außen eingetreten ist?«

Molina betrachtete den Schriftsteller mit höflicher Verwunderung, bis der Mann den Kopf schüttelte, als tauche er aus einem geistigen Nebel auf. Der schwarze Kater, unbeachtet und vielleicht verärgert, begab sich steifbeinig hinter den Pfeiler und verschwand. Temple hoffte, daß er eine brave Miezekatze sein und sich wieder in den Lagerraum verziehen möge.

»Sorry.« Tharp schüttelte ein letztes Mal den Kopf, um ihn vollends zu klären, und sein schiefes Lächeln war nicht ohne Charme. »Ich rede wie eine Figur bei Agatha Christie, nicht wahr? Ich bin von Natur aus Schauspieler. Mein persönlicher wie auch mein literarischer Stil pflegt sich dem jeweiligen Stoff stets anzupassen. Wie kann ich Ihnen behilflich sein, Lieutenant?«

»Wenn Sie nicht für den verstorbenen Mr. Royal gearbeitet haben, wie würden Sie Ihr Verhältnis zu ihm dann beschreiben?«

»Ich habe Bücher geschrieben, er hat sie gekauft. Ich konnte immer was herunterhacken, wenn eine seiner Primadonnen überfällig war. Oder wenn eines ihrer Manuskripte völlig überarbeitet werden mußte. Ich war Royals Sicherheitsnetz. Mein Material konnte er immer nehmen und oberflächlich korrigiert in den Druck jagen. Das war für Pennyroyal Press natürlich nicht genug, um mich vom dritten Platz auf die Bestsellerlisten zu bringen.«

»Lorna Fennick sagt aber, Sie sind einer der bestverkauften Autoren des Verlags«, wandte Temple ein.

Owen/Tharp/Gill/Michaels/et cetera sah sie mitleidsvoll an. »Meine Produktion, ja. Keiner meiner Titel hat so viel verkauft, aber ich habe ihnen eine Menge Titel verkauft. Das addiert sich. Aber die fetten Vorschüsse, das sichere Geschäft – nein, das war nie meine Rolle.«

»Jetzt bin ich verwirrt«, sagte Molina, und Temple war überrascht, denn sie hätte nie erwartet, daß Molina ein solches Geständnis machen würde. »Sie sagen, die anderen Autoren liefern unbrauchbare Arbeit ab? Aber doch nicht Sellerautoren wie Hunter und Davis?«

Tharp schnaubte genußvoll. »Machen Sie Witze? Die waren die schlimmsten Pfeifen. Hören Sie, ich schreibe. Tagein, tagaus. In diesem Trend, in jenem Trend. Gegen Ende der sechziger Jahre waren es Schauerromane. In den Siebzigern waren es historische Liebesromane, in den Achtzigern Western und Männerabenteuer. Und jetzt habe ich diese medizinische Glibberader getroffen – verzeihen Sie den Ausdruck –, und endlich einmal kriegt Owen Tharp sogar Tantiemen. Aber Hunter, der ist ein medizinischer Betrüger, ein Besessener, wenn Sie die Wahrheit wissen wollen. Klar, im Krankenhaus kennt er sich bis in den letzten Winkel aus, aber Rhythmus, Story, Handlungsstruktur – pfui! Und die Davis ist bloß 'ne kleine Krankenschwester aus Kankakee mit einem verdrehten Gefühl für Horror, und sie hat dieses merkwürdige kleine Buch geschrieben, das irgendwie den Weg auf die Stapel von Pennyroyal gefunden hat, und boing! sie ist ein Star. Lektoren haben immer lieber Autoren, die sie ummodeln können, als solche, die sie nehmen müssen, wie sie sind, weil sie wissen, was sie tun.«

»Auf was für Stapel?« fragte Molina entkräftet.

Temple fühlte Erbarmen. »Verlage bekommen oft unverlangt eingesandte Manuskripte, nicht durch Agenten oder sonstwen vermittelt. Ein paar Bestseller hat man schon darunter gefunden. . .«

»Und ein paar Millionen nicht«, ergänzte Tharp.

»Wie lange sind Sie schon in Las Vegas, Mr. Tharp?«

»Lieutenant, Lieutenant.« Er blickte zu Boden. Er blickte wieder auf. Er blickte nur nicht auf das dichte, wimmelnde Gedränge der Lanyard-Hunter-Fans – lauter Buchhändler, die wahrscheinlich Mega-Orders für den neuen Herbsttitel abgeben würden. »Ich bin seit Dienstag hier. Ich spiele gern an den Automaten, und ich würfle. Chester hätte ich leicht umbringen können. Wie jeder hier, so spät und so einsam, wie es war. Aber ich hab's nicht getan. Ohne Pennyroyal Press hätte ich nicht mal den bescheidenen Erfolg, den ich habe. Ich würde Porno- oder Ninja-Turtle-Hefte schreiben. Er hat meine Sachen nie zusammengestrichen. Hat ihm keinen Spaß gemacht. Und ich habe ihm nie so weit gehört, daß er Grund gehabt hätte, mich nach ganz oben zu pushen. Es war ein bequemes Arrangement für uns beide.«

»Jetzt, wo er nicht mehr da ist, könnte man Ihnen den Status des ersten Autors geben.«

»Spitzenautor sagt man wohl. Aber nein, so läuft das nicht. Jetzt, wo er nicht mehr da ist, kann es sein, daß der ganze Verlag ausgeschlachtet wird, und die fetten Jahre sind zu Ende. Ich hatte keinen Grund, den Typen wegzupusten, ehrlich nicht.«

Molina blieb stumm, aber skeptisch.

»Hoppla, jetzt rede ich wohl wie Sam Spade oder so was. Sorry. Angewohnheit. Noch was?«

»Im Moment nicht.«

»Gut. Dann gehe ich wieder an die Spielautomaten. Da sind die Chancen größer als hier.«

Tharp löste sich von dem Pfeiler, den er festgehalten

hatte, und verschwand in der Menge. Temple sah Molina erwartungsvoll an.

»Danke für die Führung«, sagte die Polizistin geistesabwesend. »Ich werde mich mal ausführlich mit Hunter über seine Weißkittel-Vergangenheit unterhalten, wenn sein Autogrammstündchen vorbei ist.«

Das war eine Entlassung; Temple nahm es mit unvermutet schmerzhafter Enttäuschung zur Kenntnis. Den Leuten persönliche Fragen zu stellen war ein reizvoller Zeitvertreib. Sie hatte gehofft, noch weitere Vernehmungen mitanhören zu können. Aber sie fügte sich mit Fassung.

»Ich mache Sie noch mit Lorna Fennick bekannt, der PR-Chefin. Sie wird alles mit Hunter arrangieren.«

»Oh, wie schön, Temple!« begrüßte Lorna die beiden, als sie sich dem umlagerten Autorentisch näherten.

Sie nahm es gelassen auf, als Molina ihr vorgestellt wurde, und beugte sich dann zu Hunter hinunter, um ihm den Wunsch der Polizistin mitzuteilen. Er zeigte sich nicht beunruhigt. Das sterlingsilberne Haar verstärkte nur die Jugendlichkeit seines Gesichts. Hellgraue Augen blickten von dem Vorsatzblatt, das er gerade mit flüssiger Handbewegung signierte, zu Temple auf und verharrten einen Moment wohlgefällig bei ihr.

»Es dauert noch eine Viertelstunde, Lieutenant Molina«, sagte Lorna. »Am RCD-Stand gibt es einen kleinen, abgeschlossenen Raum, wo Sie sich unterhalten können.«

Molina nickte und kehrte zu dem Pfeiler zurück, wo sie abwartete, bis die Signierstunde vorbei war; Lorna hielt Temple beim Handgelenk fest.

»Hören Sie, Temple! Ich mußte Mavis Davis allein im grünen Zimmer zurücklassen. Sie ist nicht gut in Form. Chester Royals Tod hat sie wirklich fertiggemacht. Und der Streß bei dem Masseninterview ... Ich hätte sie nicht allein lassen dürfen, aber ich mußte alles für Lanyard vorbereiten, und jetzt kann ich nicht weg, bis alles erledigt ist, einschließlich dieses Polizeiverhörs, das plötzlich nötig sein soll. Seien Sie ein Schatz, und spielen Sie ein bißchen den Babysitter bei Mavis. Sie wissen schon.«

Temple wußte, und sie nickte. Außerdem vollführte sie im Geiste ein kleines Freudentänzchen. Nichts würde sie lieber tun, als sich mit der aufgelösten Mavis Davis irgendwo hinzusetzen und ihr ein paar unzensierte Fragen zu stellen. Sie winkte der unbeeindruckt dastehenden Polizistin noch einmal fröhlich zu und trippelte dann durch das Gedränge davon. Zwar hielt sie mit einem Auge immer noch Ausschau nach dem unbotmäßigen Kater, aber ein Kribbeln von Intuition und gespannter Erwartung durchrieselte sie von der Kopfhaut bis zu den Fußsohlen. Sie witterte etwas geradezu Elektrisierendes in der frostig kühlen Klimaanlagenluft der Ausstellungshalle, wie ein hitzig flackerndes Wetterleuchten in der Ferne.

Sie vergaß beinahe, daß ihr die Füße weh taten.

8.
Katzbalgereien

Da bist du ja, T.B.!«

Temple blieb im Strom der Vorübergehenden wie angewurzelt stehen. »Unglaublich. Zwanzigtausend Leute, und *du* findest mich einfach so.«

Crawford Buchanan produzierte einen Gesichtsausdruck, von dem er erwartete, daß er als Lächeln durchgehen würde. »Die Leute von Baker & Taylor wollen dich sprechen, und zwar pronto.«

»Haben die Sicherheitsleute ihnen nicht erklärt, daß sie sich um die Sache kümmern?«

»Anscheinend setzen B&T mehr Vertrauen in dich, T.B. – was weiß ich, aus welchem Grund.«

Sie warf einen Blick auf die Uhr. Die verlockende Miss Davis würde noch ein paar Minuten ungetröstet bleiben müssen. Ein nach Verdächtigen lechzender Cop wie Molina würde einen überführten medizinischen Hochstapler wie Lanyard Hunter ganz sicher nicht entwischen lassen, ohne ihn mindestens eine halbe Stunde lang auszuquetschen; sie müßte also Zeit genug haben, um Baker & Taylor zu besänftigen und trotzdem noch diese Miss Davis auszuhorchen... äh, zu trösten.

»Bedanke dich bloß nicht«, nörgelte Buchanan, als Temple auf ihren pistazienfarbenen Pumps davonflitzte.

Baker & Taylor – die Grossisten – belegten eine angenehm zugängliche Reihe von Kojen, dem Eingangsbereich geradlinig gegenüber am anderen Ende der riesigen Ausstellungshalle. Endlich sichtete Temple die mit Mahagoni-Imitat überzogenen Pfeiler, die andere Ausstellungsstände ringsum turmhoch überragten. Satte Farben – Smaragdgrün, Weinrot und Entenblau – verstärkten das Bild einer wohlausgestatteten Bibliothek. Inmitten dieses geschmackvollen Wohlstandes stand einsam und verlassen die *pièce de résistance.*

Baker und Taylor – die Kater dieses Namens, genau gesagt – hatten für ihren ersten persönlichen Auftritt bei der ABA eine fürstliche Kulisse bekommen. Ein zweieinhalb Meter hoher Ausstellungskasten war ringsum mit einem hüfthohen *trompe l'oeuil*-Gemälde von Buchregalen mit den neuen Herbsttiteln verziert.

Darüber hatte ein großes, speziell angefertigtes Acrylquartier das berühmte Paar den Augen der Öffentlichkeit präsentiert. Darin standen wie Sessel geformte Katzenbetten. Die »Fenster« zu allen vier Seiten waren mit Chintz-Vorhängen drapiert, und teppichüberzogene Sprossenleitern führten hinauf zu gemalten Bücherregalen mit bekannten Katzenklassikern wie *Die Brüder Katzamasow, Ben Schnurr,* Der Mietzanthrop und *Schroedingers Katze;* selbstverständlich fehlte auch die vollständige Serie von Lillian Jackson Brauns Katzenkrimis nicht. Der vielleicht packendste – und angemessen prophetische – Titel war *Eine Katze geht durch die Wand* von Robert Feline.

Ein durch einen Vorhang abgesperrter Bereich barg zweifellos die sanitären Anlagen.

Die dazugehörigen Katzen waren zwar leibhaftig abwesend, aber auch sonst durchaus gut vertreten – sie prangten auf Hochglanzkalendern und Postern auf den Gipfeln der Bestseller-Türme, wo sie mit runden Brillen auf den Nasen als Bücherwürmer posierten. Ihrem Starruhm zum Trotz waren Baker und Taylor kurzhaarige, vernünftig aussehende Kater mit weißem, Pfeffer-und-Salz-geflecktem Fell. Ihre unterentwickelten Ohren – ein Kennzeichen ihrer ungewöhnlichen Rasse – saßen säuberlich eingeknickt an den weisen Highland-Stirnen.

Die Standaufsicht führte eine elegante, beruhigend freundliche Frau in Temples Alter, die inzwischen – da Bakers und Taylors Abwesenheit früh am Tag zuvor entdeckt worden war, bevor man Chester Royal fortgebracht hatte – beständig in banger Sorge die Stirn runzelte.

»Miss Barr! Haben Sie etwas gehört?«

»Nein. . .« Temple warf einen raschen Blick auf das Namensschild am Revers eines taubenblauen Seidenblazers. ». . . Miss Adcock, ich habe noch nichts gehört. Um ehrlich zu sein, das andere Verbrechen hat mich restlos beansprucht.«

»Das andere Verbrechen? Oh, der Mord.« Emily Adcock steckte sich geistesabwesend den Kugelschreiber hinter dem Ohr ein bißchen fester. »Aber was ist mit den Katzen? Ich hatte inzwischen Gelegenheit, jeden zu fragen, der beim Standaufbau Dienst hatte. Niemand hat die Katzen mit nach Hause genommen; ich hatte gehofft, daß irgendein irregeleiteter Tierliebhaber es getan haben möge. Meine Güte, dieser Katzenpalast ist doch mit allem nur erdenklichen Komfort ausgestattet. Baker und Taylor sind Bibliothekskatzen. Sie sind Publikum *gewöhnt.* Sie *mögen* es, wenn man sie beachtet. Sie würden doch nicht weglaufen?«

»Wie sind sie denn zu Markenkatzen des Unternehmens geworden?«

»Die Bibliothek in Minden hatte erst nur Baker; sie haben dann der Firma geschrieben und bekamen zwei Monate später eine Spende, um Taylor dazuzukaufen. Diese Katzen sind berühmt bei Bibliothekaren und Bibliotheken überall im Land. Wenn ihnen etwas zugestoßen ist. . . Wer könnte sie nur mitgenommen haben?«

»Haben Sie mit Mr. Bent gesprochen?«

»Mit dem Sicherheitschef der Convention Hall? Ja, er war äußerst hilfsbereit. Er meinte auch, daß die Katzen nicht ohne menschliche Hilfe entkommen sein könnten. Der Ausstellungsbereich ist völlig sicher. Es könnte sich um einen böswilligen Streich handeln. Alles, was er an Personal erübrigen kann, durchsucht das Gelände einschließlich der Ventilationskanäle. Aber wer könnte in diesem Trubel ein ›miau‹ hören?«

»Das ist schrecklich beunruhigend, aber wenn Sie die Polizei nicht einschalten möchten. . .«

Emily Adcock schüttelte sich in ihrem leichten Blazer. »Du lieber Gott, nein! Noch. . . noch nicht. Nicht, wenn es sich um einen Unfall oder einen Streich handeln kann. Haben Sie das *Review-Journal* mit der Katzenstory auf Seite eins im zweiten Teil gesehen? Stellen Sie sich vor, was die Presse jetzt mit dieser Geschichte anfangen würde! ›Double Trouble: Katzen aus dem Sack bei der ABA.‹ ›Großer Buchvertrieb verliert Maskottchen-Miezen.‹ Nein, vielen Dank.«

Was für eine PR-Frau ein Publicity-Coup war, konnte für eine andere den Gnadenstoß bedeuten. »Ich weiß nicht, was ich sonst tun kann.«

Emily Adcock rang die Hände trotz der stattlichen Diamantensolitäre am Ringfinger jeder Hand. »Sorgen Sie nur dafür, daß Ihr Sicherheitspersonal die Angelegenheit ernst nimmt. Ich bin auch nur PR-Freelancer, genau wie Sie. Ich kann einpacken, wenn Baker & Taylor ihre Katzen nicht zurückkriegen – gar nicht davon zu reden, daß alle sie schrecklich gern haben. So gutmütige Tiere. Ich hätte niemals vorgeschlagen, sie leibhaftig hier auftreten zu lassen, wenn ich geahnt hätte. . .«

»Mr. Bent wird sie finden, wenn sie sich hier im Gebäude verstecken. Und wenn ihr Verschwinden einen düsteren Grund haben sollte. . .«

»Was meinen Sie damit?«

»Catnapping, sozusagen. Daran haben Sie doch sicher auch schon gedacht?«

»Nein! Wer sollte so etwas denn tun?«

Temple streckte den Zeigefinger aus und zählte an den Fingern wie an einer absteigenden Leiter die verschiedenen Möglichkeiten ab. »Ein Konkurrent, der die Firma in Verlegenheit bringen will. Ein militanter Tierschützer, der dagegen protestieren will, daß man Tiere benutzt, um Waren und Dienstleistungen zu verkaufen. Ein abseitiger Krimineller, der Lösegeld erzielen will. Ein Katzenhasser, der die beiden an ein Versuchslabor verkauft.« Temple wollte mit der anderen Hand weitermachen, als Emily Adcock sie festhielt.

»Hören Sie auf, Miss Barr! Sie haben eine so. . . aktive Phantasie. Nicht mehr, bitte. Diese Möglichkeiten genügen schon, um mir eine schlaflose Nacht zu bereiten.«

»Es sind natürlich nur die, die mir jetzt aus dem Stegreif einfallen.« Temple seufzte. »Meine unmittelbaren Probleme mit dem Mord an Royal sind so gut wie vorüber. Ich verspreche Ihnen, daß Baker und Taylor – die Kater wie die Firma – Nummer zwei auf der Liste meiner Prioritäten sein werden.«

Nummer zwei – wenn Nummer eins erledigt wäre.

Temple hetzte hinüber zum grünen Pressezimmer und warf dabei einen Blick auf die Uhr. Für heute hatte sie genug gezeigt und erzählt. Wenn sie Glück hatte, würde Mavis Davis ihr jetzt ganz allein gehören.

»Das ist ja so nett von Ihnen, Miss Barr.« Mavis Davis schaute sich in der Cocktaillounge des Las Vegas Hilton um. Wie die meisten Herbergen in Las Vegas durchflutete auch das Hilton seine Restaurants und Bars mit klimatisierter Luft und einer halbdunklen, nächtlichen Eleganz, und zwar vom frühen Morgen bis zum späten Abend und weiter bis zum frühen Morgen. Obwohl lärmender Hochbetrieb herrschte, war es hier behaglich, dunkel und intim – der perfekte Ort, um eine Liebesaffäre zu beenden oder einen Mord zu gestehen.

»Nicht der Rede wert, Miss Davis. Und nennen Sie mich bitte Temple. Lorna hat es zutiefst bedauert, Sie verlassen zu müssen, aber der Termin für die Signierstunde stand nun einmal fest, und der Lieutenant von der Polizei wollte Lanyard Hunter danach noch vernehmen. . .«

»O Gott.« Ein Schauder überlief Mavis Davis, als sie an ihrem Rob Roy nippte, aber Temple glaubte nicht, daß es an der frostigen Klimaanlage lag. Das Hilton lag neben dem Convention Center, aber es war ein weiter, heißer und trockener Fußweg gewesen. In Vegas gab es keine kurzen Wege, weil alle Gebäude so weitverzweigt waren.

»Sie sind noch nicht. . . befragt worden?« erkundigte Temple sich.

»Ich! Nein! Warum sollte ich?« Mavis Davis machte ein ehrlich entsetztes Gesicht.

»Könnte doch sein, daß Sie irgendeine Idee oder eine unvermutete Information im Zusammenhang mit dem Mord haben.«

»Miss Barr – Temple. Ich schreibe über Mord. Aber ich

denke im wirklichen Leben nicht darüber nach. Ich bin Krankenschwester.« Mavis Davis nahm wieder einen kleinen Schluck von ihrem Rob Roy. Temple hatte noch nie gesehen, daß jemand so etwas bestellte.

»Und ich bin PR-Expertin, aber trotzdem denke ich im Augenblick über einen Mord nach. Ist es nicht faszinierend für eine Schriftstellerin, wenn einmal ein echter Fall vor ihrer Nase passiert?«

»Nein! Meine Bücher sind Geschichten, weiter nichts. Ich kenne das Krankenhaus, und ich habe den Tod gesehen. Er ist nicht dramatisch und immer enttäuschend. Wir hoffen immer, daß wir einmal nicht verlieren.«

»Von Ihren mordenden Krankenschwestern einmal abgesehen.«

»Ja, aber die sind auch... na ja, ein paar hat es auch im wirklichen Leben gegeben, die so gestört waren – aber meine sind erfunden.«

»Ihre Romane basieren nicht auf wahren Verbrechen? Wie erfrischend. Heutzutage ist die Wahrheit ja oft schokkierender als die Dichtung.«

»Ich habe mal versucht, mich von wahren Fällen inspirieren zu lassen, aber Mr. Royal hat mir davon abgeraten – ich weiß nicht, warum. Aber ich habe immer auf ihn gehört. O Gott! Wer sagt mir jetzt, was ich tun soll? Mein nächstes Buch ist in nur zehn Monaten fällig!«

»Sie werden ohne ihn weitermachen müssen, so gut Sie können. Wie sind Sie überhaupt zum Schreiben gekommen?«

»Du meine Güte, ich hab's schon immer getan. Schon als Kind – ich habe geschrieben und mit Puppen Krankenhaus gespielt. Meine Pflegeeltern haben immer noch all die Puppen mit ihren Verbänden und Schlingen und – o Gott, sie sind so sehr mit Merkurochrom bekleckert, daß sie aussehen wie Indianerhäuptlinge!« Mavis lächelte mütterlich. »Und meine ›Kritzelschublade‹ war vollgestopft mit Knittelversen und Notizbüchern.«

»Und wieso sind Sie dann überhaupt erst Krankenschwester geworden?«

Mavis nippte an ihrem Drink mit dem romantischen Namen und schürzte die Lippen; sie ertrug den Geschmack eher, als daß sie ihn genoß. »Aus praktischen Gründen. In den sechziger Jahren waren Mädchen wie ich geradezu tödlich praktisch eingestellt, meine Liebe. Lehrerin oder Krankenschwester, vor dieser Wahl standen wir, und auch das nur, wenn wir nicht vorher einen Ehemann einfangen konnten. Natürlich ›fing‹ ich mir erst das Schwesternexamen und später dann die Schriftstelleritis.«

»Und aufgewachsen sind Sie bei Pflegeeltern; Sie wissen also gar nicht, woher Ihre Neigung zur Krankenpflege und zur Schriftstellerei kommt?«

Mavis Davis senkte die Stimme. »Vielleicht ist gerade das der Grund. Mutter und Vater Forbes sprachen nie über meine Eltern. Adoptiv- und Pflegekinder wurden damals nicht eben dazu ermuntert, über ihre Herkunft nachzudenken – und wahrscheinlich war es am besten so. Aber ein paar Forbes-Cousinen kicherten in meiner Gegenwart darüber, als ich noch ein Teenager war. Meine Mutter starb bei einer illegalen Abtreibung, als ich drei war, wissen Sie. Niemand sprach offen darüber, aber alle wußten Bescheid, am Ende sogar ich. Deswegen wußte ich nie etwas über meinen Vater. Und deswegen bin ich auch Krankenschwester geworden, glaube ich.«

»Um dafür zu sorgen, daß Frauen nie wieder das Trauma und das Risiko einer illegalen Abtreibung ohne die notwendige Fürsorge auf sich nehmen müssen?«

Mavis Davis schaute Temple an, als wäre sie verrückt. »Du

lieber Himmel, nein! Die Forbes waren eine römisch-katholische Familie, und ich bin auch so erzogen worden. Meine Mutter mag jung und verzweifelt gewesen sein, aber sie hat auch in verzweifelter Weise unrecht getan! Die Entscheidung des Obersten Gerichts, mit der die Abtreibung legalisiert wurde, kam gleichzeitig mit meiner ersten Anstellung als Krankenschwester, aber ich habe nur in Häusern gearbeitet, die Abtreibungen ablehnten – oder den Mitarbeitern zumindest die freie Entscheidung überließen. Meistens habe ich auf der Wöchnerinnenstation gearbeitet, und dort herrscht eine so glückliche Atmosphäre...« Die Freude in Mavis' Gesicht spiegelte Hunderte von sorgenfreien, gesellschaftlich sanktionierten Geburten wider.

»Ist es dann nicht schwer«, fragte Temple vorsichtig, »über erfundenen medizinischen Horror zu schreiben?«

»Nein. Es ist ja alles erfunden. Schauergeschichten. Ich fühle mich so... frei, wenn ich einen von meinen Thrillern über unartige Krankenschwestern schreibe. Weil ich weiß, daß es nicht Wirklichkeit ist. Die Leser lieben so etwas. Und ich habe diesen geheimen Wunschtraum, daß eines Tages mein wirklicher Vater oder jemand, der ihn kannte, eines meiner Bücher liest, auf dem Photo eine Familienähnlichkeit erkennt und an den Verlag schreibt... schrecklich viele Leute lesen die Sachen ja, wissen Sie. Vielleicht eine Million.« Mavis lachte mit schroffer Plötzlichkeit über die Million ihrer törichten Leser – und über ihre eigene, brennende kleine Phantasievorstellung. »Ich weiß ehrlich nicht, wieso meine Bücher das Publikum faszinieren. Ich weiß nicht mal, wieso Mr. Royal mein erstes Buch gekauft hat.«

»Wie lange war er Ihr Lektor?«

»Zwölf Jahre.«

»Und Sie nannten ihn immer noch ›Mr. Royal‹?«

»Er war älter als ich«, begann Mavis.

Temple betrachtete das unauffällige, faltenlose Gesicht der Frau. »Um einiges älter als Sie – sechsundsechzig, stand im Presseheft.«

Mavis spitzte wieder die Lippen nach einem Schlückchen von ihrem aufgepeppten Scotch. »Zu meiner Zeit und da, wo ich herkomme, wurden die jungen Leute dazu erzogen, Respekt vor Älteren zu haben. Vielleicht bin ich inzwischen erwachsen, aber Mr. Royal kam mir soviel älter vor – und er war der Chef von Pennyroyal Press. Ich hätte mich nie dabei wohl gefühlt, wenn ich ihn Chester genannt hätte. Und er, glaube ich, auch nicht.«

»Wie hat er Sie denn genannt?«

Ihr Blick senkte sich auf die feuchte Serviette, auf der sie ihr Glas rastlos drehte. »Mavis.«

»Ich wünschte, ich hätte ihn gekannt. Wissen Sie, ich weiß nicht mal, ob er verheiratet war.«

»O ja.«

»Ach ja. Mit wem denn?«

Mavis Davis machte ein verwirrtes Gesicht. »Mit wem zur Zeit. . . das weiß ich nicht. Ich habe gehört, er war schon ein paarmal verheiratet.«

»Ein paarmal? Ein klägliches kleines Wiesel wie er?« Temple merkte plötzlich, daß sie den verstorbenen Mr. Royal aus irgendeinem Grund mit dem sehr lebendigen und abscheulichen Crawford Buchanan gleichgesetzt hatte.

Mavis blinzelte.

»Ich weiß, er ist tot und so weiter.« Temple bemühte sich hastig, ihren scheinbaren Mangel an Mitgefühl wieder wettzumachen. »Aber ich bin schließlich diejenige, die auf dem Leichnam gelandet ist. Und er sah nicht aus wie ein Romeo, den ich gern kennengelernt hätte – weder tot noch lebendig.«

»Dazu kann ich nichts sagen. Ich habe Mr. Royal nie mit

diesen Augen gesehen. Um die Wahrheit zu sagen, ich hatte richtig Ehrfurcht vor ihm.«

»Wieso?«

»Er hat mich reich und berühmt gemacht.«

»Aber Sie haben die Bücher geschrieben.«

»Aber er hat das erste gedruckt.«

»Und Pennyroyal Press darauf aufgebaut – nach allem, was ich in den Pressemitteilungen zwischen den Zeilen lesen kann.«

»O nein. Ich bin sicher, daß mein kleines Buch damit nichts zu tun hatte. Er konnte sich doch kaum leisten, mir dreitausend Dollar Honorar dafür zu zahlen, und es hat Jahre gedauert, bis er zehntausend bezahlen konnte. Ich mußte noch sieben Jahre als Krankenschwester arbeiten, bevor ich mir erlauben konnte, damit aufzuhören. Beinahe biblisch, finden Sie nicht auch?«

»Aber. . . Temple durchwühlte ihr Gedächtnis nach den marktschreierischen Statistiken der Pressemappe. »*Ich bette mein Haupt* hatte vierzehn Auflagen und wäre fast auf die Bestsellerliste der *New York Times* gekommen. Ihre nächsten Bücher sind noch besser gelaufen.«

Mavis lächelte geziert. »Mr. Royal hat mich unermüdlich darauf hingewiesen, wieviel Glück ich gehabt hätte, weil ich gleich mein erstes Buch an Pennyroyal verkauft hätte. Es war ziemlich viel Arbeit, das Buch umzuschreiben; er hat es mir viermal zurückgeschickt, und ein paar Stellen mußte er noch selbst überarbeiten. Ich bin – war – eine blutige Amateurin, Temple. Ich habe alles nur Mr. Royal zu verdanken. Oder hatte.« Ihr Gesicht wurde blaß, wenn nicht vor Trauer, dann sicher wegen des jäh empfundenen persönlichen Verlustes.

Temple blickte auf das sittsame Weißwein-Soda vor sich – die kluge Wahl des PR-Profis, wann immer Geschäftliches bei einem Cocktail zu erörtern war. Dann ergatterte sie die Aufmerksamkeit einer kurzberockten Kellnerin. »Einen Gin-and-Tonic, bitte. Und noch einen Rob Roy.«

»O nein, wirklich. . .« protestierte Mavis wenig überzeugend. Ihre Gesichtszüge waren erschlafft, erst von der Hitze, jetzt von den hemmungslösenden Fluten des Alkohols. Sie sah aus wie eine erschöpfte Hausfrau, die sich hatte breitschlagen lassen, eine Kinderfußballmannschaft zu beaufsichtigen. Temple verspürte Gewissensbisse, aber sie erstickte sie mit einem Schluck Gin, sobald das Glas vor sie hingestellt wurde, was sehr schnell geschah, denn dies war Vegas. An Abstinenzlern war nichts zu verdienen.

»Er wird mir fehlen«, sagte Mavis düster. »Ich habe mich so daran gewöhnt, daß er mir sagt, was ich tun soll. Er hat sich solche Mühe damit gegeben. Ich weiß schon, sie sagen, sie geben mir einen anderen Lektor, aber. . .«

Sie ballte die Hand zu einer Faust mit angstbleichen Knöcheln. Temple erwartete halb, einen Taschentuchzipfel daraus hervorlugen zu sehen; Mavis war eine altmodische, naive Frau von dieser Sorte. Aber an ihren wunden Nerven, ihrem verzweifelten Mangel an Selbstvertrauen war überhaupt nichts Altmodisches.

»Sagen Sie, Mavis – ich darf Sie doch so nennen?«

»Ja«, sagte die Frau mit mitleiderregendem Eifer. »Ich bin jetzt wirklich ganz allein. Ich glaube nicht, daß – man – weiß, wieviel Mr. Royal für mich getan hat.«

»Was er dir angetan hat«, murmelte Temple in ihren Gin. »Mavis«, sagte sie dann laut, »dieses erste Buch – hatten Sie es ganz allein geschrieben, als Sie es verkauften?«

Mavis nickte.

»Hatten Sie keinen Agenten?«

Mavis schüttelte den Kopf.

»Haben Sie jetzt einen?«

Wieder ein Kopfnicken. »Mr. Royal meinte, ich sollte eigentlich einen haben – nach dem dritten Buch. Er hat mir dann jemanden empfohlen, den er schon seit Jahren kannte.«

»Aber Ihr Honorar erreichte erst beim siebten Buch die Zehntausend-Dollar-Grenze?«

»Ja... warum?«

»Ja, was hat der Agent denn getan – außer, daß er sich einen Anteil von Ihrem Geld einsteckte?«

»Er hat all das geschäftliche Zeug erledigt, von dem ich immer Kopfschmerzen bekam.«

»Sie meinen, den Verkauf der Übersetzungs- und Filmrechte? Solche Sachen?«

»Nein. Das hat Pennyroyal Press besorgt. Es war mein Glück, daß der Verlag einen so großen Anteil von meinen Nebenrechten bekam; das war für sie ein Anreiz, härter zu arbeiten, um sie zu verkaufen, meinte mein Agent.«

Jetzt wurden Temples Fingerknöchel weiß; so fest umspannte sie ihr Glas. Sie verstand nicht viel vom Verlagsgeschäft, aber doch genug, um zu sehen, daß Chester Royal Mavis Davis auf schamlose Weise ausgenutzt hatte. Die Frage war, konnte Mavis Davis, die Meisterin der mordenden Krankenschwestern, wirklich so naiv sein, daß sie bis zu diesem Augenblick nichts davon gemerkt hatte?

Die richtige – oder falsche – Antwort auf diese Frage konnte ein Motiv für einen Mord enthalten.

9.
Wie gewonnen, so zerronnen

Ich hab' dich in der Hilton Lounge gesehen. Manche Leute führen wirklich ein feines Leben.«

»Ich denke, du mußt es wissen, Crawford.«

Temple schleuderte ihre schwere Schultertasche auf den Schreibtisch. Das Schöne an den Überstunden – es war schon sechs Uhr abends – war, daß das PR-Büro der ABA weitgehend verlassen war, so daß niemand hören konnte, wie Buchanan ihr vorwarf, sie habe während der Arbeitszeit getrunken – obwohl die Werbe- und PR-Branche den Drei-Martini-Lunch ja eigentlich überhaupt erst erfunden hatte.

Temples Schreibtisch war von den üblichen Zetteln mit Mitteilungen über eingegangene Anrufe und aktuelle Krisen übersät wie von den Kopfschuppen eines Riesen. Als erstes mußte sie ihren neuen Briefbeschwerer vom Tisch nehmen: Der schwarze Kater (ein unternehmungslustiger Racker) war ganz allein ins Büro zurückgekehrt, um sich einmal ernsthaft zu putzen. Mit einer Entschuldigung – an ihn – verfrachtete sie ihn in den Lagerraum und hoffte, Buchanan werde das Interesse verlieren und verschwinden, was er auch tat. Temple kehrte zu ihrem Schreibtisch zurück, ließ sich auf den Stuhl fallen und fing an, Merkzettel zu sortieren. Dann schob sie ihre Brille über die Stirn nach oben und ließ das Gesicht in beide Hände sinken. Ihre Augen wollten sich nicht mehr scharfstellen lassen. Es war ein höllischer Tag gewesen. Nein, sie würde sich heute nicht mehr um die Zettel kümmern; sie würde den Kater in seinen Korb stopfen und nach Hause fahren. Home, sweet home.

»Entschuldigung«, sagte eine Frauenstimme spitz von der Tür her.

Temple gab ihre »Lasset fahren die Hoffnung«-Pose auf und wandte sich der Besucherin – oder besser, dem Besuch zu. Da stand auch ein Mann in der Tür, ein dunkler, gutaussehender Mann. Die Frau war eine zierliche Blondine und sah aus, als meine sie es ernst – etwa so ernst wie ein Bomberpilot.

Was gibt's jetzt wieder, dachte Temple.

Die Frau marschierte herein und blieb vor dem Schreibtisch stehen. »Wir haben das hier in der Abendzeitung gesehen.«

»Oh, die Katzenstory.«

Der Mann war jetzt ebenfalls hereingekommen. »Die Story stimmt nicht. Wir kennen den Kater. Das ist kein Streuner.«

»Kein Streuner? Sie meinen... das ist Ihr Kater?« Sogar Temple selbst hörte, daß ein leugnender Unterton in ihrer Stimme anschwoll.

Die beiden waren so sehr damit beschäftigt, stumme, fragende Blicke zu wechseln, daß sie nicht merkten, wie strapaziert Temples Selbstbeherrschung war.

»›Unser‹ Kater nun auch nicht gerade«, gestand die Frau.

»Es ist der Hauskater«, erklärte der Mann.

Temple starrte die beiden wortlos an.

Der Mann sah seine Chance und entkorkte ein 150-Watt-

Lächeln. »Unser ›Haus‹ ist das Crystal Phoenix Hotel and Casino am Strip. Louie treibt sich da rum, schon immer, schon bevor wir den Laden wieder aufgemacht haben. Ich weiß nicht, wie er hierher kommt, aber. . .«

»Louie?« unterbrach Temple.

»Midnight Louie«, sagte die Frau. »Der Kater.«

»Und wer sind Sie?«

Eine sonnenbraune Hand streckte sich ihr entgegen. »Nicky Fontana. Meine Frau, Van von Rhine. Sie ist Geschäftsführerin im Crystal Phoenix. Ich bin der Eigentümer.«

»Und Louie ist der Hauskater«, beharrte die Frau entschlossen. »Wir haben das Photo gesehen und dachten uns, wir sollten ihn nach Hause holen.«

»Nach Hause.« Temple wußte nicht, weshalb sie jetzt so angestrengt nachdachte; vielleicht suchte sie nach einem glaubhaften Vorwand für die angebliche Abwesenheit des Katers: Sie habe ihn schon ins Tierheim geschickt, oder ein Tiertrainer aus Hollywood habe bereits Anspruch angemeldet, oder – »Er ist da im Lagerraum. Ich hole ihn.«

Sie folgten ihr zur Tür des Lagerraums. Vielleicht trauten sie ihr nicht, vielleicht brannten sie auch nur darauf, ihn zu sehen. . . Louie. Blöder Name für einen Kater, dachte Temple erbost – wieso nicht Schnurri oder Schwarzenegger, wenn sie schon einen wirklich blöden Namen suchten?

Der Kater gab zur Begrüßung ein langgezogenes *rrrrroo-ollll* von sich. Temple sah, wie er steifbeinig an ihr vorbeistelzte und um Van von Rhines Beine herumstrich, bevor er Nicky Fontana grüßend ins Knie zwickte.

»Hey, das ist meine beste italienische Seidenhose!«

Van von Rhine hockte sich vor dem großen Kater nieder. »Louie! Du bist ja jetzt berühmt, aber wie um alles in der Welt kommst du denn ins Convention Center? Wo bist du die ganze Woche gewesen? Wir haben dich schon vermißt!« Sie blickte mit hellen blauen Augen zu Temple auf. »Ich habe wirklich Panik bekommen, als er sich längere Zeit nicht hat sehen lassen – hatte mir schon vorgestellt, er könnte überfahren worden sein oder Schlimmeres. Das kommt wahrscheinlich davon, daß ein Säugling im Haus ist. Die Nerven einer Mutter. . .«

»Die Nerven des Vaters«, brummte der Mann, »sind im Moment auch nicht gerade die besten. Das muß an den allnächtlichen Serenaden liegen. Aber wir sind wirklich froh, daß wir Louie gefunden haben. Wir nehmen ihn gleich mit nach Hause. Er frißt eine Tonne – ganz davon zu schweigen, daß er auch eine Tonne wiegt. Danke, daß Sie sich um ihn gekümmert haben.«

»Bitte, bitte.« Temple verlagerte ihr Gewicht von einem Fuß auf den anderen. Ihre halsbrecherischen hohen Absätze fühlten sich inzwischen an wie richtige Nadeln – als würden sie gleich den Boden durchbohren und sie um fünfzehn Zentimeter einsinken lassen. Der Kater kannte die beiden offenbar; er war froh, sie zu sehen – froh, aus dem Lagerraum zu entrinnen, aus ihrem Apartment, ihrem Leben, aus dem Rampenlicht sogar. Wer konnte wissen, was ein Kater dachte? Was sie selbst dachte, wußte Temple: daß es lächerlich war, wenn eine Herrgott-noch-mal-fast-dreißigjährige Karrierefrau mit einem faustgroßen Kloß in der Kehle vor zwei fremden Leuten stand.

»Moment!« sagte sie an dem Kloß vorbei. »Der Kater war wirklich wichtig für das Center. Die Publicity, die er bekommen hat, konnte das Scheinwerferlicht von einem ziemlich unglückseligen Zwischenfall ablenken. Ich würde ihn gern noch eine Weile behalten, bis ich sicher bin, daß wir ihn wirklich nicht mehr brauchen werden.«

»Sie verstehen nicht«, sagte die Frau sanft. »Louie ist kein

Schoßtier. Er hat uns adoptiert, um es genau zu sagen, und ein ganzes Hotel dazu. Alle, von den Pagen bis zu den prominenten Gästen, erwarten, Midnight Louie im Hause zu sehen.«

»Er ist ein Straßenkater, Miss Barr«, sagte der Mann mit einem Blick auf das Namensschild auf ihrem Schreibtisch. »Er muß kommen und gehen können, wie es ihm gefällt. Sicher, er schnorrt von den Mitarbeitern, was er kriegen kann, und er plündert den Karpfenteich im Hotelgarten, wenn man ihn nicht daran hindert, aber zahm ist er eigentlich nicht. Er ist es nicht gewohnt, daß man ihn. . .« Nicky Fontana warf einen Blick voller Abscheu auf den Katzenkorb. ». . . einsperrt. Das ist nicht fair gegen ihn.«

»Habe ich das gesagt? Nein, natürlich nicht.« Temples Ton klang gepreßt. »Ich verstehe.« Eine geschmeidige Gestalt schlang sich um ihre Beine. Sie bückte sich und streichelte das glänzend schwarze Fell. »Tja, Louie, danke, daß du mir geholfen hast, den Tag über die Runden zu bringen. Paß auf dich auf, du dicker Klotz.«

Sie richtete sich auf und wandte sich hastig ab, um den Katzenkorb zu holen.

»Nein, den brauchen wir nicht«, sagte Nicky Fontana. »Er paßt auch gar nicht in meine *'vette.* Louie fährt auf dem Notsitz mit, nicht wahr, Bursche?«

Temple drehte sich um und sah, wie der Kater, der Nickys Arme praktisch ausfüllte, wie ein dickes, schwarzes, pelziges Baby weggetragen wurde.

Van von Rhines himmelblaue Augen verschleierte verständnisvolles Mitgefühl. »Keine Angst. Ich rufe Sie an und erzähle Ihnen, wie es ihm geht. Und Sie können ihn jederzeit besuchen kommen.«

»Das werde ich tun.« Temple begleitete sie zur Tür. Die grünen Luchsaugen des Katers betrachteten sie seelenvoll, und sein großer Kopf baumelte über Nickys Ellbogen. Louie zeigte höchstes Wohlbehagen.

Temple schloß die Tür, sobald man sich höflich verabschiedet hatte. Sie hätte es nicht ertragen, dem Paar nachzuschauen, wie es im Gang immer kleiner wurde und wie sogar die große schwarze Gestalt Midnight Louies in der Ferne schrumpfte.

»Blöder Name!« Sie trat gegen den Papierkorb, hielt inne und bückte sich dann, um Papier, Büroklammern und Stanniol Stück für Stück wieder einzusammeln.

Endlich blieb ihr nichts weiter zu tun, als ihre Handtasche zu nehmen und nach Hause zu fahren. Auf dem Weg nach draußen blieb sie noch einmal stehen. Auf dem Tisch der Sekretärin lag ein Stapel Zeitungsblätter – die Seite eins des zweiten Teils –, bereit zum Ausschneiden und Abheften. Auf Valerie war Verlaß.

»Tja.« Temple nahm sich ein Exemplar von dem Stapel und betrachtete die allzu niedliche Pose des soeben abgeholten Midnight Louie. »Schätze, unsere Schnüfflertage sind vorüber, Sherlock.«

Sie wankte nicht unter der Last eines Katzenkorbes und seines achtzehn Pfund schweren Bewohners, als sie am Circle Ritz ankam, aber ihr war genauso zumute. Die Junihitze hatte ihr Leinenbluse und Rock an den Leib geschweißt und ihre Strumpfhose in einen Saunaanzug verwandelt. Der Himmel war tiefblau wie der Lake Mead, und die fern sich aufsträubenden Berge, sonst braun wie gebranntes Siena, schimmerten blaulila in der Hitze.

Temple parkte ihren aquamarinblauen Geo Storm neben dem Ford Escort, der den letzten schattigen Fleck ergattert hatte, entfaltete die Sonnenschutzpappe und breitete sie über das Armaturenbrett, und dann stapfte sie zur Rückseite des Gebäudes und durch das Holztor.

Sie schleifte einen Liegestuhl in den Schatten der Palme und ließ sich mit einer Vehemenz hineinfallen, die das Gestell quiekend um Gnade wimmern ließ. Bei ihrer Körpergröße machte sie nicht oft so großen Eindruck auf unbelebte Objekte.

»Wieder ein schlechter Tag?«

Ein vertrauter Kopf tauchte plötzlich über dem altmodisch gekachelten Rand des Pools auf. Temple sann finster über die mutmaßliche Vertrauenswürdigkeit von Männern, die sogar mit nassem Haar attraktiv aussehen konnten.

»Wo ist der Kater?« fragte Matt Devine als nächstes.

»In der Nachmittagsausgabe der Zeitung.«

Matt hob eine Braue und stemmte dann den Oberkörper aus dem Wasser, indem er sich mit den Ellbogen auf den Beckenrand stützte. »Ist das schlecht?«

»Das ist gut.« Sie seufzte.

Matt zog sich vollends aus dem Wasser, und Temple versuchte, ihm dabei nicht zuzusehen. Sie hatte ein einziges Mal versucht, den Pool auf die harte Tour zu verlassen, und am Ende hatte sie sich wie ein ertrinkender Lemming in den Zementboden gekrallt.

»Mrs. Lark hat Limonade gemacht – wollen Sie?«

»Danke.«

Das Glas – eine hohe, dünnwandige, tulpenförmige Antiquität mit saturnartigen Silberringen oben um den Rand – war mit Wassertröpfchen gesprenkelt, genau wie Matt. Eine hauchzarte Mischung aus Jasmin, Chlor und Schweiß parfümierte die Luft. Bienen summten im Oleander. Matt zog sich einen Liegestuhl neben Temple in den Schatten.

»Wie hat's die Katze denn in die Zeitung geschafft?« wollte er wissen.

Temple zog ohne große Begeisterung den Zeitungsteil hervor, den sie aus dem Büro mitgenommen hatte. Matt trocknete sich sorgfältig die Hände an dem Badetuch ab, das über seinem Liegestuhl lag, und nahm dann die Zeitung.

»Niedlich, die Story – rückt den Mord im Convention Center ein bißchen in den Hintergrund. Ihre Idee?«

Sie nickte tiefbetrübt.

»Warum so verbiestert? Sieht doch so aus, als ob Ihre Strategie funktioniert hätte.«

»Nur zu gut.« Temple nippte an ihrer Limonade – herb, wie sie es gern hatte – und lächelte ein winziges Lächeln. »Da taucht ein Pärchen vom Crystal Phoenix unten am Strip auf und behauptet, der Kater ist ein ›Hauskater‹, der schon seit Jahren bei ihnen ist. Also. . . bye-bye, Midnight Louie.«

»Midnight Louie. Genau, er ist wirklich der Typ des umherstreifenden Einzelgängers, das stimmt. Sie hatten also schon Anhänglichkeitsgefühle für ihn entwickelt.«

»Vielleicht habe ich ja eine Neigung zu unpassenden Anhänglichkeitsgefühlen.«

Matt betrachtete Midnight Louies Bild lächelnd. »Die haben die meisten Leute. Tiere begehen solche Fehler aber selten, und Katzen ganz bestimmt nie.«

»Ich fing schon an, mich an das Tappen seiner dicken Pfoten zu gewöhnen. Wenn man allein lebt. . .« Sie brach ab, als sie merkte, daß sie im Begriff war, ihre miese Stimmung bei einem flüchtigen Bekannten abzuladen.

»Haben Sie denn immer allein gelebt?« Der unaufrichtige Ton, in dem Matt diese Frage stellte, ließ nicht vermuten, daß er ein schmeichelhaftes persönliches Interesse an ihrer Antwort hegte.

»Nein«, sagte Temple.

»Ich bin das Alleinleben auch nicht gewohnt.«

Die Neugier war des Kätzchens Tod, ermahnte sie sich im stillen, zu niedergeschlagen, um *dieses* faszinierende Bekenntnis weiter zu erforschen.

»Deshalb gefällt mir Mrs. Lar. . . – ich meine, Electras Haus hier so gut«, sagte Matt. »Man fühlt sich wie in einer Gemeinschaft hier. . . ich weiß nicht – wie in einem Studentenheim oder so was.«

Temple nickte. »Electra versteht es, ihren Mietern das Gefühl zu geben, sie sind hier zu Hause – so, wie es ihr gelingt, die ausgestopften Figuren in ihrer Hochzeitskapelle beinahe echt erscheinen zu lassen. Sie hat ihnen sogar Namen gegeben und stattet sie bis zu den Ringen am kleinen Finger mit allen möglichen Sachen aus, die sie auf Versteigerungen findet.«

»Wenn nur jede Gemeinde so aufmerksam zuhören würde.« Matt grinste verschmitzt. »Was ist eigentlich Electras priesterliche Qualifikation?«

»Ehrlich gesagt? Sie gehört der Kirche des *Kaum Respektablen Hokuspokus* an. Irgendeiner Versandhauskirche, die an diverse paranormale Phänomene glaubt. In Las Vegas gibt es über fünfhundert Hochzeitskapellen, und die Hälfte wird von Frauen geführt, aber sie gehören keiner der großen Konfessionen an. Zum Glück braucht man nicht den Auftrag einer etablierten Kirche, um in Las Vegas Leute miteinander zu verheiraten.«

Matt schüttelte den Kopf und nahm einen Schluck von seiner Limonade.

»Kirchen können. . . etwas Komisches sein«, sinnierte Temple unversehens und aus heiterem Himmel – oder, besser gesagt, aus ihrer gar nicht so heiteren Stimmung heraus. »Religion kann gefährlich werden.«

Matt behielt seinen milden, neutralen Gesichtsausdruck bei. »Wie meinen Sie das?«

»Oh, ich habe heute von einer Autorin etwas Schreckliches gehört. Eine überaus ahnungslose Lady mittleren Alters, die Romane über mordende Krankenschwestern schreibt – Medizinhorror nennen sie so was. Jedenfalls hat sie mir erzählt, daß ihre Mutter in den fünfziger Jahren bei einer verpatzten Abtreibung gestorben ist.«

Matt verzog das Gesicht. »Scheußlich. Aber so was kam vor.«

»Die Folge ist: Mavis' Pflegeeltern waren katholisch, und jetzt hat Mavis das Gefühl, sie muß ihre eigene Mutter moralisch verdammen, obwohl die damals wahrscheinlich bloß ein völlig verängstigter Teenager war. Kein Wunder, daß ihre Romane jetzt von berserkerhaften Krankenschwestern erzählen – von Frauen, die pflegen sollten und stattdessen töten, sogar Babies. Wir sitzen hier und grinsen über miese kleine Hochzeitskapellen in Las Vegas, aber die sogenannten anerkannten Religionen können sehr viel eher tödlich sein, wenn Sie mich fragen. Und wenn Mavis' Mutter sich wegen ihrer Schwangerschaft nicht so sehr geschämt hätte, dann hätte sie vielleicht auch keine illegale Abtreibung vornehmen lassen.«

Matt nickte nüchtern. »Ich nehme an, Sie sind nicht katholisch?«

»Ich? Ich bin nicht mal 'ne gute Atheistin. Aber was immer Sie von Abtreibung halten mögen, das ist eine. . . politische Frage. Wirklich traurig ist es, eine erwachsene Frau zu sehen, die ernsthaft glaubt, ihre Mutter war ein Monster und kein Opfer. Mavis ist jetzt ebenfalls ein Opfer, aber das sieht sie nicht – vermutlich, weil sie als Tochter einer ›schlechten‹ Frau eine so geringe Selbstachtung hat.«

»Inwiefern ist Mavis ein Opfer?«

»Der ermordete Verleger im Convention Center war ein Rasputin-Typ. Er hat seinen Autoren eingeredet, ihr schriftstellerischer Erfolg sei von ihm abhängig. Mavis ist ihm dabei am heftigsten auf den Leim gegangen, soweit ich es beurteilen kann. Er hat sie schamlos ausgebeutet. Noch jetzt, wo er nicht mehr lebt, ist sie so sicher, daß sie ihn braucht, daß sie vielleicht nie wieder schreibt!«

»Aber das ist nicht die Schuld irgendeiner Religion«, meinte Matt. »Das ist ein Egoproblem.«

»Aber das Schamgefühl, das man Mavis wegen des Todes ihrer Mutter eingetrichtert hat, macht sie zu einem perfekten Opfer für eine alltägliche, ganz und gar weltliche Ausbeutung. Verstehen Sie, was ich sagen will? Chester Royal hat mit ihr gemacht, was er wollte – sie war Wachs in seinen Händen. Und wenn Mavis vielleicht erkannt haben sollte, daß sie benutzt worden war – ihr Leben lang – na, das wäre doch ein Motiv für einen Mord, nicht?«

»Die meisten Opfer fordern aber nicht selber Opfer«, wandte Matt ein. »Sie wenden sich, wenn überhaupt, gegen sich selbst.«

»Aber jemand hat Chester Royal mit einer Stricknadel Nummer fünf erstochen.«

»Und Sie glauben, es könnte diese Mavis. . .?«

»Davis«, ergänzte Temple düster.

Matt machte ein verwirrtes Gesicht.

»Mavis Davis. So heißt sie.« Matt hatte recht: Sie hielt Mavis für fähig, Chester Royal zu ermorden, und eine Stricknadel war genau die exzentrische, feinsinnige Waffe, die eine feinsinnig exzentrische Person wie Mavis benutzen würde. »Und das ›große, hilflose Mädchen‹, als das sie sich darstellt – das könnte Theater sein.«

»Langsam, langsam – wenn Sie Detektiv spielen wollen, können Sie aber nicht jedesmal Depressionen kriegen, wenn Sie feststellen, daß jemand ein guter Kandidat für die Rolle des Mörders ist.«

»Ich habe wirklich versucht, Detektiv zu spielen«, gestand Temple, »und ich bin selbst zu sehr in die Sache verwickelt. Einen letzten Versuch: Sie würden einen guten Psychologen abgeben. Sind Sie einer?«

Er lachte so herzlich, daß Temples düstere Stimmung verwehte.

»Im Ernst«, drängte sie. »Ich wette, Sie haben auf dem College ein Psychologieexamen abgelegt. Stimmt's?«

Matts lachendes Gesicht glättete sich und nahm wieder einen neutralen Ausdruck an. Temple kam sich vor wie jemand, der über die Kante des Swimmingpools hinausgetreten ist und erst jetzt feststellt, daß kein Wasser drin ist. »Eher so was wie Soziologie«, sagte er zurückhaltend.

»Nah dran.« Temple wußte, daß sie schon wieder herumgeschnüffelt hatte. »Sorry. PR-Leute sind von Natur aus neugierig.«

»Wie Katzen.«

»Genau.« Sie scharrte mit einem spitzen Absatz über den heißen, rissigen Zement vor dem Pool. Louie war auch ein Grund für ihre Niedergeschlagenheit. Matts toffeebraune Augen beobachteten sie wachsam. Temple fragte sich, ob er das Gespräch wieder auf den Verlust des Katers gebracht hatte, um von sich selbst abzulenken – und von dem Gerede über Collegeexamen. Konnte das sein? Vielleicht war er gar nicht auf dem College gewesen und deshalb empfindlich. Es wurde Zeit, daß sie ihre Neugier zügelte und sich zurückzog, bevor sie Matt vergraulte.

»Was tun Sie denn genau in Ihrem Job?« hörte sie ihr unbezähmbares öffentliches Ich fragen, noch während ihr vernünftiges privates Ich auf Zurückhaltung drängte.

Matt lächelte – ein wehmütiges Lächeln, das ihr sehr gut gefiel. »Ich bin Berater bei einer Telephon-Hotline.«

»Aha! Also doch Psychologe!«

»Eigentlich nicht. Ich habe kein. . . Examen.«

»Aber Sie sind ein großartiger Zuhörer. Entschuldigen Sie, daß ich auf die Religion geschimpft habe. Sie müssen ja einiges an kirchlichem Einfluß mitbekommen haben in Ihren wilden, wüsten, formativen Jahren, wie die Soziologen sagen«, spekulierte Temple. »Sie spielen toll auf der Orgel. Das war ein wunderbarer Hochzeitsmarsch, den Sie da für Electra gespielt haben. Ich hab' gelauscht. Was war das?«

Er nahm einen Schluck Limonade und lächelte. »Das war kein Marsch, und normalerweise spielt man es auch nicht auf Hochzeiten.«

»Aber es war herrlich! Langsam und würdevoll und zärtlich. Ich hätte so was gern auf CD.«

Das Lächeln verbreiterte sich zu einem Grinsen. »Fragen Sie im Plattenladen nach Bob Dylan.«

»Nach der alten Kieskehle? Sie machen Witze!«

»Ich schwöre bei Gott. Es war ›Love Minus Zero – No Limit‹. Hören Sie sich's mal an. Sogar der Text ist hymenäisch.«

»Hä?«

»Hymenäisch ist ein altgriechisches Wort für hochzeitsmäßig.«

»Ach so, nach dem griechischen Gott der Ehe.« Temple spürte, wie sie errötete, als sie den Gott Hymenäos mit dem von seinem Namen abgeleiteten Wort verband und dann an eine gewisse gynäkologische Terminologie denken mußte, die ebenfalls daher rührte.

»Haben Sie die klassischen Sprachen studiert?« fragte Matt unschuldsvoll, als könnten ihm die natürlichen, aber gewagten Konnotationen nicht in den Sinn kommen.

Wenigstens war er interessiert. »Kommunikation. Dann habe ich ein bißchen als TV-Reporterin gearbeitet, und schließlich habe ich die Öffentlichkeitsarbeit für ein Repertoiretheater in Minneapolis gemacht. Die Namen der griechischen Götter lernt man, wenn der Regisseur ein Faible für Fünf-Stunden-Aischylos-Revivals hat, überwiegend in Form antiker Flüche. Aber die Melodie ist wirklich von Bob Dylan?«

»Wirklich.« Matt legte die Hand aufs Herz.

Temple betrachtete seinen Körper. Griechische Götter...

Großartig sah er aus, dieser Telephonseelsorger Matt. Ehrlich gesagt, dieser Kerl war zu schön, um wahr zu sein. Na ja, Max war am Anfang auch ziemlich beeindruckend gewesen. Das Dumme war, daß er auch am Ende ziemlichen Eindruck hinterlassen hatte. Zum Teufel mit Max. Zum Teufel mit entlaufenen Katzen. Zum Teufel mit der ewig erwachenden Hoffnung ...

»Danke für die Limonade«, sagte Temple und stand auf. »Ich sehe jetzt mal lieber nach, was die halbe Dose Thunfisch in meinem Kühlschrank treibt.«

»Electra hätte wahrscheinlich auch nicht gern einen Präzedenzfall setzen mögen, was Haustiere angeht.«

»Midnight Louie ist kein ›Haustier‹ «, gab Temple bekannt. »Er ist eine unabhängige Person und kann nach Belieben kommen und gehen, wie man mir heute erklärte. Und ich schätze, nun ist er gegangen – weg aus meinem Leben jedenfalls.«

»Vielleicht können Sie sich eine andere Katze anschaffen. Mrs. La... – Electra – mir scheint, man kann sie leicht überreden.«

»Das haben Sie schon gemerkt, wie? Nein, ich arbeite manchmal so lange, daß es eigentlich nicht fair wäre. Es ist schon am besten so. Ich sollte froh sein, daß ich mit meiner brillanten Idee für diesen Artikel nicht nur den ABA-Mord aus dem Rampenlicht gehalten habe, sondern auch M.L. –

wie mein Kollege Crawford Buchanan sagen würde – wieder nach Hause geholfen habe.«

»Schlimm, das mit dem Mord. Ich kann mir gut vorstellen, daß es Sie bedrückt.« Matts braune Augen blinzelten schmal im Sonnenlicht. »Eine häßliche Sache: Ein Mensch verspürt solchen Haß gegen einen anderen, daß er – oder sie – diesem anderen tatsächlich das Leben nimmt. Hat die Polizei eigentlich eine Theorie?«

»Sie beraten sich eigentlich nicht mit mir – obwohl ich den halben Tag im Gewahrsam von Lieutenant Molina vom Dezernat für Sexual- und Tötungsdelikte verbracht habe.«

»Wieso hat er sich mit Ihnen abgegeben?«

Temple lächelte. Matt Devines lobenswerte Sorgfalt im Umgang mit dem Geschlecht des möglichen Mörders oder der Mörderin war der automatischen Annahme zum Opfer gefallen, daß ein Kriminalpolizist vom Dezernat für Sexual- und Tötungsdelikte männlich sein müsse – aber vielleicht war C. R. Molina das auch in gewisser Weise.

»Lieutenant Molina brauchte anscheinend eine Führung durch den Messebetrieb der American Booksellers Association. Ich habe heute mehr über das Verlagswesen gelernt, als ich eigentlich gern wissen möchte – und noch mehr Gründe entdeckt, weshalb ein Autor Lust haben könnte, einen Verleger zu erschlagen, als der Durchschnittsleser je vermuten würde. Erinnern Sie mich daran, daß ich niemals die Schriftstelleritis bekommen möchte.«

»Sie sind doch nicht etwa ernsthaft in diesen Fall verwikkelt?«

»Nein, ich bin zweifellos eine Randfigur, aber ich kann nicht vermeiden, daß ich Dinge mitbekomme.«

»Überlassen Sie das der Polizei; wenn Sie zuviel mitbekommen, könnte das gefährlich sein.«

»Genau, aber da ist dieses Kommunikationsexamen, das

ich abgelegt habe. Ich habe das unersättliche Bedürfnis, Dinge zu erfahren – und weiterzusagen. Außerdem haben die Leute anscheinend ein natürliches Zutrauen zu mir.«

»Damit hat man's nicht immer leicht.«

»Nein.« Temple mußte daran denken, wie Mavis Davis keine zwei Stunden zuvor ihre Cocktailserviette zerknautscht hatte. »Nein.«

In dieser Nacht konnte sie nicht schlafen. Erst hatte sie eine heiße Idee gehabt – sie hatte immer heiße Ideen nach Feierabend – und sich mit Electra beraten, die ihre talentierten Finger nur zu gern für ein würdiges Projekt zur Verfügung stellte. Dann war sie in ihr Apartment zurückgekehrt, um dort eine schwüle Nacht allein zu verbringen.

Bilder von Matt Devine, der, nur mit einer Badehose bekleidet, Bob Dylan an der Orgel begleitete, brachten ihre aktive Phantasie auf Touren, unterbrochen von Szenen von Midnight Louies vermutlich triumphaler Heimkehr an den Busen des Crystal Phoenix.

Und dann war da das Autorentrio, das sie im Laufe des Tages kennengelernt hatte. Sie hatte keine Gelegenheit gehabt, mit Lanyard Hunter zu sprechen, aber er sollte morgen – heute – eine Pressekonferenz geben, und wahrscheinlich würde sie ihn dabei zu fassen kriegen...

War es wirklich möglich, daß Mavis Davis Chester Royal umgebracht hatte? Sie sah ganz kräftig aus. Eine Krankenschwester würde wissen, wie man mit großen, leblosen Körpern hantierte, und Chester Royal war eher klein gewesen. Genau wie Owen Tharp – kein Wunder, daß sie sich gut verstanden hatten! Ob Royal diesen Hunter ebenso in der Hand gehabt hatte wie Mavis Davis? Lag es daran, daß sie eine Frau war? Oder hatte Royal alle seine Autoren in fundamentaler Ungewißheit gehalten?

Temple hatte schon solche Theaterregisseure erlebt: Männer (und es waren immer welche; auch heutzutage führten nur wenige Frauen Regie), die ihren Zugang zum künstlerischen Ego benutzten, um es zu verbiegen und um das von Selbstzweifeln erfüllte Kind, das verborgen in jedem Erwachsenen steckt, zu finden und zu manipulieren. Solche Männer waren bösartige Egozentriker, die die Lorbeeren für das Talent ihres Opfers für sich selbst beanspruchten.

Keine Leidenschaft war schrecklicher als die eines Künstlers, der alles gegeben hatte und betrogen worden war. Temple hatte völlig rationale Theaterleute gesehen, die plötzlich bereit waren, einen vernagelten Kritiker für eine unverdiente, unsensible Kritik umzubringen – warum sollten Schriftsteller toleranter sein, wenn sich jemand an ihren Texten verging?

Temple fröstelte es unter der heißen, schlaffen Decke in der trägen Brise vom Deckenventilator mit seinen Plexiglas-Rotorblättern. Er klickte leise beim Drehen; es klang, als kaue jemand in einiger Entfernung auf einem Kaugummi.

Die Nacht war warm – Temple bemühte sich, die Stromrechnung niedrig zu halten, indem sie die Klimaanlage nach Sonnenuntergang herunterdrehte – und irgendwie sexy. Gott, manchmal fehlte Max ihr wirklich! Er hatte genug von seinen Sachen zurückgelassen, um die Erinnerung wachzuhalten: Kleidungsstücke, die sie ins Dunkel an der hintersten Wand des Wandschrankes gestopft hatte. Ein Kasten mit Zauberergerätschaften – Handschellen, Trickschachteln und grellbunte Chiffontücher – verstaubte im Wandschrank, und jeder Fremde, der ihn gefunden hätte, wäre überzeugt gewesen, daß Temple eine Vorliebe für merkwürdige Sexualpraktiken habe. Apropos, Temple hatte noch nicht das Herz gehabt, die Vangelis-CDs vom Schlafzimmerregal zu räumen – Max hatte zum Klang dieser langsamen, schwellenden orgelhaften Töne gern endlos ausgedehnt Liebe gemacht...

Aber heute hatten Molinas Fragen doch ein neues, schreckliches Szenario hervorgerufen. Max war verschwunden, weil er tot war? Nein. Nicht Max. Der fiel bestimmt niemandem zum Opfer – nicht mal einem allzu schlechten Gewissen. Was immer Molina dachte, Temples Ego war nicht dermaßen verwundet, daß es ihr ein Trost gewesen wäre, zu wissen, daß Max verschwunden war – sie verlassen hatte –, weil er buchstäblich nicht zurückkommen *konnte.*

Das brachte Temple zu ihrer liebsten Bettphantasie. Max, wie er zurückkam. Was er sagen würde, wie er ihr alles erklären könnte – und wenn irgend jemand es erklären konnte, dann Max. Und was sie dann sagen würde. Was Max dann tun würde. Was sie tun würde. Oh, Scheiße...!

Ach Gott. Sie hatte das Katzenklo im Bad vergessen. Sie mußte es wegschaffen. Gleich morgen früh. Müßte ja bald so weit sein. Großartig. Wieder eine Nacht beim Teufel...

Und dann – was war das? Ein Geräusch. Ein... sanftes, raschelndes Geräusch. An ihrem Fenster. *Wenn Sie zuviel mitbekommen, könnte das gefährlich sein.* Die Fensterriegel hier im Haus waren ein Witz. In den fünfziger Jahren hatte sich kein Mensch Sorgen um seine persönliche Sicherheit gemacht; außerdem konnte Superman – in der gemütlichen alten George-Reeve-Wiederholung – jederzeit im Fluge zur schwarzweißen TV-Rettung herbeieilen.

Sie spitzte die Ohren. Stille. Dann dieses entschlossene Scharren, eine Bewegung, die sich wiederholte, wieder und wieder. Absichtsvoll. An der Außenwand von Temples Apartment. *Swisch, swisch, swisch.* Kein Baum, kein Zweig berührte hier Fenster oder Wände. In Las Vegas gab es weder Baum noch Busch, wenn man nicht für viel Geld wässerte, und Electra konnte sich nicht leisten, mehr als das Grün rings um den Pool zu pflegen.

Temples nackte Füße berührten den Schlafzimmerboden. Das Holzparkett kühlte ihre glühenden Sohlen nicht. Leise schlich sie durch das vertraute Halbdunkel und wünschte, sie hätte eine Waffe, wünschte, sie hätte Max.

Sie kam ins Wohnzimmer, und die hübsche Reihe der französischen Fenster, die auf die Loggia hinausführten, bestand nur aus Glas und Rahmen und dünnen Sprossen. Hatte sie sie überhaupt abgeschlossen? Manchmal fühlte sie sich so sicher, daß sie gar nicht daran dachte.

Swisch, swisch, swisch.

Stop.

Nichts.

Sie hatte sich bewegt. Sie war gehört worden.

Sie atmete weiter, und sie spürte, wie ihre Lungenflügel sich weiteten. *Swisch, swisch, swisch.* Zu regelmäßig, um nicht lebendig zu sein.

Vielleicht war es Max. Er kam zurück. Das würde zu ihm passen, ein heimlicher Einbruch in der Nacht. Was für eine Überraschung!

Swisch, swisch, swisch.

Temple nahm einen Art-deco-Keramikpfau von einem Beistelltisch. Der Schwanz würde eine gute Keule abgeben. Sie huschte zu den Türen und kam sich nackt vor in ihrem dünnen T-Shirt; sie fror in dem warmen, stillen Zimmer.

Swisch, swisch, swisch.

Die Loggia war Terra incognita, eine verzerrte Landschaft mit Klappstuhl und Feigenkaktus. Das Geräusch kam von der dritten Tür.

Temple schlich näher. Sie mußte sehen, was es war.

Ein Schatten löste sich aus der Nacht. Sie mußte es wissen.

Ein wahnsinniges – blödsinniges? – Bedürfnis, Bescheid zu wissen.

Der Schatten reckte sich hoch, höher, immer höher, dehnte sich lang vor dem Glas. Er erreichte den Türriegel, einen hebelartigen französischen Riegel, schlug dagegen, und der Riegel zitterte. Temple hob ihren Keramikpfau.

Der Schatten gähnte. Mondlicht blinkte auf einer Reihe winziger Haifischzähne.

»Louie!«

Temple entriegelte die Loggiatür. Der Schatten ließ sich träge hereinplumpsen und begann, seine pelzige Flanke an ihren Waden zu reiben.

10.
Eine kleine Nachtmusik

Sie haben's ja gehört.

Ich kann nach Belieben kommen und gehen. Und wenn es irgendwas sozusagen gratis gibt, dann nutze ich das aus. Ich bin schließlich nicht umsonst in Las Vegas geboren und aufgewachsen.

So gut ich Mr. Nicky Fontana und seine rehschlanke Frau, Mrs. Van von Rhine, leiden kann – ich muß doch sagen, unter Streß neigen sie zum Understatement. Ich kann nach Belieben kommen und gehen, seit ich ein Säugling war, sozusagen, und meine liebe Mama mir über das Gesicht leckte und mich dann in Richtung der Müllcontainer hinter The Sands stupste.

Sollten Sie jetzt denken, daß es meiner teuren Mama an mütterlichen Gefühlen mangelte, so müssen Sie wissen, daß ich einer von sieben war und daß wir alle schon früh ins Leben hinausgekickt wurden. Das liegt daran, daß unsere liebe Mama so was wie eine Femme fatale war und in jener Zeit, da ich zur Welt kam, keinen Zugang zu geburtenregelnden Mitteln hatte.

Und so schlüpfe ich ein und aus, wo ich darf und wo ich entschieden nicht darf, seit ich einem Polizeihund bis ans Knie reiche – und der Polizeihund hat noch nie etwas gemerkt.

Miss Temple Barrs zierlicher französischer Fensterriegel ist für mich ein Kinderspielzeug, zumal wenn die Tür nicht abgeschlossen ist und ich auf einem Terracotta-Blumentopf stehen kann. Und da gerade von Kindern die Rede ist: Ein solches – in menschlicher, nicht in Katzengestalt – ist der Grund dafür, daß ich hier wieder aufgekreuzt bin.

Auf der langen, durchrüttelnden Fahrt in Mr. Nicky Fontanas speziallackiertem Corvette-Cabriolet befinde ich mich in vertraulicher Nähe zu meinen beiden Freunden. Und mir dämmert, daß trotz des Duftes der Wüstenrose im Wind von Las Vegas, trotz Ms. Van von Rhines allgegenwärtiger Aura von »Opium« und trotz Mr. Nicky Fontanas hingebungsvoller Vorliebe für Russian Leather auch ein unverkennbarer Geruch von Essence de la Windel von diesem (ehemals mich) liebenden Paar ausgeht.

Wenn jetzt vielleicht irgend jemand denkt, ein weicher Fleck in meinem kleinen Herzen hätte mich in ihrer Stunde der Not zu Miss Temple Barr zurückgeführt, sollte bedenken, daß Midnight Louie auf keinen Menschen hereinfällt, ob Mann, ob Frau. Comprende?

Ich sehe einfach, daß mein bisheriger Freibrief im Crystal Phoenix fortan mit diesem grausig heulenden, krabbelnden Eindringling geteilt werden muß, und das ist nicht zu ertragen. Ich verlange von den Personen in meiner Umgebung ein entsprechendes Level von Intelligenz, von manueller Geschicklichkeit einmal gar nicht zu reden.

Es soll auch niemand versuchen, mich mit dem Argument zu gewinnen, dieses Scheusal werde ja »größer werden«. Es ist im Zusammenhang mit diesen Kreaturen hinreichend dokumentiert, daß dieses »Größer-werden« eine unerträgliche Menge Zeit erfordert, von Geld nicht zu reden. Mag sein, daß ich neun Leben habe, aber ich bin auf dem Vektor meiner Lebensdauer weit genug fortgeschritten, um keine Lust mehr zu haben, auch nur ein einziges davon mit fruchtlosen Unternehmungen zu verplempern.

Ich muß zugeben, der Empfang im Circle Ritz ist genau das, was ich mir erhofft habe.

»Ah, Louie«, gurrt Miss Temple Barr in hingerissenem Schalmeienton, ganz wie Leslie Caron bei abgeschalteter Kamera meinen (wie manche sagen) gutaussehenden Seelengefährten Louis (»Louie« ausgesprochen) Jordan zu besten Zeiten in *Gigi* angezirpt haben muß. Miss Temple Barr drückt mich an ihren Busen. Sie streichelt mir den Kopf und wiegt meinen müden Körper – es ist ein langer Trab vom Crystal Phoenix zum Circle Ritz.

Dann entschwebt sie mit mir in die Küche und hält mir einen etwas abgestandenen, gekühlten Thunfisch vor die Nase. Aber sie besinnt sich gleich und öffnet eine frische, zimmertemperierte Dose Lachs. Die Lady ist vielversprechend.

Sie streichelt mich, daß mir fast die Sinne schwinden. Ich schnurre wie eine brave Miezekatze. Ohnehin habe ich mich in letzter Zeit gefragt, ob es nicht Vorteile hätte, mir allmählich ein ruhiges Apartment abseits vom wilden Treiben am Strip zu suchen (ziemlich wild dort, wenn man die Muskeltypen betrachtet, die da herumstreunen).

Jeder wird einsehen, daß es offensichtlich von Vorteil für mich ist, mich für das zu interessieren, was Miss Temple Barr so treibt. Ich habe nicht vor, mir im Alter noch den unverdienten Ruf eines sentimentalen Knackers einzufangen, aber es steht mir ja, wie die Bosse vom Crystal Phoenix vor nicht mal acht Stunden erklärt haben, jederzeit frei, nach Belieben zu kommen und zu gehen.

Ich sehe im übrigen voraus, daß in Miss Temple Barrs Umgebung in nächster Zeit Ereignisse von geheimnisvoller Natur passieren werden. Sie ist, mit Verlaub gesagt, neugierig wie ein Kätzchen, aber auch erschreckend naiv und hat erfahrene Anleitung verzweifelt nötig. Von mir zum Beispiel.

Und sie riecht gut.

11.
Katastrophe...

Als Temple erwachte, lag der schwarze Kater auf ihren Füßen und schlief. Diese Geste der Zuneigung war reine Verschwendung im heißen Nachglimmen einer langen, unruhigen Sommernacht in Las Vegas.

Midnight Louie war ihr sehr willkommen, aber er war auch heiß, haarig und ungefähr achtzehn Pfund schwer. Wenn sie es sich recht überlegte, brauchte sie an sein Gesamtgewicht nur eine Null anzuhängen, und sie hätte eine ziemlich gute Imitation von Max.

»Mistkerl!« knurrte Temple den Morgen und Louie an, und auf dieses ungetilgte Schimpfwort folgte ein unerklärlicher Schauder.

»Rate mal, was ich heute bei der Arbeit tun werde«, forderte sie den Kater auf und zog ihre tauben Füße unter seinem warmen Bauch hervor. »Ich werde mehr über Pennyroyal Press und über den verstorbenen Chester Royal herausfinden – jetzt erst recht.«

Der Kater billigte ihren Entschluß offenbar. Er verspeiste seine 200-Gramm-Dose Albacore-Thunfisch in Quellwasser – aus einem Fischereibetrieb, der sich an die neue Genfer Konvention zum Schutz der Delphine hielt. Dann säuberte er seinen Schnurrbart und verharrte geschmeidig und erwartungsvoll an der Tür, als Temple angezogen und kampfbereit aus ihrem Schlafzimmer gestürmt kam.

»Warum nicht?« fragte sie einigermaßen kämpferisch, obwohl niemand etwas gesagt hatte. »Das Convention Center hat ein paar tausend Quadratmeter mehr als das Crystal Palace, wenn es auch nirgends so schick ist. Du kannst dort der Herr im Haus sein – und der Ratten dazu. Also komm.«

Sie war nicht überrascht, als der Kater hinter ihr hertrottete wie ein Hund. Midnight Louie war offenbar ein Kater mit viel Unternehmungsgeist und Intelligenz. Als erstes ging sie bei Electras Penthouse-Apartment in der Etage über ihr vorbei und holte sich das Überraschungspaket ab, das im Laufe der Nacht entstanden war.

Electra, die an Schlaflosigkeit litt und deshalb nächtliche Projekte zu schätzen wußte, hatte Ringe unter den Augen, aber sie war noch nicht so mitgenommen, daß sie versäumt hätte, Midnight Louie zu bewundern, der fordernd um ihre Knöchel strich. Aber der Kater verließ seinen neuen Fan bereitwillig und folgte Temple zu ihrem Wagen.

Als Temple die große Tüte, die Electra ihr gegeben hatte, im Kofferraum des Geo verstaut hatte, hüpfte Louie auf den Beifahrersitz und stemmte die dicken Vorderpfoten wie ein Profi gegen das Armaturenbrett. Der Wagen flitzte durch den dünnen Morgenverkehr von Vegas; Leute, die bis zwei oder drei Uhr auf waren, trieben sich nicht um halb acht in der Frühe schon wieder auf der Straße herum.

Als Temple und Louie durch den unauffälligen Hintereingang in das Mammutgebäude des Convention Center kamen, schob Lloyd seine Mütze auf dem kahlen Schädel nach hinten, und seine Augen verengten sich zu schmalen Schlitzen.

»Hören Sie, Lloyd«, sagte Temple. »Midnight Louie ist

hier jetzt ein VIP. Der berühmte Detektivkater. Sie haben's in der Zeitung gelesen. Er kann kommen und gehen, wie es ihm paßt.«

»Ist das amtlich?«

»Wird es sein, sobald ich mit Bud gesprochen habe.«

»Humph.«

»Humph – ganz recht. Wenn das Crystal Phoenix einen Hauskater haben kann, dann können wir auch einen haben. Er könnte ein wertvolles Maskottchen für das Convention Center werden, wie Baker und Taylor. Gibt's was Neues über das verschwundene Duo?«

Lloyd schüttelte den Kopf und inspizierte den Inhalt der großen Papiertüte, die Temple auf dem Arm trug. Seine Brauen hoben sich fast bis unter den Schirm seiner zurückgeschobenen Mütze.

»Ich schwöre, da ist kein versteckter Sprengstoff drin. Terroristen würden sich nicht Las Vegas aussuchen, um ein Zeichen für ihre Sache zu setzen, und explosive Bücher sind dieses Jahr nicht erschienen, außer vielleicht der neue Pee-Wee-Scouts-Kindertitel. Der vor zwei Jahren, in dem die Kids erfuhren, daß es keinen Weihnachtsmann gibt, hat ja mehr Staub aufgewirbelt als Salman Rushdie.«

Als Lloyd ihr schließlich die Erlaubnis zum Eintreten gab, huschte Temple mit Tüte und Kater dankbar an ihm vorbei.

Im Büro war noch niemand. Temple rief rasch bei Cyrus Bent, dem Chef der Sicherheit, an und sagte ihm, was sie vorhatte. Keine zwanzig Minuten später trafen sie sich am Stand von Baker & Taylor. Binnen weiterer fünf Minuten hatten sie einen halboffiziellen Einbruch in das Katzenschloß begangen. Noch einmal acht Minuten vergingen, und sie verschwanden mit einer leeren Tüte. Ihre Mission war ausgeführt.

»Ich hoffe, diese Leute wissen Ihre Bemühungen zu schätzen«, bemerkte Cyrus zum Abschied. Die meisten Männer, die bei privaten Sicherheitsunternehmen arbeiteten, waren wie die Daheimgebliebenen im Zweiten Weltkrieg entweder zu jung oder zu alt. Bent gehörte zur alten Hälfte dieser Statistik, was bedeutete, daß er wußte, zur guten Sicherheitsarbeit gehörte auch, daß man sicher genug war, um hin und wieder eine Regel zu umgehen.

»Das hoffe ich auch«, sagte Temple, und sie salutierte und lief dann durch die endlose Ausstellungshalle zu den Büros zurück.

Dort angekommen zeigte sie Louie seine Futternäpfe im Lagerraum – die großes Interesse fanden – und einen neuen Dauerplatz für das bis dahin standortlose Katzenklo – das auf großen Widerwillen stieß. Die Tür zum Lagerraum ließ sie offen, ein Zeichen für Midnight Louies neuen Status.

Als Valerie kam, klapperte das Keyboard von Temples Textcomputer wie ein Schnellfeuergewehr. Die Nachrichtenzettel würden noch ein Weilchen warten müssen. Als Bud Dubbs um neun eintraf, hatte Louie sich Crawford Buchanans Schreibtisch als den Ruheplatz erkoren, der ihm am meisten entgegenkam. Buchanan erschien stirnrunzelnd um halb elf; inzwischen war Louis' Anwesenheit längst *fait accompli*, und Buchanan schwebte ernstlich in Gefahr, als Faulenzer des Büros seinen Nachfolger gefunden zu haben.

»Schaff dieses Monstrum von meinem Schreibtisch!«

»Wieso? Jedesmal, wenn er mit dem Schwanz zuckt, räumt er dir überfälligen Müll von zwei Monaten herunter.«

»Ich hasse Katzen!«

»Das glaube ich.«

»Was soll das heißen?«

»Man braucht schon ein gewisses Unterscheidungsvermögen, um einen Kater wie Midnight Louie zu schätzen. Junge, das ist ein großartiger Name – ich wünschte, ich hätte ihn gewußt, bevor der Artikel im *Review-Journal* erschien.«

»Ein scheußlicher Name, übertroffen nur von seinem Besitzer«, erwiderte Buchanan. Er war übler Stimmung.

In diesem Augenblick kam Emily Adcock von Baker & Taylor mit frohlockender Miene hereingestürmt.

»Sie haben Ihre Katzen gefunden«, vermutete Valerie.

»Nicht ganz. Es ist entweder eine ganz unglaubliche Sache, oder. . .« Emily Adcock schaute Temple an, die kein Wort gesagt und keinen Muskel bewegt hatte. »*Sie* waren das! Was für eine wunderbare Idee!«

»Also, ich war's nicht persönlich«, sagte Temple.

»Damit sind wir jedenfalls aus dem Schneider. Es sieht aus, als wäre es so beabsichtigt.«

»Was ist denn das für ein Wunder?« wollte Bud Dubbs wissen, der eben von der Kaffeemaschine zurückkam.

»Sie müssen alle vorbeikommen und es sich ansehen. Als ich heute morgen kam, saßen in dem jämmerlichen, leeren Katzenhaus die allerliebsten ausgestopften Figuren von Baker und Taylor, die Sie je gesehen haben!«

»Meine Hauswirtin macht solche Figuren«, erläuterte Temple. »Sie ist die ganze Nacht aufgeblieben, um sie zu machen.«

»Aber es war Ihre Idee!« beharrte Emily Adcock.

»Ich dachte mir, falsche Baker und Taylor sind besser als gar keine Baker und Taylor.«

»Eine brillante Idee.« Emily grinste breit. »Mir ist viel wohler, wenn *überhaupt* etwas in dem Schaukasten zu sehen ist. Jetzt können wir nur noch hoffen, daß die echten B & T wieder auftauchen.«

Sie ging voller Erleichterung davon.

Buchanan zappelte in ihrem Kielwasser unter all dem Wohlwollen, das Temple entgegenströmte. Er starrte Midnight Louie finster an; der Kater saß inzwischen auf dem Fußboden und putzte sich. »Hättest zwei Fliegen mit einer Klappe geschlagen, wenn du diese schwarze Bestie in den Kristallsarg gesteckt hättest.«

Alle sahen ihn an, als hätte er vorgeschlagen, Midnight Louie zu grillen. Temple antwortete: »Louie sieht überhaupt nicht aus wie ein Scottish Fold. Seine Ohren sind ganz anders.«

»Dann stutz sie«, sagte Buchanan. »Ich habe einen Nagelknipser dabei.«

»Buh! Zisch!« warf Valerie ein.

»Ich würde mich mit dem alten Knaben nicht anlegen«, warnte Bud. »Er sieht groß und niederträchtig genug aus, um *dir* die Ohren abzuknipsen, bevor du Hand an ihn legen kannst.«

Midnight Louie gähnte und schloß die Augen.

Temple sah eine Bresche und nutzte sie pfeilschnell. »Hey, Bud, diese Story war doch so niedlich. Wieso behalten wir Louie nicht als Maskottchen während der Buchmesse? Das lenkt die Aufmerksamkeit vielleicht von den verschwundenen Katzen ab. Okay, wenn er hierbleibt?«

»Solange er keine Sauereien macht.«

Buchanan nahm Kurs auf die Herrentoilette. »Na großartig. Dann wird's hier in zwei Tagen stinken wie in einer Thunfischfabrik.«

»Tut es schon«, sagte Valerie. »Ihr Burschen bestellt euch ja immer Thunfischsandwiches aus dem Pita Palace. Das Zeug ist immer schon ziemlich reif, wenn es hier ankommt.«

Temple machte sich endlich daran, die Nachrichten vom Samstag durchzublättern. Eine steckte tatsächlich in einem Umschlag. Sie riß ihn auf. Ihren Brieföffner hatte sie das letztemal gesehen, als sie damit ein Zucchinibrot durchgeschnitten hatte, das Buds Frau ihnen hatte bringen lassen.

Ihre Fingernägel waren lang, stark und aruba-rot lackiert. Damit konnte sie Kronkorkenflaschen öffnen und hundertfünf Wörter pro Minute tippen.

Der Umschlag war übliche Büroware, kleinformatig. Ein Tintenfleck zierte die Ecke, wo die Briefmarke geklebt hätte, wenn er mit der Post gekommen wäre. Temple verspürte Unbehagen, als sie ein notizzettelgroßes Blatt herauszog.

Getippte Lettern, ungleichmäßig in Stärke und Ausrichtung, liefen im Zickzack quer über das Blatt.

»WENN SIE DIE KATZEN WIEDERHABEN WOLLEN, STEKKEN SIE $ 5000 IN EINE BRAUNE TÜTE UND HINTERLEGEN SIE SIE MONTAG MORGEN UM ZEHN AN DER DRITTEN GÖTTIN LINKS VOR CAESAR'S PALACE. WENN NICHT, SIND DIE VIECHER RAGOUT.«

12.
. . . Und Apostroph

Möchten Sie einen Drink, Temple?«

»Ja. Einen steifen. Ich muß nach dem Lunch eine höchst delikate Sache in den Griff bekommen.« Temple verzog schmerzlich berührt das Gesicht, als sie an die dringende Nachricht dachte, die sie für Emily Adcock hinterlassen hatte. Um zwei Uhr wollte sie sich mit ihr treffen. Es würde kein Spaß werden, die Botschaft von der Ragout-Drohung weiterzugeben.

Lorna Fennick verzog mitfühlend das Gesicht. »Ich auch.«

»Jetzt geht's um einen Fall von Catnapping.«

»Cat, nicht Kid?«

Temple nickte, als der Kellner einen kühlen weißen Gin-and-Tonic vor sie hinstellte, gemixt mit dem tödlichen »Saphir«-Label von Bombay Gin. Was angeblich gut genug für Queen Victorias Menstruationskrämpfe gewesen war, sollte eigentlich auch für sie reichen. »Ganz unter uns: Baker & Taylor haben ihre Maskottchen an einen ambitionierten Tierdieb verloren.«

»Ich habe mich schon gefragt, weshalb sie in ihren Anzeigen einen solchen Wirbel damit machen, daß man Baker und Taylor auf der Messe ›kennenlernen‹ könne, und dann zwei ausgestopfte Dekorationspuppen in ihren aufwendigen Displaykasten setzen. Natürlich laden Baker & Taylor die Buchhändler immer ein, ihre Maskottchen auf der Messe ›kennenzulernen‹, und es geschieht immer in rein photographischer Form. Sie leibhaftig anzukarren, das war eine tolle Publicity-Idee.«

» ›War‹, das ist das entscheidende Wort. Es ist eine Schande, aber ich werde mich durch diese neueste Krise nicht daran hindern lassen, im Mordfall Royal auf dem laufenden zu bleiben.«

»Apropos«, sagte Lorna und hob einen Leinenbeutel vom Boden auf, einen von der Time-Life-Sorte, mit der schon Midnight Louie transportiert worden war. »Hier sind ein paar Bücher von den Top three der Pennyroyal Press. Ich habe sogar ein paar von Owen Tharps Pseudonym-Werken aufgetrieben, die so herumflogen. Ich dachte mir, Sie könnten einen Crash-Kurs in Pennyroyal-Medizinthrillern gebrauchen.«

»Tausend Dank.« Temple inspizierte die Tasche. Als sie sie entgegennahm, hätte das unerwartete Gewicht ihr fast den Arm ausgekugelt, und sie mußte an die ersten zärtlichen Augenblicke denken, als sie Midnight Louie in Gewahrsam genommen hatte. »Die sind sicher toll. Und ich weiß es zutiefst zu schätzen, daß Sie dafür gesorgt haben, daß Mr. Big nachher noch an unserem Tisch vorbeikommt, Lorna.«

Die PR-Chefin von Reynolds/Chapter/Deuce nippte an ihrem trüb orangefarbenen Manhattan und nickte nüchtern. »Wir hätten sogar mit ihm essen können, aber die ABA-Essen sind Arbeit. Sie würden staunen, was für Unsummenverträge bei dieser oberflächlich so unschuldigen Messe verhandelt werden. Er ißt jedenfalls hier, und wenn Sie sehen, mit wem, lassen Sie sich nichts anmerken. Der Vertrag ist noch nicht unterschrieben. Aber er kommt für ein paar Minuten zu uns. Er will sichergehen, daß Chester Royals Tod möglichst wenig Aufsehen erregt.«

»Keine Sorge. Ich kenne die Markennamen im Verlagsgeschäft sowieso nicht. Ich bin zu ahnungslos, um ein Geschäft platzen zu lassen. Vertrauen Sie mir.«

»Tue ich. Das ist ja das Komische. Emily bei Baker & Taylor hält große Stücke auf Sie.«

»Sie kennen sich?«

»Wir hinter der Szene, die dafür zuständig sind, die Buchmesse Jahr für Jahr reibungslos ablaufen zu lassen, wir lernen einander schon kennen.«

»Wie ist eigentlich Lieutenant Molinas Vernehmung mit Lanyard Hunter gestern verlaufen?«

»Ich wurde nicht dazugebeten, aber Hunter war danach in mieser Stimmung.«

»Molina wahrscheinlich auch. Das hier ist entschieden nicht ihre gewohnte Umgebung.«

»Kann ich ihr nicht verdenken. Wie soll sie in vier Tagen unter vierundzwanzigtausend Fremden einen Mörder finden?«

»Irgendwie tut sie mir nicht allzu sehr leid.«

Lorna Fennick lachte. »Nein. Ich würde auch keinen Deal mit ihr aushandeln wollen.«

»Schon mal gemacht? Einen Deal ausgehandelt, meine ich.«

»Ein paar kleine. Ich habe als Lektoratsassistentin angefangen und mich zur ›Lektorin‹ hochgearbeitet.«

»Und wie sind Sie zur PR gekommen?«

Lorna machte ein unbehagliches Gesicht. »Ich hab' den grauen Alltag im Lektorat nicht verdaut. Das kann ein frustrierendes, kleinkrämerisches Geschäft sein. Aber was wollten Sie denn über meinen Lehnsherrn wissen?«

Der Kellner kam herbei. Um Zeit zu sparen, bestellte Temple das erste, was ihr in den Sinn kam – Thunfischsalat. Lorna nahm eine Nouvelle-Creation mit Artischockenböden und diversen fremdartigen Gemüsen, deren abscheuliches Aussehen nur noch von dem empörenden Preis übertroffen wurde.

»Erzählen Sie mir, was eine Verlagsagentur wie Pennyroyal Press tut, Lorna«, schlug Temple vor, als sie ihre Gabel in den Thunfischsalat grub. Aus irgendeinem Grund fand sie den Anblick und den Geruch abstoßend. »Wie kommt sie zustande, wie wächst sie, wie wird sie schließlich auf einen großen, weitverzweigten Verlag wie auf eine große Mutterpflanze aufgepfropft?«

Lorna drehte ihr Manhattanglas, bis die Kirsche in Temples Richtung wies. »Das ist so. Ein unternehmerischer Mensch – ein ehemaliger Verlagsmanager oder auch ein blutiger Amateur wie Chester Royal – stellt eine bestimmte Art Bücher zu einem Paket zusammen. Das heißt, er findet die Autoren, er redigiert ihre Texte, er gibt das Cover in Auftrag und übergibt dem Verlag ein produktionsbereites Buch. Der Verlag druckt und vertreibt es nur noch. Wenn es sich bei dem Buch – wie in Royals Fall – um einen medizinischen Thriller handelt, wo der einzige Autor auf diesem Gebiet, der regelmäßig Gold produziert, Robin Cook ist, und wenn der Pakethersteller damit angehende Medizinthriller-Autoren anlockt, dann ist er auf dem besten Weg, sich einen Stall von Autoren heranzuzüchten. Sagen wir, seine Bücher laufen gut für den Großverlag, der sie einkauft. Wenn sie besonders gut laufen, wird der Verlag die kleine Agentur mitsamt ihrem Herausgeber auf den Unternehmensbaum aufpfropfen. Dann hätten Sie Reynolds/Chapter/Deuce/Pennyroyal.«

»Chesters Geschichte war also eine große Erfolgsstory.«

»Ja. Diese Agenturen gibt es jetzt immer häufiger. Es ist ein System, das dem kleinen Unternehmer ermöglicht, das Risiko auf sich zu nehmen und zu beweisen, daß ein Produkt haltbar ist. Er muß zeigen, daß er in der Lage ist, Autoren aufzuspüren, die mit einem vorhersehbaren Erfolgsniveau schreiben können. Dann wird sein vielversprechendes kleines Unternehmen von einem Großverlag erworben, der wiederum seine geschäftliche Effektivität verbessern kann.«

»Nur geht es bei diesem Geschäft um Bücher und um künstlerische Egos.«

»Und die Marktchancen eines Produkts sind weniger durch statistische Verbraucherbedürfnisse bestimmt, als vielmehr durch amorphe Faktoren wie Trends, Glück und Instinkt.«

»Dann ist Vegas der perfekte Schauplatz für eine solche Buchmesse. Nach allem, was Sie sagen, ist das Verlagsgeschäft ein Würfelspiel.«

»Aber ein hochkarätiges Würfelspiel, Temple. Manchen Leuten im Literaturbetrieb wird ganz übel bei dem Gedanken, eine Buchmesse in einer so kraß kommerziellen Arena wie Las Vegas zu veranstalten. Es ist die Antithese zu Manhattan, wo die Verlagsbranche ihre Wurzeln hat. Aber sie müssen. Das Convention Center hier ist eines der wenigen im ganzen Land, die groß genug sind, um eine Ausstellung und Menschenmassen von dieser Größe unterzubringen.«

»Und was war Chester Royals Geschichte? Wie hat er es geschafft, so einzuschlagen – und dann umgebracht zu werden?«

»Er stolperte über Mavis Davis – Nummer eins. Sie war ein großes Risiko für etablierte Verlage, die ihr erstes Buch scharenweise abgelehnt hatten. Aber Royal mit seinem medizinischen Background sah, daß etwas drinsteckte, und der Rest ist Geschichte.«

»Medizinischer Background?«

»Er hat eine ärztliche Ausbildung – hat, glaube ich, vor Jahrzehnten sogar mal kurz praktiziert. Damit hatte er etwas, was normale Verlage nicht hatten: Fachkenntnisse aus erster Hand. Anscheinend war das eine magische Kombination für Medizinthriller.«

»Was Mavis Davis angeht. . .«

»Die kriegt einen Nervenzusammenbruch wegen Chesters Tod; ich weiß.«

»Ich habe den Eindruck, sie war von ihm als Lektor abhängig. Der Einfluß, den er auf sie ausübte, hat beinahe etwas Unheimliches.«

Lorna verzog spöttisch den Mund, und sie nahm einen großen Schluck von ihrem Drink. »Schauen Sie, viele von uns bei RCD-und-demnächst-Schrägstrich-P haben Royals Methoden nicht gebilligt, aber gegen das, was am Ende herauskam, war nichts einzuwenden. Sein Laden war im wesentlichen unabhängig, auch wenn RCD sein Programm vertreibt und am Ertrag beteiligt ist. Er hat persönlich eine Menge dabei herausbekommen, glauben Sie mir. Mehr, als der alte Bussard verdient hatte. Er hatte ein eigenes Lehen zu verwalten, aber er hat seine Autoren wie unter Zwang mit eiserner Hand geführt. Er hat sie durch Unterbezahlung und Überlektorierung in blinde Unterwürfigkeit getrieben – und, offen gesagt, das war der Grund, weshalb seine Erträge so attraktiv waren. Das hier ist ein Geschäft, Temple. Es ist kein Experiment über den Adel des menschlichen Geistes. Manchmal machen die miesesten Schweine die meiste Kohle.«

»Owen Tharp scheint das System einigermaßen realistisch – und verbittert – zu sehen. Aber er hat sich mit Royal vertragen.«

»Manche Autoren haben das getan. Viele eben nicht.«

»Konnten Autoren, die unglücklich waren, nicht einfach weggehen?«

»Natürlich. Sie gingen auch. Aber Royal brachte immer wieder neue, leichtgläubige hervor. Wahnsinn hatte Methode: Er wollte beweisen, daß seine Urteilskraft, nicht das Talent irgendeines speziellen Autors, der Grundpfeiler für den Erfolg von Pennyroyal Press war.«

»Und hat er es bewiesen?«

»Wie meinen Sie das?«

»Waren seine Bilanzen noch solide? Wie lange hätte er sich noch leisten können, seine unabhängigeren Autoren vor den Kopf zu stoßen? Wie lange hätte eine mißhandelte Schriftstellerin wie Mavis Davis unter solchem Druck noch produktiv bleiben können?«

Lorna schüttelte den Kopf und machte ein bekümmertes Gesicht. »Temple, dies ist die reale Welt. Da gehen Jobs zum Teufel, Paperbacks werden in gewaltigen Mengen remittiert, Verlage gehen unter.«

»Genau so ist es. Wie lange kann ein nüchternes Geschäftsunternehmen eine solche Egomühle unter ihren Fittichen dulden? Das Gesetz schwindender Erträge gilt auch für Paperbacks. Vielleicht wollte es niemand eingestehen, aber seine Resultate ließen nach. Ich habe gehört, Reynolds/Chapter/Deuce wären bereit gewesen, Royal zu feuern, wenn sie gekonnt hätten, weil er seinen eigenen Laden in Grund und Boden gefahren hat. Wen die Götter vernichten wollen, den machen sie zuerst mies.«

»Er war mies«, spie Lorna plötzlich hervor. »Er war ein mieser, kleingeistiger Mann. Weshalb, glauben Sie, hat er Mavis Davis immer wieder geduckt? Weil der ehemalige *Doktor* Royal Krankenschwestern verachtete. Er wollte nicht, daß sie auf seine Kosten Vorteile hatte. Jeder wußte, daß ihre Verträge nicht bloß ein gerissener Deal für den Verlag waren, sondern Schlimmeres. Andere Verlage haben versucht, sie abzuwerben, aber er hatte sie einer derartigen Gehirnwäsche unterzogen, daß sie glaubte, sie brauche Chester Royal. . . Ich weiß nicht, ob sie je wieder ein Buch schreiben wird, nachdem er nun tot ist.«

»Dann würde ihr nichts daran liegen, daß er es ist, nicht wahr?«

»Mavis? Als Mordverdächtige? Sie träumen wohl.«

Temple zuckte die Achseln; sie sah, wie ein Mann schräg auf ihren Tisch zukam und den Blick auf Lorna gerichtet hielt. Sie wußte nicht, wie ein Verlegerfürst auszusehen hatte, aber dieser hier war groß und kahlköpfig und trug eine randlose Brille.

Lorna erhob sich, als er herankam. »Temple Barr – das ist Raymond Avenour, Verleger und Geschäftsführer von Reynolds/Chapter/Deuce.«

»Danke, daß Sie Zeit für mich haben«, sagte Temple und schüttelte dem Verleger die Hand, während sie sich setzten.

Er zuckte die Achseln. »Ich bin jederzeit gern behilflich, wie ich der ermittelnden Kriminalpolizistin schon sagte.« Ein bezauberndes Lächeln blitzte auf. »Ich habe festgestellt, daß eine Menge intelligente und attraktive Frauen in Vegas arbeiten.«

Temple, die sich selten die Mühe machte, gegen die routinemäßigen männlichen Galanterien, die im PR-Geschäft weit verbreitet waren, zu protestieren, blinzelte, als ihr klar wurde, was der Mann da gesagt hatte. Es gelang ihr nicht, sich selbst und Lieutenant Molina unter einen Hut zu bringen, so schmeichlerisch er ihr auch dargeboten werden mochte, und sie fragte sich, was die nüchtern-freimütige Polizistin wohl zu einer solchen Bemerkung sagen würde.

Aber Temple trug keine Polizeimarke, an der sie sich hätte festhalten können, und so kam sie gleich zur Sache.

»Da ich ein wenig PR-Erfahrung auf kulturellem Gebiet habe, verläßt sich die Organisation darauf, daß ich mich auch im Literaturbetrieb auskenne. Aber ich muß gestehen, Mr. Avenour, daß ich ein bißchen verwirrt bin.«

»Wovon?« Wieder dieses absolut bezaubernde, absolut sanfte Lächeln.

»Von der Sache mit dieser Verlagsagentur. Wenn Pennyroyal Press ein Unternehmen des Verlags RCD war, wieso war es dann nicht im Unternehmensnamen enthalten?«

»Das wäre ja noch gekommen.« Avenour wies einen herannahenden Kellner mit kurzem Kopfschütteln ab. »Die Sache war im Gespräch. Aber die Leitungsstrukturen innerhalb der Agentur und von ihr zum Gesamtkonzern sind höchst heikel und müssen klar definiert werden.«

»Es war also ein Machtkampf?«

»Nein, nein!« Avenour lachte freundlich. »Haben Sie schon mal einen Verlagsvertrag für ein Buch gesehen, Miss Barr? Noch die simpelste Vereinbarung über ein einziges Buch enthält seitenweise – seitenweise! – Kleingedrucktes. Wenn Sie mehrere separate Verlagsorganisationen zusammenschließen wollen, brauchen Sie ein ganzes Telephonbuch mit Kleingedrucktem und mehr Rechtsanwälte als für eine Trump-Pleite. Das ganze Verfahren hat mehr Ähnlichkeit mit einer Königshochzeit als mit etwas so Plumpem wie einem Machtkampf.«

»Aber was ist, wenn man bei RCD bezweifelte, daß Chester Royal noch alle Tassen im Schrank hatte? Er wurde schließlich älter und bewegte sich seit Jahren in eingefahrenen Bahnen. Er verlor vielversprechende Autoren.«

Bevor Temple zu Ende gesprochen hatte, schüttelte Avenour den Kopf ebenso knapp wie zuvor bei dem Kellner. »Autoren kann man zurückkaufen, wenn sie wichtig genug sind. Der Punkt ist: Royal hatte diese Agentur aufgebaut. Er konnte sie führen, solange – und wie – er wollte. Wenn er sie in Grund und Boden gewirtschaftet hätte, dann wäre Pennyroyal Press eben untergegangen. Reynolds/Chapter/Deuce hätten sich zu schützen gewußt, dessen können Sie sicher sein.«

Der Verleger erhob sich und wedelte abwehrend mit der Hand, als Lorna aufstehen wollte. »Ich hoffe, ich habe Ihre Verwirrung beseitigen können, Miss Barr. Wenn Sie weitere Erklärungen brauchen, wenden Sie sich jederzeit an mich.« Er sagte das mit so beiläufiger Herzlichkeit, daß nur ein Dummkopf oder Crawford Buchanan ihn beim Wort genommen hätte.

Kurz darauf verabschiedete Temple sich und galoppierte davon; irgendwie hatte sie keinen großen Appetit. Lorna blieb zurück und widmete sich ihrem dritten Manhattan. Das Leben einer PR-Chefin war kein Rosengarten.

Aber Temples Leben auch nicht.

Als sie zur Messezentrale zurückkam, wartete Emily Adcock vor der Tür zum Presseraum. Eine Handvoll Medienvertreter – ihre Zahl verringerte sich sichtbar, je länger die Messe währte – saß respektvoll auf den Stühlen, während ein zum Kinderbuchautor gewandelter Popsänger sich bemühte, etwas Profundes zu äußern.

»*Der* hat ein Kinderbuch geschrieben?« fragte Temple erstaunt. Der Boulevardpresse zufolge hatte der Sänger die üblichen Accessoires des Erfolgs erworben – Drogen- und Alkoholsucht sowie etliche Skandale mit Minderjährigen weiblichen und möglicherweise auch männlichen Geschlechts.

Emily Adcock nickte. »Was einen Markennamen hat, hat wahrscheinlich auch ein Buch geschrieben oder hat zumindest seinen Namen draufstehen. Prominentenbücher verkaufen sich gut, auch wenn sie meistens ganz offen oder auch verdeckt von Co-Autoren stammen. Ich rechne eigentlich tagtäglich mit einer unautorisierten Bart-Simpson-Biographie von Kitty Kelley. Was gibt's denn so Dringendes?«

»Kommen Sie in meinen Salon.« Temple führte Emily in den Lagerraum des Büros.

»Hoppla!« Midnight Louie war gerade dabei, sein Katzenklo zu benutzen. Mit glasgrünem Blick nahm er ihr Erscheinen über die Schulter hinweg zur Kenntnis. Temple zog Emily hinter einen Stapel Kopierpapierschachteln. Sie wühlte in ihrer unvermeidlichen Schultertasche, bis sie einen braunen Briefumschlag und eine Pinzette gefunden hatte.

»Was um alles in der Welt, Temple...?«

»Hören Sie, besseres Spurensicherungsgerät habe ich nicht.« Mit der Pinzette zog Temple den weißen Briefumschlag und den Notizzettel aus der braunen Umhüllung. »Das lag heute morgen auf meinem Schreibtisch – nicht anfassen! Die Polizei will es vielleicht auf Fingerabdrücke untersuchen.«

Emily hatte die Nachricht rasch gelesen. »Das ist ja schrecklich! Baker und Taylor gekidnappt und womöglich Ragout! Wer würde denn so etwas Gemeines tun?«

»Der Syntax nach würde ich sagen, ein Idiot, der eine schnelle Maus machen will, aber vielleicht sollen wir auch nur irregeführt werden. Von hier ist er jedenfalls nicht, denn dann wüßte er, daß Caesars Palace ohne Apostroph geschrieben wird. Das mag grammatisch falsch sein, aber es ist Las Vegas. Sind Sie sicher, daß keiner Ihrer Konkurrenten...?«

»Baker & Taylor hat keine Konkurrenz. Schauen Sie, die beiden größten amerikanischen Grossisten sind Ingram und wir. Traditionell haben wir immer Bibliotheken beliefert, während Ingrams Kundschaft die unabhängigen Buchhandlungen waren – Sie wissen schon, der Buchladen an der Ecke. In letzter Zeit haben wir uns allerdings ebenfalls dem Buchhandel zugewandt. . .«

»Aha!«

»Aber das hat nicht einmal annähernd etwas mit halsabschneiderischer Konkurrenz zu tun. Profite hin, Profite her – noch hat sich die Bücherbranche eine gewisse Vornehmheit bewahrt.«

»Na, es ist jedenfalls Zeit, die Polizei zu informieren. Die Sache sieht nach einem Hinterhofunternehmen aus; sie verlangen nicht viel Geld – aber es ist immer noch eine Art Entführung, und das ist ernst.«

Emily legte sich eine säuberlich manikürte Hand an die Stirn, aber selbst diese ausladende Geste konnte die Sorgenfalten nicht völlig verbergen.

»Temple. . . nein. Ich kann das nicht. Es war meine Idee, die Katzen herzubringen. Ich kann die Firma einfach nicht in solche Verlegenheit bringen. Ich. . . wir müssen sie zurückbringen.«

»Wie denn? Woher wollen Sie das Geld so schnell hernehmen? Wie wollen wir es überbringen, ohne uns persönlich in Gefahr zu begeben? Wie wollen Sie sicher sein, daß Sie die Katzen zurückbekommen und daß sie nicht schon längst Ragout sind?«

»Das weiß ich doch nicht! Temple, helfen Sie mir!«

Temple dachte nach. Aus dem Hintergrund kam das rhythmische Raspeln von Katzenstreu, die über den Tatort gescharrt wurde. Wie wäre ihr zumute, wenn Midnight Louie in Gefahr wäre? Wieviel würde sie selbst auf sich nehmen, um die Demütigung zu vermeiden, jemandem wie Lieutenant Molina einen Fall von Catnapping zu melden?

»Wir engagieren einen Privatdetektiv. Vegas ist voll davon.«

Emilys Hand sank von der Stirn zum Mund, und ein wachsamer Ausdruck trat in ihre Augen.

»Er kann das Lösegeld abliefern, ohne daß wir selbst gefährdet sind«, erläuterte Temple. »Vielleicht können wir ihn dabei beobachten und den Ganoven entdecken. Die große Frage ist, wie kommen Sie an das Geld?«

Emily schloß die Augen. »Mit meiner American Express Goldcard.«

»Aber Sie könnten es verlieren.«

»Solange ich bloß die verdammten Katzen wiederkriege. Temple, ich könnte es einfach nicht ertragen, diese Katzen zu verlieren, weder beruflich noch persönlich.«

»Es ist doch nicht Ihre Schuld, Emily. Wer hätte denn auf die Idee kommen können, daß jemand sie klaut? Es ist wirklich komisch – erst ein Mord und jetzt ein. . .«

»So, so, so. Sorry, hab' das Schild für ›Damen‹ nicht gesehen.« Crawford Buchanan lehnte am Türrahmen; er trug einen cremefarbenen Sommeranzug und musterte Emily Adcock ungeniert. Aber sie war zu verstört, um es zu bemerken.

»Wir gehen gerade.« Temple stopfte den braunen Umschlag in ihre Tasche und griff nach Emilys Handgelenk.

Emilys Hand war kalt und schlaff vor banger Aufregung. Wie betäubt folgte sie Temple ins Büro. Buchanan blieb in der Tür stehen, so daß sie sich an ihm vorbeidrücken mußten. Einen Augenblick später stolzierte Midnight Louie an seinem Hosenbein vorbei und hinterließ eine breite Spur von langen schwarzen Haaren auf dem hellen Stoff.

»Mistvieh«, zischte Buchanan und trat nach dem Kater. Louie sprang beiseite wie ein Schwergewichtsboxer, der einer Mücke ausweicht.

Temple und Emily hatten Mann und Kater schon vergessen.

»Wir haben Zeit bis morgen. Es ist Sonntag, aber ich werde irgendwie einen Detektiv auftreiben«, versprach Temple leise. »Und Sie beschaffen das Geld.«

»Wie soll ich's bringen?«

»In kleinen Scheinen, unmarkiert, wie es im Fernsehen immer heißt. Wenn wir die Katzen wiederhaben wollen, dürfen wir den Entführer nicht ärgern.«

»Ich weiß doch nicht mal, wie ich markierte Scheine *besorgen* sollte. O Gott, Temple! Hoffentlich kriegen wir diese Katzen zurück.«

»Im Fernsehen heißt es auch, daß Kidnapper berüchtigt dafür sind, daß sie ihr Wort nicht halten, wenn sie einmal das Geld haben.«

Emily lächelte matt. »Es ist ein schöner Schlamassel – aber ich danke Ihnen, was auch passiert. Sie waren super.«

Emily eilte davon, und Buchanan schlich sich heran. »Was habt ihr Mädels denn vor?«

Temple betrachtete den Stoß Schreibmaschinenpapier, den er im Arm hielt. »Ich wußte gar nicht, daß du dir inzwischen eigenes Papier holst, statt meins zu benutzen.«

»Du bist eben out – aus irgendeinem Grund.«

Temple schüttelte den Kopf und stakste davon. Midnight Louie folgte ihr.

13.
Auftritt Ingram

Die Lady sagt es selbst: Sie braucht einen Privatdetektiv.

Ich verlasse also Miss Temple Barr, die verdrossen im Branchenbuch von Las Vegas blättert, in dem jeder Dienst angeboten wird, der für Geld erhältlich ist, und dazu ein paar, die es nicht sein sollten, und mache mich auf den Weg.

Ich verlasse das Convention Center auf meiner geheimen Route; ich kann nur sagen, daß sie mit Belüftungsschächten und gewissen gelenkigen, aber doch würdelosen Verrenkungen meinerseits zu tun hat. Draußen ist es wie immer heiß und hell, aber meine Pfoten tappen über den sonnenpolierten Asphalt des Parkplatzes wie über ein schwarzes Satinlaken.

Ich habe schon seit einer Weile keinen Ermittlungsauftrag mehr gehabt. So geht's manchmal; man wird allmählich zur Selbstverständlichkeit, wenn man Tag und Nacht anwesend ist. Und meine vergangenen Großtaten hier in der Stadt bleiben unbesungen, zweifellos in Ermangelung einer guten Presseagentin.

Dieser himmlische Masseur, die Sonne, hämmert mir mit heißen Händen auf Kopf und Nacken, bis ich das Hilton erreiche und in den Schatten seiner ebenso ausgedehnten wie kostspieligen Parkanlagen gelange. Ein durchdringender Geruch von Kakaobutter und Menschenschweiß attackiert meine empfindsame Nase wie eine

Fliegenklatsche. Touristen plantschen in dem großen, verchlorten Pool und lassen sich von UV-Strahlen bescheinen und eisgekühlten Margaritas erfrischen. Aber ich gehe lautlos und auf leisen Sohlen vorbei, und niemand bemerkt mich, solange ich nicht bemerkt sein will.

Ich kann ganz flott sein, wenn es nötig ist, und ich weiß, wo ich hin will: eine zuverlässige Quelle anzapfen. Wenn in dieser Stadt etwas faul ist, woran Katzen beteiligt sind, dann weiß dieser Gent darüber Bescheid.

Nicht lange, und meine munter dahertrabenden Füße haben die verdrießliche Klebrigkeit des endlosen Asphalts am Strip hinter sich gelassen, und ich nähere mich einem bescheidenen Shopping Center, nicht weit von der City. Wie die meisten Wüstenstädte ist Vegas einfach, nicht extravagant angelegt: Die lange, schräge Linie des Strip, auch bekannt als Las Vegas Boulevard, läuft in krummer Bahn wie ein Würfel am Samstag abend von McCarran International Airport in die City.

Davon abgesehen zerteilen ein paar Nord-Süd-Avenues und etliche Ost-West-Straßen das Ganze in die Quadratmonotonie der Stadtplanung. Mit Ausnahme des schräg verlaufenden Strip und des Highway 15, der sich parallel dazu hinzieht, ähnelt der ganze Stadtplan einem Tic-Tac-Toe-Raster, was der Grund dafür sein mag, daß manche das alte Kaff Ticky-Tacky nennen.

Wenn man den Strip und die City, wo all die Neonwolkenkratzer in den Himmel schießen, mal hinter sich hat, sind die Touristen immer erstaunt darüber, wie bescheiden die Stadt aussieht. Wenige Häuser erreichen zwei Stockwerke; die meisten sind ebenerdige Bungalows mit Steinen auf den Dächern. Ja, Sie haben richtig gehört – Steine sind das Dachbaumaterial der Wahl hier. Kann sein, daß die Leute, die hier gern wohnen – und das tun viele –, einen Stein auf den Kopf gekriegt haben.

Ja, wäre da nicht der einzigartige Joker des legalen Glücksspiels, man könnte wohl sagen, daß man hier draußen nicht mal einen verschlagenen Baseball finden würde. Ich könnte mehr sagen, aber es steht mir nicht zu, den Ort meiner Geburt zu schmälern.

Mein Ziel kommt in Sicht: die Buchhandlung »Thrill 'n' Quill« mit ihrer bescheidenen Ladenfassade. Ich bleibe stehen, um die Bücher im Schaufenster zu begutachten. Auch hier steht Mord und Totschlag auf der Speisekarte, aber die Präsentation ist doch insgesamt geschmackvoller als am Stand von Pennyroyal Press auf der Buchmesse.

Die Cover bei »Thrill 'n' Quill« zeigen verwilderte Gärten und schattenhafte Gestalten, Perlenketten und offene Fläschchen mit unheimlichen Arzneien, eine Menge Brieföffner – oder sind's Dolche, die ich vor mir seh'? – sowie die gelegentliche Abbildung eines vornehmen Feliden, zumeist als Silhouette. (Ich selbst komme langsam in ein Alter, wo die Silhouette nicht unter allen Umständen der vorteilhafteste Aspekt ist.)

Der am wenigsten vornehme Felide ruht dort im Fenster, die weißbestrumpften Füße hübsch unters Lätzchen gezogen, einen Ausdruck von Wohlbehagen auf der getigerten Visage.

Ich streiche auf dem heißen Gehweg auf und ab, um zu zeigen, daß ich daran interessiert wäre, das Etablissement zu betreten. Er gähnt und zeigt dabei nicht sehr weiße Zähne. So verkommt die alte Zucht im häuslichen Leben – nicht genug natürliche Faserstoffe in der Nahrung, um die Gestalt geschmeidig und die Zähne tödlich bleiben zu lassen.

Der Lümmel läßt sich reichlich Zeit, ehe er endlich aufsteht, sich streckt und in den Laden hinunterspringt. Ich springe zur Tür, voller Hoffnung und mit dem entsprechenden Geschrei. Nicht lange, und drinnen erschallt ein drängender Ruf, dann noch einer. Kurz darauf öffnet sich die Tür, aber statt daß meine Wenigkeit hineinstelzt, versperrt mir ein entschlossener Fuß in hohen Reeboks (in Nasenhöhe) den Weg.

»Draußen bleiben, du alter Gauner«, warnt mich eine helle Männerstimme.

Im nächsten Moment kommt mein Bekannter herausgestürmt, mit glattem Schnurrbart, das Pepitahalsband so herumgedreht, daß die Tollwutmarken vorn an der Gurgel klingeln. Jeder Kater, der rotes Blut in den Adern hat, könnte kotzen bei diesem Anblick.

Ingram aber, wie dieser Bursche heißt, ist in gewissen Dingen höchst beschlagen, und dafür bin ich bereit, eine Menge Stuß über mich ergehen zu lassen. Wir verschleichen uns zu einem schattigen Plätzchen an der Seite des Hauses, wo Ingram zunächst mit dem Schwanz den Staub wegwedelt, ehe er sich hinsetzt. Einen derart pingeligen Kerl habe ich im Leben noch nicht gesehen, aber das Dasein in einer Buchhandlung wirkt eben auf manch einen so. Ich nehme mir vor, nicht so viel Zeit bei der ABA zu verbringen, falls so was ansteckend sein sollte.

Ich berichte Ingram kurz über die verschwundenen Nobelkater. Er hat von diesen *Scottish Fold*-Pinseln auch schon gehört (anscheinend hat »Thrill 'n' Quill« Bücher zum Thema im Sortiment), und er informiert mich, daß ein Photo des Pärchens im Buchladen am Infobrett hängt.

Ich sage ihm, daß ich schon weiß, wie die Vermißten aussehen, und daß ich wissen will, wo sie sind.

Ingram spreizt die hinteren Zehen und betrachtet eine säuberlich geschnittene Kralle. Dann bequemt er sich, mir zu erzählen, er hätte nichts gehört. Wenn sie in der Stadt sind, halten sie sich bedeckt. Niemand hat von mitternächtlichen Dudelsackserenaden berichtet, und nirgends ist das Familienleben durch das Auftauchen ausländischer Brautwerber gestört worden. Sagt Ingram.

Ich gebe zu bedenken, daß die Fremden von Unternehmungen der letzteren Art durch chirurgische Methoden abgebracht worden sein könnten.

Ingram beäugt mich hinterhältig mit bernsteinfarbenen Guckern und setzt zu einem seiner langweiligeren Vorträge an: Nicht alle Feliden, das ist sein Grundgedanke, seien rüpelhafte Weiberhelden wie ich. Dann bemerkt er noch, daß es angesichts meiner aggressiven Neigungen ein Wunder sei, daß meine Ohren nicht inzwischen auch schon das unverwechselbare gestutzte Aussehen eines *Scottish Fold* hätten.

»Weißt du«, sagte ich, »ich hab's eben raus, die Ohren anzulegen und aus dem Weg zu halten, wenn es mal zur Sache geht. Aber willst du mir erzählen, du hast keine Ahnung, wo Baker und Taylor sein könnten?«

Jetzt gibt er zu, daß er sich seit neuestem mit einer meiner Verflossenen trifft – auf rein platonischer Basis, wie er hinzufügt. Diese spezielle Bekannte ist eben aus dem – auch als städtisches Tierheim bekannten – Knast gekommen und hat erwähnt, daß zwei Typen von außerhalb eingeliefert worden wären.

Scottish Folds sind Typen von außerhalb; das stimmt. Ich sage Ingram, daß das kein toller Tip ist, und erkundige mich dann, wie meine sogenannte Verflossene denn aussieht.

Ingrams Antwort ist wenig schmeichelhaft, 'ne zweifarbige Halbseidene mit 'nem angegrauten Maul und 'nem Knick im Schwanz.

Sassafras, sagte ich, und das ist der Name der in Frage stehenden Katze, kein Ausruf.

Ingram gähnt noch mal. Er bezweifelt unverhohlen, daß »Sassafras« genuine Nomenklatur ist, und deutet an, daß meine Freundinnen ihre Namen so oft wechseln wie ihre Menschen und überhaupt ein promiskes Gesindel sind.

Ich sehe mich genötigt, unwillig zu knurren. Ingram kann ein Trottel sein, der meine Geduld strapaziert. Ich weise darauf hin, daß »Ingram« ebenfalls eine nicht gerade faszinierende Titulatur ist und daß seine üblicherweise üppige Gerüchteküche heute auch bloß ziemlich dünne Suppe liefert. Er setzt sich auf die Hinterbacken und behauptet, er sei nach einem bedeutenden Großhändler der Buchbranche benannt, und die Besitzerin von »Thrill 'n' Quill«, Maeveleen Pearl, hat einen Computer, der sie auf der Stelle mit Ingram Central verbindet, und sie nimmt diesen Namen sehr ernst, denn sonst hätte sie ihn kaum auf ihren Kater übertragen.

Außerdem, gibt er zu und steht auf, um sein Kinn an der Hausecke zu reiben – außerdem war diese Woche wenig los. Er klagt darüber, daß er weniger gut auf dem laufenden ist, wenn die Substitutin Dienst tut, während Maeveleen Pearl mit vollgestopften Büchertaschen im Convention Center herumstapft. Sie kommt jeden Abend mit Leseexemplaren, Katalogen und neuen Postern mit Baker und Taylor zurück. Allmählich wird klar, daß Ingram diese beiden Milchbärte absolut gestohlen bleiben können, leibhaftig oder sonstwie.

Ich sehe den grünäugigen Dämon in seinem Blick, auch wenn seine Augen die Farbe von altem Gold haben. Als Buchladenmaskottchen nervt es einen zweifellos ein bißchen, wenn man an jeder freien Wand zwei Pin-up-Boys von außerhalb angetackert sieht. Ich persönlich, ich würde für keinen dieser Typen eine leere Thunfischdose geben, Ingram nicht ausgenommen, aber über Geschmack läßt sich eben nicht streiten.

Ich wünsche ihm ein unaufrichtiges Lebewohl und tappe nachdenklich zurück zum Hauptquartier. Wie ich es auch drehe und wende, ein unbefugter Besuch im städtischen Tierheim ist unvermeidlich, und wäre es nur, um bestimmte Möglichkeiten zu eliminieren. Begeistert bin ich nicht. Überdies ist mir nicht entgangen, welche Zahl über diesem Kapitel meiner Erinnerungen steht. Es sieht nicht gut aus für Baker und Taylor. Vielleicht auch nicht für Midnight Louie.

14.
Eightball

Temple riß eine Seite der Sektion »P« aus dem Branchenverzeichnis von Las Vegas, faltete sie zweimal zusammen und fuhr mit ihrem Drehstuhl zur Wand hinüber, wo ihre Schultertasche lag.

Sie brauchte eine Minute, um in dem festgestopften, aber bewundernswert organisierten Inhalt eine Stelle zu finden, an der dieser derzeit kostbarste Gegenstand unterzubringen wäre. Plötzlich merkte sie, daß sie allein im Büro war – und daß sie intensiv beobachtet wurde.

Das Zusammenleben mit Max hatte ihren sechsten Sinn geschärft. Oft hatte sie in fröhlicher Selbstversunkenheit im Apartment herumgepüttert, nur um unversehens die durchdringende Aufmerksamkeit eines anderen zu spüren, als ob ihr jemand am Ärmel zupfte.

Dann hatte sie auf- oder sich umgeschaut, und Max hatte sie angestarrt, mit den sphinxhaft durchdringenden Augen einer Katze, als träume er gerade tiefe, dunkle Träume und sie durchquere nur zufällig sein Blickfeld. Ungehört und ungesehen war er ins Zimmer gekommen.

Anfangs hatte Temple vermutet, es mache Max Spaß, andere zu überraschen, und die laxe Aufmerksamkeitsspanne der Menschen sei eine der Brücken zu seiner magischen Kunst. Später war ihr dann der Verdacht gekommen, er trainiere sich und sie darin, auf Reize zu achten, die nur halbbewußt gehört oder gesehen wurden. So oder so – jetzt jedenfalls erblühte eine Gänsehaut auf ihren Unterarmen, als sie den Kopf hob.

Claudia Esterbrook stand in der Tür und starrte Temples schrille Stuart-Weitzman-Lacklederpumps in Schwarz und Hot Pink an, als wäre sie die Böse Westhexe auf der Suche nach so was wie rubinroten Pantoffeln.

Der Schock war nicht so schlimm, wie wenn es wirklich Max gewesen wäre, aber unangenehm war es trotzdem. Claudias Gesicht hatte die professionelle Keßheit verloren, die Haut schien geronnen, erschlafft und verhärtet. Sie starrte Temple und ihre fröhlichen Schuhe an, als ob sie alles verkörperten, was sie aus ihrem eigenen Leben entgleiten sah.

Der Eindruck war nur flüchtig. Dann wurden Gesicht und Stimme wieder zuckersüß. Claudia trat ein, und es war, als habe sie nie als Verkörperung des Unglücks auf der Schwelle gestanden.

»Neuigkeiten zu Royals Tod«, verkündete sie.

»Haben sie etwa . . .jemanden?«

Claudia registrierte Temples Überraschung, ihre schwindende Verwundbarkeit, und lächelte undeutbar. »Oh, sie haben jemanden – aber nicht den Mörder. Eher eins von Royals Opfern. Eine Frau von der Gattung Ex. Hier auf der Messe. Diese Lieutenant Molina hat sein bisheriges Leben ein bißchen durchforscht. Jetzt sehen wir PR-Leute aus wie ein Pferdegesäß – oder doch wenigstens so, als ob wir etwas zu verbergen gehabt hätten. Hier ist ein Zusatz zur Presseerklärung. Eine posthume Äußerung der Ex-Mrs. Royal.«

Temple schob die zweimal gefaltete Gelbe Seite in eine

Seitentasche des Schulterbeutels. Irgendein Instinkt veranlaßte sie, zu verhindern, daß Claudia sah, was es war. Dann nahm sie das sparsam zweizeilig beschriebene Blatt entgegen und überflog den Inhalt.

»Lektorin bei Cockerel/Tuppence/Trine? Wieso hat sie sich nicht sofort zu Wort gemeldet?«

»Ich könnte mir denken, das wollte auch Molina wissen. Sie wollte außerdem wissen, weshalb Lorna und ich es ihr nicht gesagt hätten.«

»Und?«

»Wir behalten doch nicht bei jedem die verflossenen Ehen im Auge. Angesichts der Schleudersitze, die heute überall in den Verlagen stehen, ist es schon schwer, immer zu wissen, wer gerade wessen Job hat, ganz zu schweigen davon, wer in wessen Bett liegt.«

»Oder gerade nicht mehr drin liegt. Und als Molina Sie nach dieser Rowena Novak fragte, sind Sie schleunigst zu CTT rübergehuscht und haben sich eine Stellungnahme besorgt. Clever gedacht. Die Ex-Frau war wohl nicht allzu erschüttert, nehme ich an?«

»Weil er tot ist? Schwer zu sagen. Weil Molina sie vernehmen wollte, wahrscheinlich. Diese Frau hat sich vorgenommen, den Mörder zu finden, bevor wir am Dienstag unsere Sachen packen.«

Temple nickte. »Danke, Claudia. Ich glaube nicht, daß ich PR-mäßig mit dem Fall noch viel zu tun haben werde, aber es ist immer gut, auf dem laufenden zu sein. Jetzt habe ich leider dringend etwas zu erledigen ...« Temple ließ die Pressemitteilung auf dem Schreibtisch liegen und ging zur Tür.

»Ach?« rief Claudia ihr nach. »Müssen Sie Katzenstreu auswechseln?«

Temple drehte sich in der Tür um und sah Claudia an,

und sie bemerkte wieder den gleichen verbitterten Gesichtsausdruck, der ihr schon vorhin aufgefallen war. Fröhlich schüttelte sie den Kopf. »Nichts so Wichtiges. Bloß ein Schuh-Ausverkauf bei Pay-Less. 'Bye.«

Fünf Minuten später war Temple am Stand von Cockerel/Tuppence/Trine in der überfüllten Ausstellungshalle und betrachtete die Namensschilder.

»Miss Novak?«

Die Frau nickte. Sie sah so fad aus wie eine trockene Toastscheibe, eine hagere, persianerhaarige Frau von gut vierzig Jahren mit einer Brille, deren Gestell ihren gelblichen Hautton aufnahm. Modische Lidschatten in Chartreuse und Rost unterstrichen nur ihre unbezwingbare Reizlosigkeit.

»Kann ich Sie . . . sprechen? Mein Name ist Temple Barr. Ich mache die Öffentlichkeitsarbeit für das Convention Center und muß außerdem Lieutenant Molina helfen, sich zu orientieren.«

»Ich habe schon mit Lt. Molina und auch mit Claudia Esterbrook gesprochen.«

»Ich weiß, aber ich hatte gehofft, Sie könnten trotzdem ein paar Augenblicke für mich erübrigen. Die Polizei hat keine Ahnung, wie so eine Buchmesse funktioniert. Sie brauchen gewissermaßen eine Übersetzung, und meine Aufgabe ist es, dafür zu sorgen, daß die Informationen fließen und die Fakten stimmen.«

Rowenas grobknochiges Gesicht verschloß sich noch mehr, aber dann seufzte sie. »Also schön. Im Erfrischungsbereich dürfte es ein bißchen ruhiger sein, nachdem der Lunch-Trubel vorbei ist. Ich könnte eine Cola vertragen.«

»Prima. Ich lade Sie ein.«

Sie schlängelten sich durch die Menge, und Temple vergewisserte sich, daß sie ihren Fang auch tatsächlich im

Schlepptau behielt. Wie die Frau vorhergesagt hatte, waren in dem weitläufigen Cafeteriabereich Plätze frei, und Temple hatte nach ihrem Pseudo-Lunch plötzlich einen rasenden Hunger. Sie versündigte sich mit einem süßen Brötchen und machte große Augen, als Rowena Novak sich eine grundehrliche Coke bestellte, nicht etwa die Diätversion.

An einem runden weißen Tisch beugten sie sich über ihre Tabletts; ringsumher kamen, saßen und gingen Leute. In gewisser Hinsicht war es der schlechteste Ort für ein sondierendes Gespräch, in anderer der beste. Die ungezwungene Atmosphäre und die vielen Leute erweckten den Eindruck, als könne hier nichts Ernsthaftes besprochen werden, und so geschah natürlich nichts anderes.

»Was müssen Sie wissen?« Rowena Novak nahm rasch einen Schluck von ihrer Coke.

»Es ist immer noch schwierig, Lieutenant Molina zu erklären, was eine Verlagsagentur ist und wie man in diesem Geschäft anfängt. Sie waren wie lange mit Chester Royal verheiratet ...?«

»Sieben Jahre – eine passende Zahl, wie die Plagen Ägyptens.«

»War das vor oder nach der Gründung von Pennyroyal Press?«

»Oh, vorher. Chester war damals Sachbuchautor.«

»Wirklich?«

»So habe ich ihn kennengelernt. Ein Agent war begeistert von einem Angebot, das er gemacht hatte. Bei Sachbüchern muß ein Autor natürlich genausogut verkäuflich sein wie ein Buch.«

»Sie meinen, es kommt darauf an, daß der Autor gutaussehend und wortgewandt ist und sich auf einer Medientournee gut macht – so etwas?«

»Genau.«

Weiter kam nichts; die Frau nippte wiederum wie ein Vögelchen an ihrem Glas. Temple mampfte einen Bissen von ihrem frevelhaft gezuckerten Gebäck. Wie sollte sie das Gespräch in Gang halten, bevor Rowena Novak plötzlich ihre Coke austrank und wegging?

»So wurde Mr. Royal – Chester – also vom Autor zum Verleger. Das muß nach Ihrer Heirat gewesen sein.«

»Ja. Er fing an, sich für die andere Seite des Geschäfts zu interessieren, als wir uns kennengelernt hatten und – miteinander ausgingen, wie man wohl sagt.«

Aufflackernde Abscheu in den ockerfarbenen Augen verriet Temple, daß trotz der beneidenswerten Haltung dieser Frau doch manches Unangenehme unter der Fassade lauerte.

»Wie ich höre, war Chester Royal ein Mann, der viel vom Heiraten hielt.«

»Wenn Sie wissen wollen, die wievielte Frau ich war – ich war Nummer drei. Und Chester hielt weniger vom Heiraten als vielmehr vom Ausbeuten. Wenn eine Frau vorbeikam, die er gebrauchen konnte, heiratete er sie. Zumindest als er noch jünger war.«

»Mavis Davis hat er nicht geheiratet.« Temple sah sie offenherzig an.

Rowena verzog den Mund. »Da hatte er schon herausgefunden, wie er Frauen benutzen konnte, ohne sie zu heiraten. Das alles hatte er mir zu verdanken.«

»Haben Sie das Lieutenant Molina erzählt?«

»Nein.«

»Warum erzählen Sie es mir?«

»Weil Sie die richtigen Fragen stellen. Ich habe nichts zu verbergen, was unser Zusammenleben betraf oder das, was er war. Ich hasse ihn nicht mal mehr; ich verstehe ihn einfach. Wahrscheinlich verstehe – oder verstand – ich

Chester besser als irgend jemand sonst. Ich habe ihm alles beigebracht, was er wußte.« Als Temple sie ungläubig anstarrte, fügte sie hinzu: »Nur zufällig natürlich. Ich war vorher nie verheiratet gewesen«, fuhr sie fort, »aber ein Kind war ich nicht. Ich hätte Chester widerstehen können, aber er war so fasziniert, so gebannt von meiner Arbeit. Damals schien das zu bedeuten, daß er mich ernst nahm. Aber was er ernst nahm, war meine Arbeit. Und meine Arbeit hat er sich genommen.«

»Ihre Arbeit . . . genommen? Inwiefern?«

»Er hat sie aufgesaugt. Er wurde, was ich war.«

Temple suchte, immer noch verwirrt, nach der nächsten Frage.

»Sind Sie je in der Liebe betrogen worden, Miss Barr?«

Die Frage war auch nicht persönlicher als die, die Temple gestellt hatte. »Ja«, antwortete sie mit wilder Ehrlichkeit. »Ich glaube ja.«

Rowena lachte. Es klang angenehm, und es hatte eine angenehme Wirkung auf ihr reizloses Gesicht. »Ich kann nicht sagen, daß ich in der Liebe betrogen wurde, aber ich wurde in meinem Urteil getäuscht. Ich habe nicht gemerkt, daß nicht ich es war, was Chester so anziehend fand, sondern etwas, das ich hatte.«

»Was denn?«

»Macht.«

Temple wußte nicht, was sie sagen sollte. In Claudias Presseheft war Rowena Novak als Cheflektorin von Trine Books verzeichnet gewesen – keine schlechte Stellung, aber auch keine, die ihr in Manhattan ein Eckbüro verschafft hätte.

Rowenas Finger, blaß und unberingt, strichen an ihrem übergroßen Styroporbecher auf und ab, als wäre er aus Kristall. Ihr Gesicht wurde sanft in wehmütiger Erinnerung und spiegelte Trauer über den Gang der Welt, über das, was sie gewesen war und was Chester getan hatte.

»Er hat mich als Lektorin gesehen, das ist alles. Er hat gesehen, wie sorgfältig ich Überarbeitungsbriefe an meine Autoren schrieb; er hat gesehen, wie es mich bekümmerte, wenn ich ihnen nicht das Geld und die Unterstützung geben konnte, die sie bei ihrer Arbeit meiner Meinung nach verdienten. Er sah, wie ein guter Lektor – und das war ich, ein guter Lektor – dem Literatenego Nahrung gibt, wie er es ermutigt, sich anzustrengen. Es faszinierte ihn, wie meine Autoren mir ihre Nöte offenbarten – finanzielle wie eheliche Nöte. Bücherschreiben ist ein langwieriger, einsamer Prozeß. Autoren hoffen immer, einen Lektor zu finden, der ihnen die ganze Zeit zuhört, aber das gelingt ihnen heutzutage nur selten. Lektoren sind heute ambulante Hebammen, die ein Haus manchmal während der Entbindung verlassen und außerstande sind, ihr eigenes Ego in einen Autor oder in ein Werk zu investieren, das sie vielleicht nie bis zum Ende begleiten können.«

»Und Chester nahm sich das, was er Sie tun sah, verdrehte es und wurde ein schlechter Lektor.«

»Ein destruktiver Lektor eher. Er tat es nicht bewußt. Sie müssen bedenken, daß er als Arzt anfing, als Ärzte noch Halbgötter waren. Die Patienten kamen zu ihm und streckten ihm ihre Krankheiten und Unsicherheiten entgegen, wie ein angehender Autor ein mangelhaftes Manuskript präsentiert. In all den Jahren hatte er diese Position vermißt, diese Macht, diese Urteilsgewalt.«

»Wieso hat er denn aufgehört, als Mediziner zu praktizieren?«

»Er mußte. Können Sie es sich nicht denken?«

»Nein«, gestand Temple.

»Kunstfehler. Er verlor den Prozeß, verlor seine Approbation. Verlor seine Macht. Er fand sich im Grunde erst wieder, als er mich kennenlernte und sah, daß es noch eine Möglichkeit gab, Macht über das Leben anderer Menschen auszuüben und damit noch Geld zu verdienen. Und das Beste daran war, daß er den Medizinthriller entdeckte, so daß er in gewissem Sinn alles zurückbekommen konnte.«

»Ich kriege wirklich eine Gänsehaut. Er klingt wie der Schurke in einem seiner eigenen Bücher.«

»O nein.« Rowena lächelte. »Nein. Sie werden nur sehr wenige schurkische Ärzte in Büchern von Pennyroyal Press finden. Nur Owen Tharp kam damit gelegentlich durch, weiß Gott, warum. Was Sie in P.R.-Press-Büchern finden, sind wehleidige, inkompetente, verrückte, mordlustige Krankenschwestern. Sie finden anspruchsvolle Patienten und aufgeblasene, nichtsnutzige Verwaltungsleiter – vor allem, wenn sie weiblich sind. Aber was Sie selten finden, sind unfeine Ärzte.«

»Erinnern Sie mich daran, daß ich gelegentlich ein paar zu lesen vergesse. Claudia hatte wohl recht, als sie erzählte, Chester habe Lorna Fennick eine ›nüsseknackende Pressemappen-Pusherin‹ genannt. Er haßte Frauen?«

Rowena nickte. »So abgrundtief, daß er es bewußt niemals zugab.«

»Warum?«

»Das wußte wirklich nur Chester. Er sprach selten von seiner Familie, aber ich hatte den Eindruck, daß er sich als Kind von den Lehrerinnen in der Schule gedemütigt fühlte.«

»Und das hat ihm die Frauen auf Lebenszeit vermiest?«

»Kann sein.« Rowena lächelte. »Ich weiß, daß er mehr als einmal brummte, daß man als Mann im Medizinstudium Ruhe vor den Weibern gehabt habe . . .« Sie seufzte. »Er war nie ein einnehmender Typ gewesen; die Mädchen sind ihm sicher nicht nachgelaufen, als er jung war. Vielleicht hat er deshalb nachher fünfmal geheiratet: um zu beweisen, daß er es konnte. Nach unserer Heirat erkannte ich, daß er fürchtete, angesichts weiblicher Kompetenz ein Stück von sich selbst zu verlieren. Deshalb konnte Lorna auch nicht lange für ihn arbeiten.«

»Lorna Fennick hat für Chester Royal gearbeitet?«

»Sie war Lektoratsassistentin, als er anfing, an Reynolds/Chapter/Deuce zu liefern. Geheiratet hat sie ihn nie, aber sie ist auch ein Opfer der ›Chester-Royal-Schule für Frauen‹. Genau wie Mavis Davis.«

»Und seine männlichen Autoren – hat er die auch mißhandelt?«

»Ein rasender Machthunger verzehrt alles – aber trotzdem, es hat ihm nie so viel ausgemacht, zu sehen, daß ein Mann vorwärtskam, wie im Fall einer Frau.«

»Da braucht man sich kaum zu fragen, weshalb er ermordet wurde.«

»Nein. Irgend jemand hatte genug.«

»Aber nicht Sie.«

»Ich bin froh, daß Sie es nicht wie eine Frage klingen lassen. Nein, nicht ich. Ich habe die Situation studiert, wie ich die Struktur eines Romans studieren würde. Ich verstand, weshalb er so verkorkst war und wie meine eigenen Fehler mich so nützlich und so benutzbar machten. Unser gemeinsames Buch ist längst vergriffen. Der Satz steht nicht mehr, die Säure hat das Papier zerfressen. Und jetzt ist Chester selbst nicht mehr da.«

Temple verzog das Gesicht bei dieser gleichnishaften Darstellung. »Wieso haben Sie sich nicht gemeldet, als er ermordet worden war?«

»Warum sollte ich? Er war inzwischen zwei Frauen weiter. Mir war es egal, und ihm auch.«

»Bewundernswert, wie unbeteiligt Sie sind«, sagte Temple, und dabei fragte sie sich, ob Max wohl ebenso friedfertig in der Vergangenheit versinken würde. »Nach allem, was ich inzwischen über Chester erfahren habe, müßte er ein furchtbarer Arzt gewesen sein. Ein Glück, daß er schon so früh aufhören mußte. Wobei ging es bei dem Kunstfehlerprozeß?«

»Eine Frau ist gestorben – bei der Entbindung, wenn ich recht informiert bin.«

»Entbindung . . .aber – war er denn Frauenarzt?«

Rowena nickte traurig.

»Das ergibt doch keinen Sinn – bei dieser Angst, diesem Haß gegen Frauen! Ich meine, Babies und das Wunder der Geburt und all das . . .«

»Ich sehe, Sie haben noch nie ein Baby bekommen.«

»Nein. Sie?«

»Ja. Sehr jung. Ich hab's weggegeben. Das ist Vergangenheit, Geschichte. Es hatte nichts mit Chester zu tun. Nichts mit dieser Sache hier.«

»Das tut mir leid. Und Sie haben nie zurückgeschaut . . .?«

»Nie.« Rowenas Gesicht wurde hart. »Ein Baby bekommen, das ist nicht nur rosa Puder. Das ist auch Schmerz. Hilflosigkeit. Eine Frau ist absolut abhängig von ihrem Arzt. Er sieht sie in ihrem schlimmsten Zustand: aufgedunsen, mit geschwollenem Bauch, voller Angst. Er untersucht sie in einer Position, wie sie passiver sicher nicht denkbar ist. Sie sind zu jung, um die Horrorstories gehört zu haben: Oft diktierten die Frauenärzte, wann und wie oft ihre Patientinnen schwanger wurden, auch als es die empfängnisverhütende Pille schon gab – man bekommt sie ja heute noch nicht ohne Rezept. Der Arzt entschied, wann Sie Ihr Kind bekamen. Wenn es ihm gerade nicht paßte – wie im Fall des

Wohlfahrtsarztes, der mich entband –, dann ließ er der Frau von seinen Schwestern die Beine zusammendrücken, damit er vielleicht noch zwei Martinis auf seiner Dinnerparty trinken konnte, ehe er dann in die Klinik fuhr. Ein Arzt kann einer Frau das Gefühl geben, sie sei schwach, dumm und wertlos. Und besonders die Ärzte, über die wir sprechen, haben es oft getan. Da können Sie jede Frau über fünfunddreißig fragen.«

»Das war wirklich die schlechte alte Zeit, wie?«

Rowena Novak nickte mit verzogenem Gesicht. Temple wußte nicht, was ihre Miene so sauer machte – die Erinnerung an die längst vergangene, ahnungslos eingegangene Schwangerschaft und die schmähliche Behandlung, die sie erlitten hatte – oder das Gedenken an den verstorbenen Chester Royal.

»Als ich es schließlich erfuhr«, sagte Rowena langsam und fest, »was für einen Kunstfehler er begangen hatte – da habe ich ihn verlassen.«

Temple saß in ihrem Storm; der Motor lief im Leerlauf, die Lüftung auf Hochtouren, und das dünne Blatt aus dem Branchenbuch flatterte in ihrer Hand.

Es war vier Uhr. Sie hatte inzwischen Gegenden von Las Vegas besucht, von denen sie gar nicht gewußt hatte, daß sie existierten. Und immer noch hatte sie nicht den Privatdetektiv, den sie Emily Adcock so unbekümmert empfohlen hatte.

Was sie hatte, war ein Problem.

Privatdetektive gab es entweder in Form von Firmen, die sich kaum dazu herablassen würden, einem Catnapper ohne Wissen der Polizei Geld zu überbringen, oder als die einsamen Wölfe der Legende, deren Schild an verrufenen Gebäuden in heruntergekommenen Vierteln hing. Keinem dieser schmierigen Typen wollte Temple fünftausend Dollar in bar anvertrauen.

Allmählich verstand sie, weshalb so viele Detektivromane damit anfingen, daß eine Frau, die in Schwierigkeiten war (in diesem Fall leider sie selbst), einen dieser einsamen Fremden in irgendeinem verlotterten Büro um Rat fragte.

Dieser hier – ihre letzte Chance – arbeitete zu Hause, in einer Gegend, wo verrostete Autos wie moderne Skulpturen in sandigen Zufahrten standen, und zu den Steinen auf den Dächern paßte der Kies in den Vorgärten. Joshua-Bäume und Kakteen, die sich um die flachen, ebenerdigen Keksschachtelhäuser drängten, lieferten einen etwas stacheligen Schatten.

Temple stieg aus und schloß den Wagen ab, und dann wandte sie sich dem Haus zu. Wenn sie Glück hatte, würde E. P. O'Rourke nicht da sein. Sonnenbadende Eidechsen stoben auseinander, als sie herankam, und erstarrten dann, um sich wie Tyrannosaurier auf die ledrigen Hinterbeine zu erheben und sie mit funkelnden schwarzen Äuglein zu beobachten.

Der Boden fühlte sich an wie das untere Blech in einem glühenden Backofen, und die Hitze stieg himmelwärts, um sich auf halber Strecke mit der prallen Sonne zu treffen. Temple merkte, daß ihr der Schweiß auf Gesicht und Gliedmaßen trat und ebenso rasch verdunstete. Es war kein unangenehmes Gefühl – etwa so, wie wenn man durch die Heißmangel gedreht wurde, dachte sie.

Mehrere der Häuser in der Nachbarschaft sahen verlassen aus; nur aus einem, vier Grundstücke weiter, wehte der stampfende Baßrhythmus eines Rocksenders. Nagelneue Harleys standen schräg vor der verwitterten Seitentür. In der Ferne dröhnte ein Dirtbike sanft und laut wie eine kreisende Hornisse.

Temple klopfte an O'Rourkes Fliegentür, deren waldgrüne Farbschicht so dünn war, daß Temple damit rechnete, sie werde bei der leisesten Berührung ganz abblättern. Die Tür dahinter war aus massivem Holz; nur hoch über dem Türknopf war ein kleines schwarzes Diamantviereck aus Glas.

Die Tür öffnete sich ruckartig einen Spaltbreit.

Ein Mann stand vor dem tiefen Schatten drinnen, ein schlanker, drahtiger Bursche, der blinzelnd ins Tageslicht hinausspähte. »Ja?«

»Mr. E. P. O'Rourke?«

»Ja?«

»Ich wäre interessiert, über einen Ermittlungsauftrag mit Ihnen zu sprechen.«

Die Augen musterten sie von Kopf bis Fuß. Die Tür schwang auf und offenbarte weiteres Dunkel im Innern.

Temple schluckte und öffnete dann die klapprige Fliegentür. In diesem Glutklima ein Haus zu betreten, das war, als stürze man sich in die dunklen Geheimnisse eines antiken Grabes. Fenster gab es nur wenige, und man hielt die Blendläden geschlossen. Besucher standen immer blind blinzelnd auf der Schwelle, bis die Augen sich an das unvermittelte Halbdunkel gewöhnt hatten. Inzwischen konnte E.P. O'Rourke ihr eins über den Schädel hauen, ihre Schultertasche durchwühlen und sie vergewaltigen.

Diese törichte Angst verwarf Temple, als sie wieder sehen konnte. E.P. O'Rourke war sehnig und hager wie gedörrtes Rindfleisch, und der dichte weiße Haarschopf und die Augenbrauen bildeten einen merkwürdigen Kontrast zu seiner runzligen, bronzebraunen Haut. Und er war ungefähr fünfundsechzig.

»Kommen Sie herein«, sagte er und wandte sich ab.

Temple folgte ihm. Wie die meisten Häuser in der Wüste

hatte auch dieses korkenzieherartig gewundene Korridore und schachtelgroße, halbdunkle Zimmer. Nach fünf Schritten wußte sie schon nicht mehr, wo die Haustür war, die O'Rourke geschlossen hatte.

Die Luft drinnen war heiß und feucht. Sie hörte das Dröhnen einer altmodischen wassergekühlten Klimaanlage – überraschend wirkungsvoll, aber es wurde unweigerlich klamm.

O'Rourke betrat ein Zimmer, das von einer riesigen Schreibtischplatte beinahe völlig ausgefüllt wurde. Die Platte war leer bis auf eine schwarze Billardkugel, die ein gebohrtes Loch in einen Füllerständer verwandelt hatte, und einen formlosen olivgrünen Aschenbecher mit Resten von Aschestaub. Keine Zigarettenstummel.

O'Rourke ließ sich in einen verschlissenen ledernen Bürosessel hinter dem Schreibtisch gleiten und wies auf einen Stuhl.

»Was führt Sie her?«

»Ihre Anzeige im Telephonbuch.«

»Ich meine, welches Problem?«

»Zunächst würde ich Sie gern nach Ihren Qualifikationen fragen.«

O'Rourke zuckte die Achseln. Er trug ein kurzärmeliges pfirsichfarbenes Polyesterhemd und anscheinend Jeans und Tennisschuhe. Zumindest würde ihn niemand kommen hören, wenn seine Gelenke nicht knackten. Licht drang durch die staubigen Lamellen der Jalousie vor dem hohen, schmalen Fenster. O'Rourkes Haar war ätherisch weiß in der dunstigen Illumination, und seine Augen schimmerten babyblau.

»Ich war bei der Handelsmarine, aber da waren Sie noch nicht auf der Welt. Bin 'n bißchen rumgekommen. In Vegas seit neunzehn Jahren im Geschäft. Davor bei Brinks. Hab' so manches gemacht, und das wär's auch. Was kann ich jetzt für Sie tun, Mädelchen?«

»Sie sind hoffentlich nicht mit Chester Royal verwandt?«

»Mit dem Toten im Convention Center? Was hat der damit zu tun? In Mordgeschichten misch' ich mich nicht ein.«

»Nein. Es geht um Katzen.«

»Katzen?« Es klang, als spreche er von Außerirdischen.

»Hauskatzen. Zwei Stück. Sind verschwunden. Was ist Ihr Honorar pro Stunde?«

»Hauskatzen verschwinden überall auf der Welt. Kein Mensch engagiert dafür professionelle Hilfe. Vierzig Dollar plus Spesen.«

»Spesen wird es nicht geben. Sie müssen bloß . . . Zaster übergeben.«

»Zaster, Missy? Woher haben Sie denn die Ausdrucksweise?«

»Fernsehen.«

»Hab' ich nicht. Ist nichts Gutes mehr drin seit Sid Caesar.«

»Vor meiner Zeit«, schoß sie zurück. »Sind Sie vereidigt?«

»Ist das 'n Witz?« Er striegelte eine widerspenstige Braue mit dem Zeigefinger, wie andere Männer ihren Schnurrbart streichelten. Sie hätte schwören können, daß er mutwillig aussah. »Mein Wort ist so gut wie ein Eid.«

»Machen *Sie* jetzt Witze?« Sie stand auf und wandte sich zum Gehen.

»Hören Sie. Man kriegt keine Lizenz, wenn die Polizei es nicht sagt.«

»Und haben Sie eine Lizenz?«

Er deutete auf die Wand neben ihr, wo ein Dokument in einem billigen schwarzen Rahmen hing. Temple ging hin, setzte die Brille auf und entzifferte in aller Ruhe die Kursivschrift im Halbdunkel.

»Ich weiß nicht, Mr. O'Rourke«, sagte sie dann und setzte sich wieder. »Es geht um Geld.«

»Eightball«, sagte er.

»Hä?«

Er deutete auf die glänzende schwarze Billardkugel auf seinem Schreibtisch. »Eightball. Die Achterkugel. So nennt mich jeder.«

»Bringt der Eightball nicht Unglück?«

»Nur, wenn man zu früh im Spiel damit herumfummelt. Wenn er als letzter auf dem Tisch liegt, wie es sich gehört, dann bringt das dem Gewinner Glück. Ich halte für gewöhnlich bis zum Ende durch, egal, was ich tue.« Er klang ebenso forsch wie zotig.

Temple lachte überrascht. Sie hätte wetten mögen, daß Eightball O'Rourke bei einer Kneipenschlägerei keinen Spaß verstehen würde, wenn er eine abgebrochene Flasche in der Hand hätte, und was sein Stehvermögen bei anderen Tätigkeiten betraf, so hatte sie nicht vor, es herauszufinden.

»Wieviel Geld?« frage er fröhlich. »Und worum geht's dabei?«

»Es ist Lösegeld.«

»Eine Entführung?« Er pfiff durch Zähne, die so weiß und gleichmäßig waren, daß sie falsch sein mußten. »Normalerweise schicke ich die Leute nicht zu den Cops, aber selbst wenn es nur um Katzen geht . . .«

»Das Lösegeld beträgt fünftausend Dollar. Das ist für eine Entführung vielleicht nicht sehr viel.«

»Aber für Katzen ist es schon ganz ordentlich«, gab er zu. »Sie wollen, daß ich mich an den Entführer hänge, wenn er das Geld abholt?«

»Ich will, daß Sie das Geld überbringen, damit ich den Catnapper verfolgen kann.«

»Da sehen Sie was verkehrt, Miss. Beschatten ist das

Schwierigste. Sie könnten das Geld abgeben; dann wüßten Sie, daß es erledigt ist. Mir überlassen Sie die Lauferei. Dazu hat man die Gelben Seiten, oder?«

»Wenn Sie es für das Beste halten ... Wir könnten uns vorher treffen, und ich gebe Ihnen dann das Lösegeld.«

»Und mein Geld ebenfalls. Dann. Verflucht«, sagte er, als sie zögerte, »wenn Sie nicht gerissen genug sind, um sicherzugehen, daß ich das Geld auch überbringe, wie wollten Sie dann einen Kidnapper beschatten?«

»Ich hatte gehofft, daß es jemand ist, den ich erkenne.«

»Das tun sie alle.«

»Was wird die Sache kosten?«

Eightball O'Rourke warf einen Blick auf die große runde Schulhausuhr an der Wand. »Wir haben uns jetzt eine halbe Stunde unterhalten. Sagen wir, noch mal jeweils zwei Stunden vor und nach der Übergabe. Hundertfünfzig Dollar, es sei denn, Ihr Catnapper nimmt Kurs auf die Spectre Mountains, und ich muß ihm nach.«

»Es könnte auch eine ›Sie‹ sein.«

»Ist egal. Beschattet sich beides gleich.«

»Noch etwas. Können Sie irgendeine Garantie für die Unversehrtheit – und die sichere Rückkehr – der beiden Kater geben?«

»Nee.« Eightball O'Rourke stand auf und streckte ihr zum Abschied eine harte, trockene Hand entgegen. »Absolut nicht.«

15.
Hunter auf der Jagd

Zum zweitenmal hintereinander kehrte Temple nach siebzehn Uhr ins Convention Center zurück. Diesmal war das Büro leer; nur Midnight Louie lag hingestreckt auf ihrem Schreibtisch und leckte sich den umfänglichen, rabenschwarzen Bauch.

»Hey, Alter. Wo warst du den ganzen Tag? Das Convention Center angeschaut?«

Der Kater blickte unbeteiligt auf und begann dann, sein üppiges Brustfell ausgiebig zu lecken. Sein Katzengesicht hatte jenen unbestimmt entrückten Ausdruck, den manche Leute als Überheblichkeit gegenüber anderen Wesen interpretieren.

Temple zuckte die Achseln. Er hatte bereits demonstriert, daß er seine eigenen Methoden hatte, im Mammutgebäude des Convention Center ein und aus wie auch außen herum zu gehen. Es hätte sie nicht mal überrascht, eines Abends festzustellen, daß er vor ihr im Apartment angekommen war und sie draußen auf der Loggia vor den französischen Fenstern erwartete, gelangweilt wie ein Lord. Louie war im Augenblick geistesabwesend. Er akzeptierte ihr Begrüßungsstreicheln mit einem knappen »miau« und einem schmaläugigen Blick. Vielleicht war er genauso müde wie Temple.

Sie setzte sich an den Schreibtisch, ohne sich die Mühe zu machen, ihre Schultertasche abzulegen. Eine Minute, um sich zu sammeln, und dann mußte sie Midnight Louie zum Wagen hinunterschleppen, der jetzt rotglühend sein dürfte, nachdem er in der Nachmittagssonne geschmort hatte. Und dann ab nach Hause zu einem kühlen, frischen Thunfisch-Dinner: roh aus der Dose für ihn, als Salat für sie. Katzen ließen oft halbvolle Dosen Thunfisch übrig, die dann bald abgestanden schmeckten. Besser, sie aß die Reste, als daß Louie unter Thunfisch mit Kühlschrankaroma zu leiden hatte, bei dem er stets seine kohlschwarze Nase rümpfte.

»Und grünen Salat esse ich«, sagte sie zu Louie. »Ich muß nämlich auf meine Figur achten, auch wenn du es nicht nötig hast.«

Schritte hallten im Gang. Stockend hielten sie inne und kamen dann um die Ecke ins Büro.

»Temple! Gott sei Dank, Sie sind noch hier!« rief Lorna Fennick entzückt.

»Was ist los?«

»Lanyard Hunter will Sie sprechen.«

»Verwechseln Sie da nichts?«

»Nein. Nach seiner Pressekonferenz heute nachmittag habe ich erwähnt, daß Sie mit ihm reden wollten. Er wollte sofort wissen, ob Sie die ›niedliche Rothaarige‹ sind, die er dauernd mit mir gesehen hätte. Natürlich habe ich ja gesagt. Da meinte er, heute abend beim Essen würd's ihm passen. Ich glaube, Sie gefallen ihm.«

»O Gott, das hat mir noch gefehlt. Ein Flirt mit 'nem Mörder.«

»Temple, Sie glauben doch nicht . . .?«

»Nein. Ich bin nur müde und reizbar und überrascht.

Wieso soll ein berühmter Autor seine Zeit mit mir verschwenden, wenn er sich von seinem Verleger und diversen Anhängern fürstlich bewirten lassen kann.«

»Hören Sie, wir haben Sonntag abend. Übermorgen ist es buchstäblich vorbei. Vielleicht findet er Sie einfach attraktiv.«

»Wieso denn? Ich bin doch kein Krankenhaus.«

»Also, dieser Schlag ging jetzt ein bißchen unters Stethoskop, Temple. Sind Sie nicht PR-Frau genug, um die Gelegenheit zu einem Gespräch zu nutzen, wenn sie Ihnen wie eine reife Pflaume in die Hand fällt?«

»Das ist es ja gerade«, beklagte Temple sich. »Das gefällt mir eben nicht. Hunter ist mir zu leicht zu haben.«

»Na, *Sie* müssen's ihm ja nicht nachmachen.«

»Okay, wie soll es denn gehen?«

»Sie holen ihn um Viertel nach sechs hier ab. Gehen Sie mit ihm dahin, wo Sie glauben, die beste Atmosphäre zu haben, um ihm Informationen aus den Rippen zu locken.«

»Wollen Sie vorschlagen, ich soll meine weibliche List anwenden?«

»Ich schlage vor, daß Sie Ihre PR-Erfahrung anwenden.«

»Okay. Dann muß ich jetzt verschwinden, Louie nach Hause bringen, mich – schluchz – frischmachen, damit ich in ...« Temple sah auf ihre Uhr, deren beide Zeiger auf gleiche Länge geschrumpft oder gewachsen zu sein schienen. » ... in fünfundfünfzig Minuten wieder hier sein kann.«

Sie angelte ihren Autoschlüssel aus der großen Tasche, zog sich die Henkel über die Schulter und raffte mit derselben, ununterbrochenen Bewegung den entspannt daliegenden Louie auf.

»Bye«, rief sie Lorena zu, ohne den Schlüsselbund loszulassen, der zwischen ihren Zähnen klemmte. »Und danke. Glaube ich.«

Nicht mal Wile E. Coyote auf der Jagd nach dem Roadrunner ist schneller als eine PR-Frau, wenn sie es eilig hat. »Krise« ist der Vorname ihres Berufs. Temples aquamarinblauer Storm sauste wie eine Libelle durch den Fünf-Uhr-Verkehr, und auf seinen blinkenden Flanken spiegelte sich fetzenhaft eine sengend rote Sonne, die über den Schokoladeneisgipfeln der Berge im Westen wie Erdbeersirup zerschmolz.

Im Circle Ritz angekommen, sprintete Temple zu ihrem Apartment hinauf. Louies Beine baumelten wie pelzige Pendel unter ihrem Arm. Der Kater wurde aufs Parkett entlassen und mit einem frischen Thunfischberg beschenkt, ehe er seekrank werden konnte.

Temple war geduscht, bevor er alles aufgefressen hatte. Sie war angezogen, geschminkt und bereit, in den drückenden Abend hinauszustürzen, als Midnight Louie seine After-Dinner-Waschungen beendet und sich vor dem französischen Fenster niedergelassen hatte, wo er mit einem schläfrigen Auge auf die Loggia hinausblickte.

Temple kam aus dem Schlafzimmer geflitzt und stopfte alles Notwendige aus der Schultertasche in eine kleine, schicke Handtasche. Ihr flammenfarbenes, fließendes Kleid war ein Tribut an die Hitze, den Sonnenuntergang und Lanyard Hunters offenkundige Schwäche für die Farbe Rot.

Sie winkte dem Kater zum Abschied zu und drehte die Klimaanlage für die Nacht auf 26 Grad, und dann ließ sie ihre Mahagonitür ins Schloß fallen. Als sie im Wagen saß und mit hektisch schwingenden schulterlangen roten Ohrringen die Klimaanlage auf »Max« wie Maximum – oder Max der Streuner – stellte, war es eine Minute vor sechs.

Um zwölf Minuten nach sechs stand sie in der langen Schlange der Autos, die sich vor der halbkreisförmigen Zufahrt zum Convention Center stauten. Lanyard Hunters

Silberhaar und seine Patriziergestalt waren leicht zu erkennen, ebenso wie Lorna Fennick, mit der er sich unterhielt, während sie warteten. Temple bremste schwungvoll am Randstein, winkte Lorna zu, die jetzt auch den Wagen erblickt hatte, der sie abholte, und lehnte sich über den Beifahrersitz, um die Tür zu öffnen.

Hunter beugte sich mit charmantem Lächeln herunter. »Miss Barr, nehme ich an. Lanyard Hunter. Ich würde nicht wollen, daß Sie einen fremden Mann in Ihren Wagen lassen, der sich nicht formell vorgestellt hat.«

»Wie rücksichtsvoll. Aber bitte steigen Sie doch ein, Mr. Hunter. Ich dachte mir, wir essen im ›Dome of the Sea‹ im ›The Dunes‹ – es sei denn, Sie mögen keinen Fisch?«

»Ausgezeichnet«, befand Hunter derart unbestimmt, daß die Bemerkung sich auf alles beziehen konnte – einschließlich der Fahrerin. »Nach all den blutigen Steaks, die man verschlingen muß, um sich die nötige Kraft für den Umgang mit seinen Verlegern zu erhalten, ziehe ich etwas Feineres durchaus vor.«

Temple hob eine Braue und fädelte sich in den Verkehr ein. Sie hätte bereitwillig gewettet, daß sie »etwas Feineres« war, als Lanyard Hunter erwartet hatte.

Die Kuppel des Restaurants »Dome of the Sea« war von einem unterwasserähnlichen Zwielicht erfüllt, in dem der neonmüde Speisende wie eine friedliche Perle versinken konnte. In Aquarien rings um die gepolsterten Sitzbänke strichen tropische Fische durch illuminiertes azurblaues Wasser, begleitet von flüssig perlenden Harfenklängen.

»Sehr hübsch«, sagte Hunter, und wieder blieb unklar, wen oder was er mit diesem Kompliment meinte.

Temple nahm Zuflucht hinter einer schmalen, hochglänzenden Speisekarte mit zweistelligen Preisen. Hinter Hunter war ein Stück des angrenzenden Kasinos zu sehen. Einer der zahllosen kristallenen Kronleuchter dort umgab seine dramatischen Silberlocken mit einem Strahlenkranz wie bei einer vielzahnigen Kreissäge.

Er ist aber kein Engel, ermahnte Temple sich, sondern ein geschickter und raffinierter Mann, ausgestattet mit dem schmalzigen Charisma und dem blühenden guten Aussehen eines Fernseh-Evangelisten. Von diesem Typ hatte sie mehr als genug, und dazu kam, daß Hunter ihr Alterslimit knapp überschritt. Sie das seine offensichtlich nicht.

»Bezaubernd«, murmelte er jetzt.

»Ich bin Ihnen sehr dankbar, daß Sie sich die Zeit genommen haben, Mr. Hunter«, begann sie munter. »Ich bin sicher, Ihre Einblicke werden mir dabei helfen, ein korrektes Bild der Leistungen zu zeichnen, die der verstorbene Mr. Royal vorzuweisen hatte. Es ist nämlich eine große Verantwortung darin, einen Nachruf auf einen Fremden zu verfassen, zumal wenn er nicht mal aus dieser Stadt kam.«

»Lorna hat mir schon gesagt, daß Sie Informationen haben wollten. Aber könnten wir nicht erst Drinks und Appetizer bestellen?«

»Natürlich. Es geht selbstverständlich alles auf meine PR-Spesenrechnung; bestellen Sie also nach Lust und Laune.«

»Das werde ich tun«, sagte Hunter mit amüsiertem Grinsen. »Und vergeben Sie mir, aber die Rechnung geht an mich – darauf bestehe ich. Erfahrung vor Schönheit.«

Temple sah wenig Sinn darin, die emanzipierte Karrierefrau zu spielen, wenn Hunter entschlossen war, die Rolle des großzügigen Gastgebers zu übernehmen. Sie lächelte und bestellte sich einen Martini, die Krebspaté als Appetizer und dann Hummer und eine zweimal gebackene Kartoffel mit Käse und Krabbensauce, und dazu einen Salat »Caesar«.

»Ein bißchen üppig für meine Blutwerte«, bemerkte Hunter. »Zuviel Cholesterin.«

»Mein Wert ist 168«, sagte Temple. »Und Ihrer?«

»Ich kann nicht klagen. Aber ich bin neugierig: Wie kann ich Ihnen im Zusammenhang mit Chester Royal helfen?«

Temples Martini war gekommen, ein randvolles Stielglas, beinahe breiter als hoch. Es gelang ihr, nichts zu verschütten, als sie es an die Lippen hob, und sie nippte daran und senkte den Pegel ein wenig.

»Ich habe faszinierende Dinge über Sie gehört, Mr. Hunter – einschließlich Ihres medizinischen *savoir faire.* Sicher werden Sie doch eher als sonst jemand wissen, wieso Mr. Royal mit den Medizinthrillern, die er im Paket verkaufte, solchen Erfolg hatte.«

»Das Publikum ist auf Mediziner fixiert, Miss Barr. Darf ich Sie übrigens Temple nennen? Ärzte werden als gütige, allmächtige Wesen wahrgenommen, die wenig von sich selbst offenbaren, während sie in den intimsten Angelegenheiten ihrer Patienten herumstochern. Wir alle fallen ihnen früher oder später in die Hände. Das medizinische Establishment ist das perfekte Milieu zur Erforschung unserer irrationalen Angst vor dem Tod – und manchmal auch vor dem Leben.«

»Kommt es nicht auch vor, daß Leute ihren Arzt hassen?«

»Nur, wenn er sie falsch behandelt hat – eine Fehldiagnose gestellt, ihnen zu viele Medikamente verabreicht oder ein echtes Problem ignoriert hat. Andernfalls sind sie jederzeit bereit, ihn heiligzusprechen.«

»Und Sie? Bewundern Sie Ärzte ebenfalls? Haben Sie deshalb versucht, sich mit ihnen gemeinzumachen?«

»Zweifellos hat die stets tüchtige Lorna meine medizinische ›Vergangenheit‹ erwähnt. Meine . . . meine Mutter wurde schwerkrank, als ich noch ein Teenager war. Ich habe mich aus diesem Grund als Medizinstudent immatrikuliert. Das Milieu hat mich fasziniert. Daß ich mich als Arzt ausgab, war lediglich jugendlicher Enthusiasmus – und es erwies sich als die perfekte Ausbildung für meine jetzige Karriere.«

»Was hat Sie gezwungen, sich als Arzt zu verkleiden? Warum tun andere es?«

»Ich kann nicht für andere sprechen, Temple.« Falten bildeten sich auf Hunters Stirn. »Und ich würde meine Leistungen auch nicht als zwanghaft charakterisieren. Es war ein . . . Hobby. Ich habe als Arzt ganz gut funktioniert, genau wie meine Kollegen. Was mir zum Verhängnis wurde, war die ständige Aktenfuchserei, die unsere Gesellschaft wie süchtig betreibt, und nicht etwa ein Fehler meinerseits.«

»In welchen Fächern haben Sie praktiziert? Als Allgemeinmediziner? Als Kinderarzt?«

»Nein, nein! Nichts so Gewöhnliches. Einmal war ich Onkologe und ein anderes Mal Chirurg.«

»Aber es standen doch Menschenleben auf dem Spiel! Und Sie wußten, daß Sie ein Betrüger waren.«

»Ich wußte, daß ich kein medizinisches Examen abgelegt hatte. Und wie viele echte Mediziner sind Blender? Die Medizin würde doch keinen Spaß machen, wenn nicht Menschenleben auf dem Spiel ständen. Wir würden Dr. Welby und Dr. Christian oder die Doktoren Kildare und Casey nicht anbeten, wenn nicht etwas Entscheidendes auf dem Spiel stände – nämlich unser Leben.«

»Die Maskerade hätte Ihnen keinen Spaß gemacht, wenn dieses entscheidende Etwas nicht im Spiel gewesen wäre?«

Hunters taubengraue Augen wurden schmal. »Sie lassen mich ziemlich blutrünstig erscheinen, Temple. Ich war damals jünger als heute. Junge Männer lieben das Risiko. Sie fahren Autorennen, sie stellen den Frauen anderer Männer nach, sie praktizieren Medizin ohne Approbation. Das ist alles ziemlich das gleiche.«

»Fehlt es Ihnen heute?«

»Die Maskerade, meinen Sie?«

»Ja. Der Thrill der Täuschung, die komplizierte Erschaffung einer glaubhaften Person und einer Dokumentenspur, die als Bestätigung dient. Die unschuldige Torheit aller in Ihrer Umgebung. Das Gefühl, etwas Geheimes und Besonderes zu sein.«

Hunter legte die Gabel aus der Hand und vergaß sein Seezungenfilet. »Wie treffend Sie das formulieren. Man könnte fast denken, Sie hätten auch Appetit auf dieses Spiel; Sie kennen den Gewinn gut.«

»PR ist manchmal auch ein Spiel«, sagte Temple und attackierte ihren Hummer. »Man versucht herauszufinden, was die Leute einem nicht sagen wollen, und dann dreht man sich um und versucht, andere Leute daran zu hindern, herauszufinden, was sie unbedingt wissen wollen.«

»Spielen Sie deshalb jetzt den Plattfuß?«

»Tu ich doch gar nicht.«

»Quatsch. Aber ich muß sagen, Sie sind mir dreimal lieber als diese übergroße Kriminalpolizistin.«

»Lieutenant Molina scheint mir äußerst kompetent zu sein.«

»Ich frage mich nur, ob das die nötige Voraussetzung dafür ist, um den Mord an einer komplexen Persönlichkeit wie Chester aufzuklären.«

»Sie sind auch eine komplexe Persönlichkeit«, wandte Temple ein. »Das müssen Sie sein, um zu tun, was Sie getan haben, und dann eine Schriftstellerkarriere darauf aufzubauen. Chester Royal war nach allem, was ich erfahren habe, das genaue Gegenteil einer komplexen Persönlichkeit. Er hatte sehr simple Bedürfnisse: Er wollte sich mächtig fühlen, und er wollte andere, vor allem Frauen, seine Macht spüren lassen. Ich glaube, wenn ich ihn gekannt hätte, hätte ich ihn nicht gemocht.«

»Das hätte vermutlich auf Gegenseitigkeit beruht.« Hunter lachte. »Ja, Chester hatte eine wütende Abneigung gegen Frauen. Er hatte immer das Gefühl, sie wollten ihm etwas wegnehmen – seine Statur, physisch wie bildlich gesehen, sein Überlegenheitsgefühl, sein Geld. Muß ganz schön verbittert gewesen sein von all den Ehefrauen – und Ehescheidungen.«

»Aber wenn ich recht verstehe, reicht seine Angst vor Frauen bis in seine Medizinerzeit zurück. Und er war Gynäkologe.»

»Die meisten männlichen Gynäkologen sind römisch-katholisch, wußten Sie das? Das liegt auch nah – eine sehr babyfixierte Religion in Anbetracht ihrer Vorschriften gegen Geburtenkontrolle und Abtreibung. Chester war nicht katholisch, und wie ich hörte, hatte er nichts dagegen, hin und wieder heimlich eine Abtreibung vorzunehmen, bevor so etwas in irgendeinem Sinn legal wurde.«

»Aber sicher haben doch damals nur Ärzte, die Frauen Mitgefühl entgegenbrachten, solche Abtreibungen vorgenommen.«

Hunter lächelte betrübt. »Wissen Sie, wie Abtreibungen damals vorgenommen wurden – oft ohne Narkose? Und keine Zeit für Ruhezimmer und andere solche Nettigkeiten? Ich habe den Verdacht, Chester tat es für Geld – Punkt. Und um dem System eine Nase zu drehen . . . und um Föten vor der Zeit aus dem Mutterleib zu reißen. Er und seine vielen Frauen hatten niemals Kinder, wissen Sie.«

»Meinen Sie wirklich, daß er ein solches Monstrum war?«

»Viele von uns sind solche Monster, Temple. Ich habe im Laufe meiner Karriere als falscher Mediziner nie jemandem geschadet. Ich habe einen IQ von 178, wußten Sie das? Das kann man von vielen der echten Ärzte, an deren Seite ich praktiziert habe, nicht sagen. Ich hatte immer vor, ein medizinisches Enthüllungsbuch zu schreiben, aber Chester hat mich zum Romaneschreiben angehalten. Ich glaube, er hatte Angst, wenn ich ein kontroverses Buch schriebe, würde das die Aufmerksamkeit auf seine alles andere als glorreiche Vergangenheit lenken.«

»Vielleicht wollte er auch nicht, daß Sie seinen ehemaligen Beruf schlechtmachen.«

»Das stimmt. Chester war altmodisch nicht nur insofern, als er die Frauen auf dem Platz halten wollte, der ihnen zukam. Er wollte auch Herrschaft ausüben. Er wollte, daß alle seine Autoren sich ständig auf unsicherem Grund bewegten wie Katzen auf dem heißen Blechdach. Jeder um ihn herum war sein potentieller Feind – die Frau, die auf ihm herumhackte, der Mann, der ihn auf irgendeinem Gebiet in den Schatten stellte. Zu gern hat er seine Autoren durch die Hölle gehen lassen und mit ihrer Unsicherheit gespielt. Ich mußte *Knochenbruch* fünfmal umschreiben.«

»Und wieso haben Sie das hingenommen?«

Hunter zuckte die Achseln. »Ich kannte seinen Typ aus den Tagen meiner Medizinermaskerade. Ich habe einfach einen Ghostwriter angeheuert, der immer wieder an dem Manuskript herumfummelte, bis Chester fand, jetzt hätte ich genug durchgemacht.«

»Sie wurden also nie von ihm übervorteilt, verlegerisch oder finanziell?«

»Nein, ich bin ja keine Mavis Davis.« Hunter grinste, als er sah, wie überrascht Temple war. »Ich kannte Chesters Spielchen; ich ließ mich davon nicht fertigmachen. Und er hatte den Fehler begangen, mich schon früh herauszubringen; da gab es nachher keine Möglichkeit, zu einem so späten Zeitpunkt meinen Agenten mit Kleckerbeträgen abzuspeisen.«

»Mir scheint, daß Sie ihn benutzt haben, und nicht vice versa.«

»Richtig. Ich habe das in den Krankenhäusern gut trainieren können. Und nachher auch.«

»Sie meinen . . . in Joliet, nicht war?«

»Neben den Spielen, die dort gespielt werden, sind die verlegerischen Egotrips wirklich sehr kleine Kartoffeln. Apropos, werden Sie die da wirklich ganz aufessen? Sie ist ja so groß wie ein Holzschuh.«

Temple stieß ihre Gabel in die Knolle. »Darauf können Sie wetten. Ich habe mich in letzter Zeit von einer seltsamen Diät ernährt – Thunfisch –, und es wird Zeit für einen Ausgleich.«

Den Rest des Abends verbrachte Temple damit, Hunter nach seinen Romanen auszufragen. Die meisten drehten sich um unglaubhafte Szenarien, in denen heldenhafte Ärzte in naher Zukunft irgendwelche Verschwörungen vereitelten, bei denen es um kommerzielle Klone, unheimliches Wahrheitsserum und von globalen Konspirationen gentechnisch erschaffene Seuchen ging.

Temple sah, weshalb das Zusammenspinnen so weit hergeholter Geschichten Hunters Hochstaplerinstinkte befriedigte. Jeden Tag konnte er so den Arzt spielen und gleichzeitig der Held sein.

»Was wird jetzt mit Ihren Büchern passieren, wo Chester Royal tot ist?« Temple verputzte den letzten Rest ihrer Kartoffel.

»Nichts. Selbst wenn Pennyroyal Press zusammenbricht, wird sich jeder größere Verlag mich selbst und Mavis Davis schnappen. Auch Owen Tharp.«

»Und was ist mit den anderen im Programm von Pennyroyal Press? Die Autoren, die gerade erst angefangen hatten?«

Hunter schüttelte den Kopf und trank seinen teuren Weißwein aus. »Nichts. Die werden sich weiter in der Masse prügeln und von dünner Luft leben, wie sie es immer getan haben. Aber die Top-Autoren brauchen sich keine Sorgen zu machen. Wer fett ist – Verzeihung, wer fit ist, überlebt immer.«

»Vielleicht hat es einer der Mageren getan?«

»Seinen Verleger umgebracht? Die meisten haben noch nicht mal den Spielstand raus, geschweige denn, daß sie bereit, willens und in der Lage wären, den Schiedsrichter zu ermorden.«

»Mit anderen Worten, egal, wie scheußlich Chester sich seinen Autoren gegenüber benommen hat, keiner von ihnen hatte ein Motiv, ihn zu ermorden, weil er sich damit nur ins eigene Fleisch geschnitten hätte?«

»Jawohl, das ist das Evangelium nach Lanyard Hunter. Natürlich müssen Sie dabei berücksichtigen, daß ich ein sehr schlüpfriger Typ bin.«

»Ist das eigentlich Ihr richtiger Name – Lanyard Hunter?«

»Allerdings«, sagte er friedfertig. »Obwohl das niemand glaubt. Das ist die beste Art Lüge: eine Wahrheit, die niemand ernst nimmt. Sie wird den, der sie verbreitet, niemals einholen, und alle anderen ernsthaft in die Irre führen.«

»Ich nehme an, das sind die Regeln, nach denen ein Hochstapler lebt?«

»Nennen Sie es, wie Sie wollen – es funktioniert.«

»Was glauben Sie, wer Mr. Royal ermordet hat?«

»Ich habe nicht die leiseste Ahnung, und es ist mir auch egal.«

»Warum nehmen Sie sich dann die Zeit, sich beim Essen von mir ausfragen zu lassen?«

»Weil es, meine liebe Miss Temple, nur eins gibt, was ein bekehrter Betrüger tun kann: Er kann zuschauen, wie andere das Spiel spielen. Ich warte in atemloser Spannung darauf, zu erfahren, ob Sie oder Lieutenant Molina den Schuldigen zuerst finden werden.«

»Ich stehe nicht in einem Wettkampf mit ihr; ich tue nur meine Arbeit. Wenigstens hat es so angefangen.« Temple fiel ein, daß die schwere Pflicht, das Lösegeld für Baker und Taylor zu zahlen, als Punkt eins auf der Tagesordnung für morgen stand. »Da wir von meiner Arbeit sprechen, ich sollte Sie jetzt lieber in Ihr Hotel bringen. Sie müssen erschöpft sein nach zwei Tagen Buchmesse.«

»Die Nacht hat gerade erst begonnen.«

»Aber meine innere Uhr geht der Rente entgegen. Ich habe einen langen Tag hinter mir, und ich brauche meinen Schönheitsschlaf.«

Mit solchen Tönen endete der Abend, und Hunter versuchte gar nicht erst, Temple beim Bezahlen zuvorzukommen. Wenig später hielt sie unter dem glänzenden Eingangsbaldachin des Las Vegas Hilton.

»Möchten Sie nicht noch auf einen Schlummertrunk hereinkommen?« schlug er vor.

»Der einzige Schlummertrunk, den ich jetzt noch möchte, ist ein Glas Milch in meinem Apartment.«

»Sind Sie sicher?« Lanyard Hunters sorgfältig manikürte Hand war unvermittelt auf Temples Knie erschienen.

»Danke, aber ich lebe mit jemandem zusammen, der vielleicht kein Verständnis dafür hätte.«

»Ach . . . mit wem?«

»Er ist ein . . . großer schwarzer Typ. Manche Leute finden, er macht sich ziemlich dicke hier in der Stadt.«

Die Hand verschwand. Ihr Gegenstück fummelte am Türhebel. »Ein vergnüglicher Abend«, sagte Hunter und stieg hastig aus. »Vielen Dank, und grüßen Sie Ihren, äh, Freund.«

»Oh, das mache ich«, versprach Temple und winkte fröhlich zum Abschied. Der Storm zischte davon wie ein aquamarinblauer Höllenblitz.

Kaum hatte Temple ihre große Wohnungstür aufgeschlossen, da spürte sie, daß drinnen etwas nicht in Ordnung war.

Das eine war die Hitze. Sie strich durch die dunklen Zimmer wie ein unsichtbarer schwarzer Panther, der mit seinem heißen Atem erst ihr Gesicht liebkoste und ihr dann die Füße leckte.

Auch nach der nur lau klimatisierten Luft in den öffentlichen Hausbereichen, der marmorverkleideten Lobby und dem holzgetäfelten Korridor fühlte sich diese Treibhausatmosphäre unnatürlich an – oder, besser gesagt, so natürlich wie die Luft im Freien. Viel zu heiß für sechsundzwanzig Grad, eher wie schmorende zweiunddreißig Grad.

Temple wartete, bis die unbekannten, lauernd geduckten Gestalten sich wieder in ihre Möbel verwandelt hatten. Sie schlüpfte aus einem ihrer hochhackigen Schuhe, stützte sich an der Küchenwand ab und streifte auch den anderen herunter. Mit leisem Klatsch purzelten die Schuhe auf den blanken Parkettboden. Sie hatte sich immer einen Teppich für den Eingangsbereich besorgen wollen, aber jetzt war es zu spät. Jetzt würde sie in ihrem eigenen Apartment ermordet werden! Aber vielleicht auch nicht.

Sie war erschrocken, das war nicht zu bezweifeln. Je selbstverständlicher einem die Wohnung wurde, desto leichter bemerkte man selbst kleine Veränderungen. Wieso hätte die Klimaanlage sich abschalten sollen – und das schon vor Stunden, nach der Temperatur zu urteilen?

Die rosa Neonuhr an der schwarzweißen Küchenwand, die bei Tag so milde aussah, warf jetzt einen gespenstischen

»Miami Vice«-Schimmer über die Arbeitsflächen. Ihr Licht schien rosig wie eine frivole Ewige Lampe über die Stuckdekke im Wohnzimmer. Das Ewige Licht bedeutete, daß jemand zugegen war. Temple fragte sich, wer es sein mochte.

Sie überlegte, ob sie sich zurückziehen sollte. Aber es war so still in der Wohnung. Leer. Ganz leer. Das Parkett fühlte sich warm an unter ihren bestrumpften Füßen, als sie wie eine Schlittschuhläuferin darüber hin glitt, voller Angst, auszurutschen.

Das Wohnzimmer lag vor ihr wie ein aufgeschlagenes Buch, aber es war zu dunkel, um richtig darin zu lesen. Auf den ersten Blick sah sie, daß eins der französischen Fenster einen Spaltbreit offenstand, auffällig wie eine eselsohrige Seite. Der Flügel war im spitzen Winkel offen und ließ die Hitze der Nacht herein, und auch einen zirpenden Chor von Grillen, den sie zuerst gar nicht bemerkt hatte.

Der schwere Duft von Jasmin und Gardenien wallte wie Nebel von der Loggia herein. An der Wohnzimmerwand blieb Temple stehen, und ihre Finger betasteten die Braille-Schrift der Plastiklettern am Einstellknopf des Thermostats. Die kleine Markierung parkte im »Aus«-Bereich – aber welcher Einbrecher stellte die Klimaanlage ab?

Sie schlurfte weiter ins Wohnzimmer hinein. Dann blieb sie stehen. Etwas fehlte hier. Der Kater hätte ihre Anwesenheit inzwischen bemerken müssen. Midnight Louie müßte aus irgendeinem geheimen Lieblingswinkel gestakst kommen oder vom Kühlschrank herunterspringen und miauend sein Fressen fordern. Er müßte sich um ihre Knöchel schlingen, auch in dieser Dunkelheit, die für sein überlegenes Nachtsichtvermögen keine Beeinträchtigung darstellte. Wo war der Kater?

Temple schlitterte zurück, so lautlos, wie sie hereingekommen war, und huschte zur Wohnungstür hinaus, ohne sich noch einmal umzudrehen. Im Korridor mit seinen trüben Wandlampen und dem mattrosa Teppichboden sprintete sie zum Aufzug und drückte auf den »Aufwärts«-Knopf.

Es dauerte eine Ewigkeit, bis der Lift kam. Ihr war noch nie aufgefallen, wie das Getriebe schepperte und quietschte und wie elend laut der uralte Mechanismus arbeitete. Die Kabine war leer. Temple hechtete hinein und drückte auf P wie »Penthouse«. Die Aufzugkabine war großzügig getäfelt – wie die Außenseite eines Sarges. Das Ding ruckelte aufwärts mit dem Getöse einer ungeölten Guillotine, die für den tödlichen Fall hochgewunden wird.

Mit einem *klonk* blieb der Aufzug stehen, und Temples Herz fühlte sich fast überredet, es ihm nachzumachen. Sie stürzte sich auf die getäfelte Kassettentür und hämmerte mit beiden Fäusten dagegen.

Die Tür sprang auf. Electra Lark stand davor, das Haar zu steifen Spitzen geformt, die aussahen wie gut geschlagener Eischnee; kleine Papierchen klebten ihr am Kopf. Eine Eischneespitze war blutrot gefärbt.

»Temple! Was gibt's denn? Ich mache mir gerade die Haare.«

»O Gott! Ich dachte schon, man hätte Sie skalpiert.« Temple stolperte über die Schwelle und schloß die Aufzugtür hinter sich. »Da ist jemand im Haus – oder er war hier. In meiner Wohnung ist die Klimaanlage abgedreht, eine Loggiatür steht offen, und der Kater ist weg.«

Electra riß sich das Handtuch vom Hals und dachte nach. »Der Hausmeister hat schon Feierabend und ist gegangen. Schade, daß dieser nette Matt Devine nicht da ist.«

»Nicht?« Temple hatte gar nicht daran gedacht, daß es auch Vorteile haben könnte, eine Jungfer in Nöten zu sein.

»Er arbeitet nachts.« Electra seufzte. »Wir müssen uns wie

emanzipierte Frauen benehmen und die Sache selbst in die Hand nehmen. Ich hole eine Taschenlampe. Der Einbrecher braucht ja nicht mehr zu sehen als nötig, wenn er noch da ist.«

Temple nickte, und Electra verschwand in ihrer Küche. Temple hatte Electras Quartier noch nicht in all seinen Tiefen erkundet, aber sie konnte doch eine merkwürdige grüne Kristallkugel auf einem mächtigen, klauenfüßigen Dreifuß erkennen, die auf einer strohhellen Fernsehtruhe aus den fünfziger Jahren stand.

»Die sollte reichen.« Electra erschien wieder und schwenkte eine altmodische Taschenlampe, einen silberglänzenden Metallzylinder, der Temple an die alte »Everready«-Batteriereklame erinnerte. Hoffentlich hatte ein schwarzer Kater, den sie kannte, ebensolche neun Leben, wie der »Everready«-Kater sie immer gehabt hatte.

Schweigend fuhren sie zwei Stockwerke hinunter; der Aufzug allerdings schwieg dabei nicht. Temple hatte ihre Tür nicht abgeschlossen; sie öffneten die Tür lautlos auf wohlgeölten Angeln und traten gleich ein. Electra knipste ihre Lampe an; das Klicken klang durch die Stille, als ob jemand einen Revolver spannte. Ein dürftiger Lichtkreis sickerte aufs Parkett.

Electra und Temple folgten der gelblichen Bahn zur Loggiatür.

»Oh!« Temples Gardenie lag, die Wurzeln in die Höhe gestreckt, auf dem Boden; der Terracottatopf war zerbrochen. Ansonsten lag die Loggia unberührt und verlassen da.

»Lassen Sie uns lieber noch in den anderen Zimmern nachschauen«, befahl Electra. »Ich halte die Taschenlampe seitwärts, sehen Sie – für den Fall, daß sie bewaffnet sind. Wenn sie auf das Licht schießen, treffen sie nicht den Körper, wenigstens nicht lebensbedrohlich.«

»Nein, bloß mich«, zischte Temple, die seitlich hinter Electra ging.

Die Zimmer waren alle leer; Temple schaltete überall die Deckenbeleuchtung ein und inspizierte alle Ecken und sogar die Duschkabine.

»Ich schaue in den Schränken nach«, sagte Temple rasch, als Electra im Begriff stand, das Plakat des »Mysteriösen Max« mit dem grellen Strahl ihrer Taschenlampe aus dem Dunkel zu reißen. Sie nahm ihr die Lampe ab und leuchtete damit in Winkel und Nischen.

»'ne Menge Schuhe da drin«, stellte Electra fest.

»Aber sonst nicht viel. Auch kein Midnight Louie. Electra, er ist weg!«

»Aber, aber.« Dabei beließ Electra Lark es. Sie hielt nichts von falscher Sentimentalität.

Temple sah auf die Uhr. Erst drei Minuten vor halb elf. Die Polizei konnte sie kaum wegen einer Tür anrufen, von der alle sagen würden, sie habe sie nur nicht ordentlich verriegelt, oder wegen einer Klimaanlage, die sie vermutlich vergessen hatte einzuschalten. Oder wegen einer verschwundenen Katze, die sowieso nie richtig zahm gewesen war.

Ein paar von ihren Sachen sahen etwas zerwühlt aus, aber woher wollte sie wissen, ob es nicht der verschwundene Midnight Louie gewesen war, der hier ein wenig kreativen Nestbau betrieben hatte? Woher wollte sie wissen, daß nicht der Wind die Tür aufgeweht hatte und daß der vagabundierende Kater einfach hinausgesprungen war, als sich die Gelegenheit geboten hatte?

»Was für ein Schei . . . benkleister, dieser Tag heute!« Temple schloß die unbotmäßige Tür ab.

»Werden Sie denn schlafen können, meine Liebe? Ich meine, allein?«

»Bis jetzt hab ich's gekonnt«, antwortete Temple ungnädig. »Obwohl ich heute abend ein vielversprechendes Angebot abgelehnt habe.«

»Behalten Sie die Taschenlampe über Nacht. Ich lasse Ihren Thermostat und die Tür morgen früh von Mr. Mariano überprüfen. Wir erreichen Sie ja wohl zur Zeit im Convention Center.«

»Nicht vor elf morgen vormittag«, sagte Temple. »Vorher habe ich noch etwas zu erledigen.«

Verglichen mit diesem beunruhigenden Abend erschien ihr ein Rendezvous mit einem Catnapper allmählich wie die Antwort auf das Gebet einer Jungfrau.

16.
Ein unübertreffliches Opfer

„s ist weit, weit besser, was ich tu, als was ich je getan. Ich geh' zu weit, weit bess'rer Ruh, als ich noch je gekannt. Ich zitiere hier natürlich den unsterblichen alten Dingsbums. Und dazu sage ich nur: Quark! Eins allerdings ist es, soviel steht fest: das größte Glücksspiel meiner Karriere.

Nein, ich will ganz ehrlich sein. Es ist das größte Glücksspiel meines Lebens. Vielleicht sollte ich sagen, meiner Leben, denn ich kann nicht genau sagen, wie viele ich noch habe; ich war nie ein Erbsenzähler.

Aber Tage und Stunden zähle ich. Wo ich jetzt bin, scheint die Sonne nicht, aber die Leute ermöglichen mir einen brauchbaren Überblick über die Zeit, indem sie in Acht-Stunden-Schichten rund um die Uhr kommen und gehen, wie sie es auch in Hotels und Kasinos und Gefängnissen tun.

Das hier ist kein Hotel und kein Kasino, aber das bedeutet nicht, daß man hier nicht binnen weniger Stunden sein ganzes Leben verspielen kann.

Jetzt ist es dunkel, und das wäre ganz beruhigend, wäre da nicht das ständige Gewinsel der lautstarken Versager im Zellentrakt nebenan. Was für hasenherzige Jammerlappen. Ich habe nie viel übrig gehabt für Hunde.

Jawohl, Sie haben richtig befürchtet. Midnight Louie ist im Knast. Und nicht nur das – mein Käfig liegt an der Straße zum Schafott. Oh, sie heißt nicht so, aber ich bin ja nicht von gestern.

Ich habe jetzt viel Zeit, um über mein vergangenes Leben – oder meine vergangenen Leben – und über meine vielen Sünden, Begangenes wie Unterlassenes, zu meditieren. Ich bin draußen vor dem Sirocco Inn, als Gino Scarlatti sich das Grundstück kauft – nicht das von Sirocco, sondern eins, das anderthalb Meter tief unter der Erde liegt. Aber die Cops hören keinen Pieps von mir; ich bin immer noch ganz gut zu Fuß, auch wenn ich in letzter Zeit ein paar griffige Speckröllchen zugelegt habe, und ich flitze.

Habe ich je erzählt, wie ich ganz allein das Crystal Phoenix davor bewahrt habe, von einer Bande durchgedrehter Killer in Schutt und Asche gelegt zu werden? Nein? Gut.

Ich bin nämlich auch ein schweigsamer Typ – es zahlt sich nicht aus, wenn man in dieser Stadt zuviel weiß; das habe ich schon gesagt, und ich sag's noch mal. Hauptsächlich grüble ich jetzt darüber, weil mein letztes Leben am seidenen Faden der innigen Wertschätzung einer gewissen Puppe hängt. Ich bin nicht der erste, dessen Wohlergehen von irgendeiner Lady abhängig ist, und – offen gesagt – die bisherigen Resultate sind nicht sehr gut.

Manche fragen sich vielleicht, wie einer, der sich so gut auskennt wie ich, in dieser Bredouille hat landen können. Das ist – wie die von den schon erwähnten *Brüdern Katzamasow* – eine lange und traurige Geschichte, und es tröstet mich auch nicht, zu wissen, daß Baker und Taylor sich keine fünf Zellen weiter räkeln, immer noch zusammen, aber nicht mehr lange.

Folgendermaßen ist es dazu gekommen:

Nachdem ich den neunmalklugen Ingram gefunden und erfahren habe, daß die kundige Sassafras ein *Scottish*-Pärchen im Tierheim vermutet, beschließe ich, die Sache selbst zu checken. Sassafras ist eine ausgefuchste alte Puppe, die schon öfter im Kahn war – und von ihren sträflichen Besitzern ausgelöst wurde –, als sie Kätzchen hatte, und das will viel heißen. Wenn sie sagt, sie haben derzeit Scotch in ihrem Soda im Knast, dann *sind* diese Edelkater da.

Der erste Haken ergibt sich, als Miss Temple Barr, deren Unterweisung hinsichtlich der Bedürfnisse eines großstädtischen Gentlemans sich noch im Anfangsstadium befindet, mich für den Abend in ihrem Apartment einsperrt.

Nun ist das eine erstklassige Bude mit mancherlei Annehmlichkeiten, aber ein Mann muß tun, was ein Mann tun muß. Kaum ist sie abgehauen zu einem offensichtlich brandheißen Date – wahrscheinlich der Typ mit den Schlangenaugen auf dem Poster –, da nutze ich auch schon meine etwas vernachlässigten Einbrecherfertigkeiten. Viele Leute interessieren sich heutzutage für solche Dinge, und da ich ein höflicher Typ bin, werde ich die Methode meines Entweichens beschreiben.

Als erstes sondiere ich das Terrain und suche nach einer diskreten Ausstiegsmöglichkeit. Die Ventilationsöffnungen der Klimaanlagen befinden sich meistens unter der Decke und sind außerdem mit festgeschraubten Gittern verschlossen. Mit Schrauben bin ich nicht besonders gut.

Als nächstes übe ich, zum Thermostat hinaufzuspringen und mit der rechten Pfote den Regler zu drehen. Ich habe mich in letzter Zeit nicht mehr derartig anstrengen müssen, und so geht bald ein großes Ächzen und Pusten los. Wenn ich's raus habe, das Ding zu drehen, bin ich soweit, daß ich mich an den Ausgang zur Weiten Welt wagen kann. Miss Temple Barrs Apartment weist französische Fenster auf, die zur Loggia hinausführen, und es ist eher ein Hebel als ein Drehknopf, womit man sie öffnet.

Es wird einen geradezu superfelidischen Sprung erfordern, um aus dem Stand vom Fußboden aus eins dieser Dinger umzulegen, aber zu meinem in letzter Zeit erlebten Glück hat Miss Temple Barrs Speiseplan nicht dazu beigetragen, mein Kampfgewicht – normalerweise rund achtzehn Pfund – zu reduzieren.

Die französischen Fensterriegel sind nicht so hoch wie der

Thermostatknopf, und so bin ich jetzt prima in Form, um hochzuspringen und auf dem Weg nach unten die Pfote aufs Metall zu drücken. Fünf von diesen Liebessprüngen, und der Riegel klickt. Danach kommt es nur noch darauf an, die Krallen unter die Tür zu haken und zu ziehen, bis sie sich einen Spaltbreit öffnet. Ich schiebe die Nase hindurch, inspiziere die Loggia, um zu sehen, ob vielleicht irgendwo ein Leckerbissen sitzt, springe dann auf das Mäuerchen hinauf – wobei ich versehentlich einen Topf mit einer stinkenden Pflanze umschmeiße – und hinunter auf den Sonnenschirmtisch auf der Loggia darunter – wobei ich ein bißchen Schirmstoff zerreiße, um meine Landung zu mildern –, und vom Schirm geht es hinunter auf den Stuhl und immer so weiter, bis ich auf der Straße stehe. Mit den Loggias und den französischen Türen kann man wirklich nicht mal einen wehenden Kullerbusch festhalten.

Der Weg zu meinem Ziel hat nichts Bemerkenswertes, es soll genügen, wenn ich sage, daß ich mich auf jedem überbackenen Quadratmeter dieser tortillaplatten Stadt auskenne. Sogar nachts wärmt der Asphalt mir die Zehen.

Aber plötzlich fröstelt es mich doch, als ich die Silhouette des Tierheims vor den mondsilbernen Wolken erkenne. Zuviele von meiner Sorte sind dort abgemurkst worden, aus keinem besseren Grund als dem, daß man sie für heimatlos hielt. Keinem Hund würde ich ein solches Schicksal wünschen. Außerdem munkelt man, daß bestimmte Individuen meiner Art zur Verfrachtung in Versuchslaboratorien ausgesondert werden, wo Wissenschaftler nichts Schlimmes darin sehen, mit jeder beliebigen Spezies auf Erden ihre Experimente zu machen – solange es nicht die eigene ist.

Aber das läßt sich nicht ändern. Ich schleiche mich näher, halte mich im Schatten und lege die Ohren an, damit das zarte rosa Innenfutter nicht irgendeinen Lichtstrahl von der Straße reflektiert, und ich halte auch den Mund geschlossen, damit meine Zähne mich nicht verraten. (Man sagt mir, ich hätte einen wahrhaft blendenden Satz Beißerchen.)

Aus einem Fenster an der Rückseite höre ich die herzzerreißenden Schreie der Gefangenen meiner Art und eine Menge Gewinsel von den idiotischen Hunden, die ja bei einer simplen Tollwutspritze das gleiche Getöse veranstalten wie vermutlich beim Ende der Welt.

Ich ziehe mich hoch, aber ich sehe nichts als ein Stück vom Hauptzellentrakt. Das Quäken der Babies ist am schwersten zu ertragen. Ich muß zugeben, daß ich nur wenig Zeit mit der Jugend meiner Art verbracht habe, aber sie können in Gemeinschaft ein Heulen produzieren, das dem Geschrei des menschlichen Neugeborenen meiner (gottlob) vorübergehenden Bekanntschaft sehr ähnlich ist.

In dieser Kakophonie entdecke ich ein fremdartiges Element, und ich erkenne bald den unverwechselbaren Highland-Tonfall des Schottenpärchens. Unvermittelt lande ich wieder auf der Erde, hauptsächlich weil meinen Pfoten die Kraft ausging.

Was tun? Ziemlich rasch dämmert mir, daß die vermißten Baker und Taylor wahrscheinlich schon irgendwann am Freitag in diesem Höllencamp in der Sonora abgeliefert worden sein müssen. Sie haben weniger als vierundzwanzig Stunden zu leben, wenn nicht irgend jemand etwas unternimmt.

Ich schreite draußen vor ihrem Gefängnis auf und ab. Ich sitze da und schaue sinnend in den Mond, als er hinter ein paar ziehenden Wolken hervorgleitet. Ich wäge meine Optionen ab. Ich lecke mein Fell und streiche mir über die Ohren und hoffe, daß mich ein genialer Gedankenblitz durchzuckt.

Nichts passiert. Nur eine Möglichkeit bleibt. Ich werd's von drinnen erledigen müssen. Ich mache mir da nichts vor: Nicht mal ein Typ von meinem Gewicht und mit meiner Finesse und manuellen Geschicklichkeit ist je in einen Tierheimkäfig eingebrochen – oder daraus entkommen.

Ich werde *under cover* reingehen und mich einfangen lassen müssen, und dann muß ich drinnen tun, was ich kann. Wenn alle Stricke reißen, habe ich noch eine Karte im Ärmel. Vielleicht, ganz vielleicht, wird der Puppe, die ich einsam im Circle Ritz zurückgelassen habe, einfallen, wo ich möglicherweise sein könnte, und sie wird mir zu Hilfe gefahren kommen. Verflucht, sie könnte auch zu Fuß kommen. Wenn sie schnell genug ist, kriegen wir vielleicht sogar Baker und Taylor noch raus.

Wenn nicht – grüßt mir den Broadway.

17.
Vermieztenfahndung

Eightball O'Rourke erwartete Temple und Emily Adcock neben der Reiterstatue Julius Caesars, die – passenderweise – einen Katzensprung weit von Caesars Palace stand.

Aus der Ferne betrachtet, glitzerte das berühmte Hotel und Casino weiß wie ein Eispalast in der heißen Sonne. Vom Strip führte eine endlose, von Springbrunnen eingefaßte Zufahrt zu einer Reproduktion der kopflosen ›Geflügelten Siegesstatue‹. Eine halbkreisförmige Säulenfassade bildete die Front des eigentlichen Hotels und umrahmte eine Reihe überlebensgroßer Marmorgöttinnen, Nachbildungen weltberühmter Statuen. Autos rauschten die geschwungene Zufahrt hinauf – Mercedes, Cadillacs und kostspielige Spezialanfertigungen mit mehr Chrom als Lack.

Die Szene am Fuße der Caesarstatue war bescheidener. Emily hatte das Geld mitgebracht, säuberlich in braunes Papier gewickelt. Temple sah beeindruckt den soliden, ziegelsteinförmigen Klotz aus fünftausend Dollar in kleinen Scheinen.

Sie versuchte nicht erst, O'Rourke per Scheck zu bezahlen, sondern gab ihm gleich drei Fünfzig-Dollar-Scheine.

»Das ist unser Geld, Mr. O'Rourke«, sagte Emily, nachdem sie sich knapp miteinander bekanntgemacht hatten. »Hauptsächlich meins. Ich muß diese beiden Katzen wiederhaben. Wie stehen unsere Chancen?«

Er steckte das Paket in den Westernhut, den er trug. »Nicht gut. Die Chancen stehen niemals gut bei Kidnapping. Man verliert zu leicht den Sinn des Spiels aus dem Auge, wenn man sein Geld einmal hat. Kidnapper sind rücksichtslos, und wenn es um Katzen geht – na ja, manche Leute haben für Katzen überhaupt nichts übrig. Vor allem Gangster. Verflucht, Gangster nehmen nicht mal Rücksicht auf ihre Familie oder ihre Frau. Wieso sollte ihnen dann was an Katzen liegen?«

»Es gibt also keine Garantie?«

»Nein. Aber ich werde mein Bestes tun, um das Geld zu hinterlegen, damit es aussieht, als ob die junge Lady hier es gewesen wäre.«

»Ich?« fragte Temple. »Wenn ich beteiligt sein muß, wieso soll ich Sie dann bezahlen?«

O'Rourke klappte den Rockschoß seiner formlosen Polyester-Sportjacke hoch, so daß man den Pistolengriff sehen konnte, der hinten in seiner Jeans steckte. »Ich hab' die Muskeln.«

»*Sie* haben die Muskeln!« Temple schnaubte unhöflich. »Ich kann Ihre Glatze sehen, sogar wenn ich meine Charles Jourdans nicht anhabe!«

Eightball O'Rourke hatte höchstwahrscheinlich keine Ahnung von französischen Pumps und wußte auch nicht, daß Charles Jourdans nicht nur sündhaft teuer waren, sondern auch kreuzbrecherisch hohe Absätze hatten. Dennoch begriff er sofort den Kern dessen, was sie meinte.

»Ich werde mein Bestes tun, um den Übeltäter zu verfolgen, Ladies. Mehr können Sie bei 'ner Entführung nicht verlangen. Wenn die Katzen in Sicherheit sind, ist der Entführer der einzige, der uns zu ihnen führen kann. Also, Sie mit Ihren Stelzenschuhen spazieren dort hinter mir die Straße entlang, und wenn Sie an der dritten Dingsbumsstatue vom Eingang angekommen sind, bleiben Sie stehen und machen ein großes Getue mit Ihrem Absatz. Wenn Sie die Lösegeldforderung bekommen haben, dann erwarten die Leute, daß Sie auch ein bißchen Interesse an der Übergabe zeigen.«

»Das ist Venus«, sagte Temple. »Die Statue. Und dann?«

»Dann spazieren Sie weg. Apropos Statuen – Sie wissen, was mit Lots Frau passierte?«

»Salz?«

O'Rourke nickte nüchtern. »Genug für eine ganze Schachtel Sodacracker. Also nicht umdrehen.«

Temple hatte nicht damit gerechnet, in diesem Drama eine Rolle zu spielen, auch wenn es nur eine Statistenrolle war. Selbst an einem Montag morgen um zehn drangen schon die Touristen durch die Türen und marschierten den langgestreckten, geschwungenen Weg hinauf, wie Temple es jetzt in O'Rourkes Kielwasser tat.

Temple sah, wie Eightball plötzlich stehenblieb, eine Automatic aus der Jackentasche riß – eine Kamera, genauer gesagt –, seinen gestiefelten Fuß auf die erhöhte Betoneinfassung stellte und die Fassade von Caesars Palace photographierte. Dann wischte er sich mit dem Ärmel über die Stirn und bückte sich, wie um seinen Stiefel zurechtzuziehen. Temple sah nichts, aber dies mußte der Augenblick sein, wo er ein schlichtes braunes Paket (vollgestopft mit höchst edlem grünen Papier) am Fuße der betreffenden Göttin versteckte.

Eightball schlenderte weiter. Als Temple bei der Venus ankam, zeigte ihre Uhr drei Minuten vor zehn; es war der angegebene Zeitpunkt der Geldablieferung. Sie spähte über die weißgekälkte Mauer. Ein braunes Paket lag bei den nackten, zum überwiegenden Rest passenden Füßen der Göttin.

Temple setzte sich auf die Mauer und fummelte an ihren Schuhen herum. Sie verrenkte sich, um die überlebensgroß aufragende Göttin zu betrachten, die sie aus irgendeinem Grund an Lieutenant C.R. Molina erinnerte, und tastete mit einer Hand hinter der Mauerkante herum, bis sie das Paket fühlte. Dann stand sie auf, schüttelte ihren scheinbar schmerzenden Fuß und betrat brav hinkend Caesars Palace.

Weiter ging es durch den Hochbetrieb der Lounge, die marmorgepflasterte Via Appia der exklusiven Läden hinunter, durch einen Seitenausgang hinaus, hinten herum und zurück zu Emily, die zu Füßen der Caesarstatue wartete.

»Na?« Temple war verständlicherweise atemlos.

»Ich weiß nicht, ich habe aufgepaßt, aber . . . Mehrere Leute sind vorbeigekommen, nachdem Sie dort haltgemacht hatten. Paare, ein Mann von der Straße in einem Rollstuhl, ein wirklich bemitleidenswerter Mann – O Gott, der kann das Geld haben, wenn er es gefunden hat . . . hm – noch ein paar Kinder . . .«

»Haben Sie O'Rourke noch mal gesehen?«

»Nein.«

»Das ist entweder sehr gut oder sehr schlecht.«

»Wie meinen Sie das?«

»Entweder ist er ein Experte im Beschatten, und nicht mal wir haben ihn bemerkt, oder er hat unser Honorar kassiert, das Geld hinterlegt und ist nach Hause gefahren, um Däumchen zu drehen.«

»Ich mußte es doch versuchen, Temple. Wenn sie das Geld haben, lassen sie die Katzen doch bestimmt frei. Vielleicht tauchen Baker und Taylor noch rechtzeitig zum letzten Tag auf der Messe auf.«

»Vielleicht«, sagte Temple. »Ist morgen wirklich Schluß? Ich kann's kaum erwarten.« Sie bückte sich und nestelte an ihrem linken Schuh herum.

Irgendwo auf ihrem Rundweg war wirklich ein Sandkorn in ihren Schuh gerutscht.

Die Pressemappe von Pennyroyal Press befand sich in einem kupferfarbenen Hefter, in dessen Mitte das Verlagslogo eingeprägt war: eine Münze, nicht mit dem vertrauten Lincoln-Profil, sondern mit einem gekrönten Königshaupt. Das Wort »Pennyroyal« wölbte sich über der Münze, das Wort »Press« grinste darunter.

Temple saß an ihrem Schreibtisch und überflog die Ansammlung von Papier über die Persönlichkeiten, die an dem Fall beteiligt waren. Der Trubel der Buchmesse hatte fast überall seinen Höhepunkt erreicht. Noch vierundzwanzig Stunden, und der Fünf-Tage-Irrsinn würde wieder für ein Jahr mit einem Winseln in sich zusammenfallen. So hatte alles seine Zeit.

Heute war Montag; schon reisten einige Buchhändler ab. Dienstag nachmittag würden die Aussteller ihre Stände abbrechen. Am Mittwoch würden die Messebautrupps des Convention Center dieses abreißen und jenes aufstellen, und am Donnerstag würden neue Heerscharen von Messebesuchern den gewaltigen Komplex erfüllen.

Und Lieutenant Molina hätte einen unaufgeklärten Mord in ihren Akten, der sie für allezeit an diese ABA erinnern würde.

Stirnrunzelnd betrachtete Temple die Photos der führenden Pennyroyal-Autoren. Mavis Davis war eine abwegige Kandidatin für einen kaltblütigen Mord, und weder Lanyard Hunter noch Owen Tharp hatten, wie sie die Situation darstellen, ein Motiv. Aber in diesem Augenblick neigte Temple nicht mehr dazu, irgendwem zu glauben, wenn er sein Desinteresse verkündete.

Man mußte sich nur Lorna Fennick ansehen, die nie etwas davon gesagt hatte, daß sie Chester Royals Assistentin gewesen war. Anscheinend hatte diese Erfahrung ausgereicht, um sie davon abzubringen, Lektorin zu werden, und sie war in das ungefährlichere – ethischere? – Reich der Public Relations geflohen. Dann die Wahl der Waffe – eine Stricknadel. Je länger Temple darüber nachdachte, desto eher kam ihr das wie die Waffe einer Frau vor.

Mavis Davis, Lorna Fennick, Chesters Ex-Frau, die Lektorin Rowena Novak, – lauter ausgezeichnete Kandidatinnen für die Autorenschaft des »STET« auf der Brust des Toten.

STET: Stehenlassen. In diesem Fall: Er soll so enden, wie er angefangen hat – als ein Nichts. Ein bitterer Grabspruch selbst für ein Mordopfer – als wäre sein Leben ein abgelehntes Manuskript. Oder hatte Royals Tod im Herzen des Mörders etwas *wiederhergestellt*? Die Selbstachtung? Die Gerechtigkeit? Wer konnte derart verbittert gewesen sein, wenn nicht ein Wortmetz, dem Unrecht geschehen war? Ein Autor vielleicht, vielleicht aber auch ein anderer Lektor, der den Kürzeren gezogen hatte. Oder ein Möchtegern-Lektor, der nur ausgenutzt worden war.

Fast jeder *konnte* es getan haben.Es erforderte weder viel Kraft noch Geschicklichkeit – nur den Vorteil der Überraschung. Eine Stricknadel konnte jeder in die Messehalle schmuggeln, obgleich eine Frau natürlich leichter einen Vorwand dafür hätte. Und wenn Chester Royal unbemerkt noch dageblieben war, als das Center am Aufbautag geschlossen worden war, dann konnte das auch jemand anderem gelungen sein, etwa unter dem Vorwand einer Konferenz nach Dienstschluß. Später hinauszugelangen wäre viel einfacher, als wegzugehen und wieder hereinzukommen. Und vielleicht hatte ja Royal selbst das Treffen mit seinem Mörder vereinbart.

Temple betrachtete das Telephon auf ihrem Schreibtisch, ein unauffälliges, beigefarbenes Büromodell. Man sollte sich Royals Kunstfehler-Verurteilung einmal ein bißchen genauer ansehen, aber der einzige Mensch, der die Mittel und die Möglichkeit besaß, das zu tun, wäre Lieutenant Molina, und lieber hätte Temple des Teufels Großmutter einen heißen Tip gegeben.

Wenn sie mit der Polizistin redete, könnte sie auch die Serie der vermißten Katzen erwähnen – erst Baker und Taylor, jetzt Midnight Louie. Warum nicht Schuldbewußtsein mit Demut multiplizieren und offiziell um Hilfe bitten? Das Ganze ging Temple eigentlich sowieso nichts an, von Louie abgesehen.

Das sagte sie sich immer wieder, während sie die Nummer der Las Vegas Metropolitan Police nachschlug und wählte. Es dauerte eine Ewigkeit, bis man sie mit Molina verbunden hatte. Temple wußte nicht, ob sie Glück oder Pech hatte: Jedenfalls war die Polizistin an ihrem Schreibtisch.

»Ja.« Sie meldete sich so abrupt, daß Temple beinahe sofort wieder aufgelegt hätte. Statt dessen nannte sie ihren Namen.

»Ja.« Lieutenant Molina klang nicht mal halb interessiert.

Das machte Temple so wütend, daß sie . . . redete.

»Ich weiß nicht, wie die Ermittlungen im Fall Chester Royal laufen . . .« Pause. Vielleicht würde Molina es ihr sagen. Nein. »Aber ich habe etwas über seinen Hintergrund erfahren, das Sie vielleicht nicht wissen.« Pause. Molina war nicht sehr freigebig mit den ermunternden kleinen Brummgeräuschen, die ein Telephongespräch zu einer Sache auf Gegenseitigkeit machen. »Royal war Arzt. Bis ihm verboten wurde, weiter als Mediziner zu praktizieren, weil er wegen eines Kunstfehlers verurteilt worden war.«

»Wo? Wann?«

»Weshalb, glauben Sie, rufe ich Sie an? Sie müssen solche Sachen doch von irgendeinem Computer erfahren können. Es muß Anfang oder Mitte der fünfziger Jahre gewesen sein, denn er kann sein Medizinstudium nicht vor 1950 beendet haben, und nach den Informationen der Pressemappen fing er 1957 an, sich im Verlagsgeschäft zu betätigen. Er war Geburtshelfer und Gynäkologe. Ich wette, über den Fall ist auch in den Zeitungen berichtet worden, wo immer er sich ereignet hat.«

»Ich werde nachsehen.«

»Schön. Könnten Sie mir Bescheid sagen, wenn Sie etwas finden?«

Es brummte im Hörer; Molina hatte aufgelegt. Keine Gelegenheit mehr, etwas von den verschwundenen Katzen zu sagen.

»Gern geschehen!« Temple beförderte den Hörer mit einem Nachdruck auf die Gabel, der nicht als höflich bezeichnet werden konnte.

»Jui! Wer hat Ihnen denn auf den Fuß getreten?«

Lorna Fennick stand in der Tür und schaute mit hochgezogenen Brauen herein.

»Eine amtliche Persönlichkeit. Tut mir leid, daß Sie miterleben mußten, wie ich kleinkariert und unprofessionell wurde, aber die Leitung war schon tot.«

»Sie brauchen sich nicht zu entschuldigen. Mir ist heute auch danach, einfach die Büroeinrichtung durch die Gegend zu schmeißen.« Lorna kam herein, setzte sich auf die Schreibtischkante und strich sich das glatte Haar hinters Ohr.

»Ach?« Temple schickte sich an, Mitgefühl zu zeigen.

»Royals Tod zeigt erste Folgen. Mavis Davis verläßt Pennyroyal Press.«

»Mavis Davis? Von der hätte ich das zuletzt erwartet.«

Lorna nickte düster. »Die hohen Herren von Reynolds/Chapter/Deuce sind sehr aufgebracht. Und wenn die großen Fische zappeln, dann haben wir Elritzen stürmische See. Anscheinend ist der Deal bereits abgeschlossen. Mavis geht zu Lodestar/Comet/Orion/Styx.«

»Kann sie das machen? Gibt's da keine Optionsklauseln?«

»Doch, natürlich, aber es ist kein Problem, sich aus Optionsklauseln herauszuwinden, wenn Sie genug Geld von einem anderen Haus kriegen oder wenn Sie eine andere Art Buch schreiben.«

»Und was ist mit ihrem schlappschwänzigen Agenten?«

Lorna sah Temple überrascht an. »Woher wissen Sie davon?«

»Ist das nicht einer der Gründe, weshalb Sie nicht Lektorin werden wollten? Weil Sie mitangesehen haben, wie Chester Royal seine Autoren zu einem Agenten manövrierte, den er in die Tasche gesteckt hatte?«

Lorna richtete sich auf. »Das wissen Sie auch? Ja, das hat er getan, und ich bin gegangen. Ich habe nie jemandem erzählt, wieso. Woher wissen Sie es?«

Temple zuckte die Achseln. »Ich komme herum. Ich höre dies und jenes. Ich halte die Ohren offen. Das gehört zu meinem Job.«

»Bitte sagen Sie niemandem etwas davon, daß die Davis desertiert ist. Ich hätte gar nichts sagen dürfen, aber ich bin so deprimiert. Diese Buchmesse war die Hölle für Reynolds/Chapter/Deuce. Die Hölle übrigens auch für die PR-Mitarbeiter. Und mit irgend jemandem mußte ich darüber sprechen.«

»Das verstehe ich. Ich habe heute auch nicht den besten Tag der Welt hinter mir.«

»Was ist denn passiert?«

»Mein Kater ist zum Beispiel weg.«

»Sie meinen den großen schwarzen Teufel aus der Zeitung?«

»Ja. Sie haben ihn nicht gesehen, oder?«

»Sorry. Aber, hey, er war ein Streuner. Wahrscheinlich ist er einfach weggelaufen. Katzen machen so was.«

»Ich weiß«, sagte Temple gefühlvoll und fügte Baker und Taylor im Geiste dieser Einsicht hinzu. »Aber es frustriert mich, wenn mir die Viecher einfach abhauen.«

Lorna nickte. »Reynolds/Chapter/Deuce geht's daß genauso. Gott, war das eine Hektik. Avenour will jetzt, daß ich einen kleinen Gedenkgottesdienst für Chester organisiere. Ich hoffe bloß, die Polizei läßt die Mitarbeiter planmäßig abreisen.«

»Es gibt keine Fortschritte bei den Mordermittlungen?«

»Keine erkennbaren. Vielleicht ist es aber nur die Ruhe, bevor die Lasagne dann an die Fensterscheibe klatscht.«

»So sagen Sie das wohl in New York, wie?«

»So sage ich das überall – und es ist 'ne verdammte Sauerei. Haben Sie eine Ahnung, wo ich hier in aller Eile eine ehrwürdige Gedenkfeier inszenieren kann?«

Temple durchwühlte ihre Schultertasche und zog eine von Electras Visitenkarten heraus – ein geprägtes blaues Band auf perlmuttschimmerndem, rosafarbenem Hintergrund, das zu einer Rokokoschleife gequält war. »Versuchen Sie's bei ihr – sie kann blitzschnell von Weiß auf Schwarz umdekorieren.«

»Okay. Sie haben wirklich auf alles eine Antwort. Wenigstens haben Sie hier das Gröbste hinter sich. Hoffentlich finden Sie Ihre Pussi.«

»Danke.«

Temple blieb an ihrem Schreibtisch sitzen, als Lorna gegangen war; sie stützte das Gesicht in beide Hände, und die Pennyroyal-Pressemappe verschwamm in einem heißen metallischen Dunst vor ihren Augen.

Chester Royal war der perfekte Mordkandidat gewesen, ein Mann voller Überheblichkeit, der sein Leben lang andere Menschen an Geist und Seele wie auch körperlich mißhandelt hatte. Und das war das Dumme: Er war zu abscheulich. Da konnte es jeder getan haben. Zum Teufel, er hatte es ja sogar geschafft, sie selbst zu ärgern, obwohl sie einander im Leben nur zwei Minuten auf der Buchmesse gesehen hatten. Wenn sie eine Frau von der rachsüchtigen Sorte gewesen wäre, dann hätte sogar sie sich eine Stricknadel schnappen und seinen Brustraum damit durchbohren können . . .

Aber nur für einen potentiellen Täter hatte das Leben mit dem allgemein unbeweinten Tod Chesters eine entscheidende Wende zum Besseren genommen. Temple griff nach ihrer Brille und ihrer Schultertasche und marschierte hinaus in die Ausstellungshalle.

18.
Mavis auf der Flucht

Temple fand jetzt etwas mehr Platz in der Ausstellungshalle. Etliche Teilnehmer waren zweifellos schon abgereist; andere hatten ihre Geschäfte beendet, und sie streiften jetzt im weiteren Umkreis umher und besuchten die eher nicht literarischen Buchmacher und Spielcasinos von Las Vegas.

Sie zog ihren Messeführer aus der Schultertasche – einen Wälzer mit dem Umfang des Telephonbuchs von Reno – und suchte unter dem Buchstaben L. Wenig später eilte sie am Konsortium Bantam/Doubleday/Dell unter dem vertrauten Logo mit dem roten Hahn und dem verschlungenen Anker und Delphin vorbei.

Time-Life-Bücher, längst der populären marineblauen Büchertaschen beraubt, die ihr Messe-Markenzeichen waren, zogen zur Rechten vorbei. Am Stand von Zebra/Pinnacle wäre sie fast über üppige Berge von Gratis-Paperbackromanen gestolpert, auf denen ebenso üppige Covergirls prangten; die ehrfurchtgebietend entwickelten barbrüstigen Helden machten den Heldinnen indessen durchaus Konkurrenz, was den Busenumfang anging.

Die Gangnummern hoch über den Ständen erreichten

die 2400. Temple schob sich schräg durch den Kreuzungsverkehr und ging weiter in Richtung 2570-82.

Und da stand ihr Wild und schwatzte fröhlich mit jedem, der kam: Mavis Davis, schon jetzt – wenn auch inoffiziell – durchaus daheim am Stand von Lodestar/Comet/Orion/Styx, wo sie das Publikum auf ihr erstes Buch unter neuem Impressum vorbereitete.

»Hallo!« Sie begrüßte Temple wie eine alte Freundin, und tatsächlich konnte einem jedes vertraute Gesicht im Getriebe der ABA-Messe allmählich so vorkommen.

»Ebenfalls hallo. Ich höre, bei Ihnen gibt's Neuigkeiten.«

»Aber es wird erst in der nächsten Nummer von *Publishers Weekly* bekanntgegeben. Sie dürfen es noch nicht veröffentlichen.« Noch immer war bange Unruhe ein Teil von Mavis Davis, genauso wie ihr dauergewelltes Haar. Jenseits der oberflächlichen Euphorie wirkte ihr Blick sogar noch gehetzter als bisher. Leistungsdruck vielleicht? Oder schlechtes Gewissen?

»Natürlich nicht«, sagte Temple beruhigend. »Aber für den Fall, daß Lieutenant Molina diejenigen, die mit Chester Royal zusammengearbeitet haben, erreichen möchte, muß ich ihr sagen, wie das schnell zu bewerkstelligen ist. Sie werden ja jetzt über einen neuen Verlag zu erreichen sein.«

»Nun ja . . .« Unsicherheit offenbarte sich hinter der Fassade von offensichtlicher Freude und Erleichterung. »Ich möchte nicht . . . daß die Polizei meint, ich stände absichtlich nicht zur Verfügung.«

»Wieso setzen wir uns nicht? Sie müssen doch erschöpft sein, wenn Sie den ganzen Nachmittag auf dem harten Boden stehen. Kommen Sie mit in den Personalraum; ich spendiere Ihnen eine Cola.«

»Okay.« Mavis sah sich voller Unbehagen um und suchte nach jemandem, der für sie »nein« sagte. »Ich weiß nicht, ob ich jetzt weggehen kann, aber eigentlich haben sie noch nichts für mich geplant. Es kam alles sehr plötzlich.«

»Ich würd's zu gern hören. Ich freue mich sehr für Sie.« Temple meinte es ganz aufrichtig. Die arme Frau sehnte sich nach Mitgefühl, und Temple war zu allem bereit.

Sie bugsierte Mavis in den großen, kahlen, von einem Konferenztisch dominierten Raum, in dem sie Lorna Fennick kennengelernt und den Hintergrund dieses Mordfalls erfahren hatte.

»Setzen Sie sich, ich hole Ihnen etwas zu trinken – eine Diät-Orange, okay? Gut. Also.« Sie hatte Mavis auf einem Stuhl an der Ecke des Tisches Platz nehmen lassen und setzte sich selbst auf den anderen Stuhl an derselben Ecke, so daß sie dasaßen wie zwei Freundinnen, die sich zum Lunch in der Cafeteria getroffen hatten. »Erzählen Sie mir alles über Ihren tollen neuen Verlag.«

»Es ist nicht bloß ein neuer Verlag, Miss Barr. Es ist auch ein neuer Agent. Eine der angesehensten Agenturen in Manhattan. Stellen Sie sich vor, ich habe jetzt denselben Agenten wie Michener!«

»Das brauche ich mir ja nicht vorzustellen, denn es stimmt. Wie kam es dazu?«

»Nun, mein neuer Agent sprach mich an und meinte, er habe schon seit langem das Gefühl, daß meine Karriere nicht so nachdrücklich vorangetrieben werde, wie es hätte sein können. Ich hätte ›unerschlossenes Potential‹. Er könne mich aus ethischen Gründen nicht dazu ermuntern, meinen derzeitigen Agenten zu verlassen, aber mir würde sehr viel besser gedient sein, wenn ich einen Repräsentanten in New York City hätte, und er . . .«

»Moment mal. Ihr alter Agent, Chesters Freund, war nicht in New York ansässig?«

»Nein. Eigentlich war er auch kein literarischer Agent,

sondern ein Anwalt. Mr. Royal meinte, mehr brauchte ich sowieso nicht. Die wirklich großen Autoren hätten nur Anwälte, die ihre Verträge prüfen. Er war ein ganz alter Freund von Mr. Royal.«

»Wo saß er denn?«

»In Albert Lea, Minnesota.«

Temple schluckte ihre Diät-Orangenlimonade herunter; das Zeug schmeckte nach chemiesüchtigen Mandarinen. Sie konnte ihren Ohren kaum glauben. Sogar sie wußte, daß ein literarischer Agent in einem Kaff in Minnesota ungefähr so brauchbar war wie ein Filmagent in Nome, Alaska.

»Ist er denn hier auf der Messe?«

»Ich glaube ja.« Mavis' Wippschaukelstimme zitterte leise. »Ich habe ihn nicht gesehen«, gab sie zu. »Ich will ihn auch nicht sehen! Nach dem, was meine neuen Repräsentanten sagen, ist mir klar, daß . . . also, Sie dürfen es keiner Menschenseele verraten« – Temple schüttelte so heftig den Kopf, daß ihre Brille einen Bebop auf dem Nasenrücken tanzte – »mein Ex-Agent hat nicht gerade sein Bestes getan, um dafür zu sorgen, daß ich bekam, was mir zustand. Mr. Royals alter Freund war ein bißchen . . . hinter der Zeit zurück.« Ihre Augen wurden schmal. »Ich bin nicht erfreut darüber.«

Und sie würde es noch weniger sein, vermutete Temple, wenn sie anfinge, das Ausmaß ihrer verlegerischen Versklavung zu erfassen. Oder spielte sie nur Theater? Die Hölle kennt kein Wüten – und keine Arglist – wie des Dichters, wenn er betrogen.

»Mavis«, begann sie sorgfältig, »ich muß sichergehen, daß Lieutenant Molina alle auf der Messe anwesenden Leute kennt, die mit Chester Royal in einem Zusammenhang standen. Wie heißt dieser Mann?«

»Ich möchte niemanden in Schwierigkeiten bringen«, stammelte Mavis.

Temple unterdrückte den Impuls, sie darauf hinzuweisen, sie habe soeben zugegeben, daß der Mann sie ausgeraubt hatte. »Sie werden selbst in Schwierigkeiten kommen, wenn Sie nicht offen zu Lieutenant Molina sind, und ich werde selbst welche kriegen, wenn sie feststellt, daß es Fakten gibt, die ich zu erwähnen vergessen habe.«

»Sie glauben doch nicht, er hätte Mr. Royal . . . kaltgemacht?« Sie intonierte das Wort höchst dramatisch und überraschend genußvoll.

»Ich glaube nicht, daß er ihn angerührt hat, aber ich muß wissen, wie er heißt.«

»Earnest Jaspar – mit zwei E und drei A. Aber ich weiß nicht, wo er ist. Ich habe ihn während der ganzen Messe nicht gesehen.«

Temple lächelte. »Im Moment würde ich sagen, das ist wahrscheinlich ein Glück für Mr. Jaspar.«

»Ja, allerdings. Ich bin keine gewalttätige Frau, Miss Barr«, sagte Mavis sanft, »aber ich glaube allerdings, daß ich mich versucht fühlen würde, Mr. Jaspar . . . ein Bein zu stellen, wenn ich ihn jetzt sähe.«

»Gott behüte.«

Mavis schaute ihre Limonadendose an, als könnte sie in den bunten Konturen ihre Zukunft lesen. »Wissen Sie, ich erkenne allmählich, daß Mr. Royal ein paar ziemlich altmodische Ideen hatte. Styx – der Verlag, für den ich jetzt arbeiten werde – will, daß ich ein wirklich großes Buch schreibe. Vor nicht einmal zwei Tagen habe ich gesagt, ohne Mr. Royal hätte ich es nicht geschafft. Heute . . .«

»Heute denken Sie, Sie würden es mit ihm nicht mehr schaffen?« vollendete Temple sanft drängend.

»Ja! Er wollte nie, daß ich die Ärzte in ein schlechtes Licht setze, aber bei Styx meinen sie, die Leute würden zu gern erfahren, daß die Ärzte Achillesfersen haben wie wir alle.

Und ehrlich gesagt, Miss Barr, ich habe unter den Ärzten schon eine ganze Reihe von hochnäsigen Stinkern kennengelernt.« Mavis merkte plötzlich, wie wütend sie war, und nahm sich zusammen. »Mr. Royal war ein bißchen naiv, fürchte ich.«

»Das ist möglich«, sagte Temple mit ungerührter Miene.

»Trotzdem – was ist, wenn diese neuen Leute meine Bücher nicht richtig lektorieren können? Oder wenn ihnen nicht gefällt, was ich selbst schreibe, ich allein?«

»Haben Sie Ihr erstes Buch nicht so geschrieben?«

»Doch.« Trotzdem klang Mavis unsicher.

»Ich sage Ihnen, was Sie tun müssen.« Temple beugte sich vor und blickte so gewichtig, wie sie nur konnte. »Sie denken an alles, was Sie damals in Ihren Jahren als Krankenschwester je gesehen oder gedacht haben, als niemand – Ärzte, Patienten, Verwaltungsangestellte – merkte, daß Sie hinschauten, und Sie schreiben alles auf und machen daraus eine so aufregende, wahre Geschichte, wie Sie nur können. Und zerbrechen Sie sich nicht den Kopf darüber, was Mr. Royal davon halten könnte. Er ist nicht mehr da.«

»Sind Sie sicher, daß ich das kann? Einfach aufschreiben, was ich weiß – das wird gehen?«

»Ja, da bin ich sicher, Mavis. Jetzt bleiben Sie hier sitzen und trinken Sie Ihre Limonade. Ich muß los. Termine, wissen Sie.«

»Natürlich. Danke, Miss Barr.«

Temple liebte es, wenn Informanten glaubten, man habe ihnen einen Gefallen getan, indem man sie aushorchte.

Sie winkte noch einmal und hastete los. Draußen im Gang blieb sie noch einmal stehen. Wo – oder wie – konnte sie einen unauffälligen Einzelgänger wie Earnest Jaspar in den letzten Stunden der Buchmesse auftreiben? Er würde keinen eigenen Stand als Operationsbasis haben, und anscheinend hatte er nur Royals Autoren vertreten.

Sie nahm wieder Kurs auf die Messehalle. War es erst drei Tage her, daß sie im Wirrwarr des Aufbaus eine streunende Katze gejagt hatte? Der Pennyroyal-Stand glänzte noch ebenso wild wie am Freitagmorgen. Die glitzernden Vergrößerungen der Buchcovers sahen aus wie drastische Zähne, die nach dem müßig Stöbernden zu schnappen drohten. Die grausigen Bilder machten Temple nervös; sie schienen zu bersten vor kaum verborgener Feindseligkeit und bösem Willen.

Und wer stand da, an eine Ecke gelehnt, in ein ernstes Gespräch vertieft? Niemand anders als Lanyard Hunter und Owen Tharp. Die beiden waren ein so unglaubliches Paar, daß Temple lächelnd stehenblieb und sie beobachtete.

Hunter, groß und eckig, hing in einem Anzug, durch den seine dürre Gestalt hindurchstach wie ein Kleiderbügel, nicht wie Fleisch und Knochen. Tharp, kleiner und stämmiger, redete wie mit ausgefahrenen Krallen; sein kompakter Körper war angespannt von berstender Energie, und seine Gesten wirkten beinahe abrupt.

Warum, überlegte Temple, hatte Owen Sharp den Schnurrbart abrasiert, den er auf dem Pressephoto trug? Weil er eitel war und ein Photo, auf dem er jünger war, nicht durch ein neues ersetzen wollte? Glaubte er jetzt, daß er ohne Schnurrbart jünger aussah? Er mußte ja mindestens fünfzig sein. Oder war das Abrasieren ein Trick gewesen, damit er auf der Messe nicht so leicht zu erkennen war? Wenn Molina ihn nicht entdeckt hätte – Temple hätte sicher nichts gemerkt. Er sah sehr durchschnittlich aus. Er hätte am Donnerstag abend leicht unbemerkt zurückbleiben und Chester Royal umbringen können.

Und Lanyard Hunter. Er reagierte so resigniert auf Royals

erniedrigende kleine Bosheiten, als habe ihn die ständige Ego-Schinderei durch den Lektor nicht jucken können. War er wirklich so cool unter der geschmeidigen Patrizierfassade?

Lanyard Hunter erblickte sie als erster. Er straffte sich, und diese Bewegung lenkte auch Tharps Aufmerksamkeit auf ihre Anwesenheit. Die beiden hörten auf zu reden und schauten zu ihr herüber. Manche Frauen hätten dieses plötzliche Verstummen als gebührende Hommage an ihre Schönheit und ihren Charme empfunden, aber Temple ärgerte sich nur, weil ihre Chancen, die beiden zu belauschen, damit auf Null gesunken waren.

»Immer noch dabei, Chesters scheußlichen PR-Patzer auszubügeln?« fragte Hunter. »Saugrob, sich auf der Buchmesse umbringen zu lassen.«

»Man hat's ja sehr säuberlich getan«, sagte Temple. »Die Polizei hat immer noch niemanden verhaftet, und Sie werden bald alle abreisen.«

»Bis auf Chester«, sagte Tharp rauh. »Der ist gestern schon mit dem Kadaverexpress abgefahren.«

»Jetzt wird mir klar, weshalb Sie solche Bücher schreiben, Mr. Tharp. Lorna Fennick meint, Sie geben dem Programm eine makabre Würze.«

»Sorry«, sagte er. »Vermutlich ist es geschmacklos, aber das ist Horrorliteratur oft, und ich besitze die Geschmacklosigkeit, welche zu schreiben. Was ich sagen wollte, man hat Royals Leiche bereits ausgeflogen.«

»Wohin?« wollte Temple wissen.

»Wer ist jetzt morbide?« warf Hunter ein. Sein Tonfall klang ein wenig pikiert; vermutlich hatte ihre fröhliche Unzugänglichkeit am Abend zuvor seinem männlichen Ego nicht gerade gutgetan.

»Ich habe mich nur gefragt, wer sich um den Toten

kümmern könnte, denn seine Frauen sind ja überwiegend längst weg und froh darüber. Und Kinder gab's keine.«

»Er brauchte keine Kinder, die er schinden konnte«, meinte Tharp erbittert. »Er konnte uns Autoren zwingen, zu tun, was er wollte – meistens jedenfalls. Aber jetzt sind wir alle flügge, und er ist gestorben.«

»Bleiben Sie bei Pennyroyal?«

Beide Männer sahen sich nervös um, aber nur erschöpfte Messebesucher schlurften vorbei, übersättigt von Büchern und gleichgültig gegen allen Tratsch.

»Natürlich«, sagte Tharp. »Reynolds/Chapter/Deuce ist ein guter Verlag, und die Reihe könnte noch mal flott werden, wenn frisches Blut in den Laden kommt.« Er grinste über die grausige Redensart.

Hunter lächelte matt. »Owen, Sie sind ein vollkommener Schauspieler – immer gleich bereit für den Geist einer neuen Rolle. Jetzt sind Sie der kesse, vorwärtsdrängende Angestellte, eifrig darauf bedacht, die Firma im Angesicht der Katastrophe zu stützen. Ich werde dabeibleiben, wenn es meiner Stimmung oder meiner Brieftasche entgegenkommt.« Hunter betrachtete Temple. »Tharp wollte mich gerade dazu überreden, ihn als Ghostwriter eine Serie für mich schreiben zu lassen. Er findet, mein Produktivitätslevel könnte ein bißchen aufgemotzt werden, selbst wenn er persönlich Hand anlegen müßte.«

»Und lassen Sie ihn?«

»Wenn's bezahlt wird, warum nicht?« Temple wandte sich an Tharp. »Könnte aber sein, daß Ihnen eine Beförderung unter Ihrem eigenen Namen ins Haus steht – oder sollte ich sagen, unter Ihrem eigenen Pseudonym?«

»Wie meinen Sie das?«

»Wenn Mavis Davis zu Lockstar/Comet/Orion/Styx hinüberwechselt, wird doch eine führende Stelle frei, oder?«

Beide Männer machten ein schockiertes Gesicht. Hunters Hände fuhren mit weißen Knöcheln aus den Hosentaschen. Tharp blieb still, aber gerade das verriet, wie verwirrt er war.

»Mavis ist also aus dem Nest geflattert«, stellte Hunter schließlich fest.

»Und zwar für großes Geld«, fügte Tharp hinzu. »Könnte sein, daß wir auf einem sinkenden Schiff sind, Freund.«

»Oder«, warf Temple fröhlich ein, »Sie duellieren sich um den Posten des Kapitäns – auf der ›Titanic‹.«

Damit schwenkte sie in den Strom der vorüberziehenden entkräfteten Passanten und bahnte sich einen Weg zum Eingang der Halle, wo die Registrationszentrale wartete wie ein Apfel, der am Baum der Erkenntnis baumelte.

Eine einsame Frau befehligte jetzt die lange Theke, an der sich nur wenige Tage zuvor eifrige Messebesucher gedrängt hatten, die unverzügliche Aufmerksamkeit und Namensschilder gefordert hatten. Jetzt beobachtete die Frau die vereinzelt Vorübergehenden mit gelangweilten Augen hinter grell aquamarinblauen Kontaktlinsen, deren Farbe zum Lack von Temples Storm paßte. Sie ahnte nicht, daß sie einen glänzend roten Apfel zu vergeben hatte.

Temple kam flott heran.

»Hallo, ich bin von der Messe-PR, und ich muß einen Messegast in seinem Hotel erreichen. Können Sie mir helfen?«

Die Frau schaute hinunter auf Temples Kennmarke, um sich zu vergewissern, daß sie einen Streifen in der erforderlichen Farbe enthielt. Mitarbeiter hatten dieses Jahr Rot – wie ein glänzend schönes Apfelbäckchen.

»Wie lautet der Nachname?« fragte die Frau näselnd und ließ die Lider über die blitzblaue Iris sinken.

»Jaspar. Earnest Jaspar. J-A-S-P-A-R.«

»Gibt nicht so viele mit J«, sagte die Frau mürrisch, als

ärgere es sie, daß sie nicht so arg strapaziert wurde, wie es beispielsweise bei einem Smith oder sogar einem Jones hätte der Fall sein können. »Im Riviera«, verkündete sie, nachdem sie einen lexikondicken Computerausdruck konsultiert hatte.

»Am Strip?« Temple war verblüfft. Es gab Hotels, die näher waren.

»Seit Donnerstag haben sie es nicht versetzt.«

Temple erhob sich auf die Zehenspitzen und lehnte sich auf die (für sie) schulterhohe Theke. »Steht da auch, wie lange er bleibt? Ob er noch da ist?«

»Sorry.« Die Datenblätter legten sich jäh wie ein Akkordeon zusammen und verwandelten sich in ein geschlossenes Buch. »Da müssen Sie sich im Hotel selbst erkundigen.«

Temple sah auf die Uhr. Früher Nachmittag – die beliebteste Zeit zum Aus-Checken. Vielleicht kam sie zu spät.

19.
Doktor, Anwalt, Indianerdieb

Sie rannte zurück in den Verwaltungsbereich. Die Leute drehten die Köpfe, als ihre hohen Absätze vorüberklapperten, aber sie bremste erst ab, als sie auf dem Mitarbeiterparkplatz an der Rückseite der Halle angekommen war. Der Storm schmorte in der Sonne. Die Fahrt zum Riviera Hotel würde die Klimaanlage kaum in Gang setzen, aber es war zu weit, um zu Fuß zu gehen.

Zum Glück hatten alle Hotels am Strip gewaltige Parkplätze. Las Vegas war eine Stadt der Privatautos, auch wenn Busse sich alle zwanzig Minuten pflichtschuldig den Strip hinunterpflügten. Leider waren die Parkplätze so groß, daß man meistens soviel wie einen Fußballplatz überqueren mußte, um aus der Sonne und ins Gebäude zu gelangen.

Temples Schultern sackten erleichtert herab, als sie durch die immer offene Tür des Riviera in eine Wand von eisig kühler Luft lief. Drinnen herrschte luxuriöses Halbdunkel wie in allen Hotels von Las Vegas. Die Innenräume bildeten einen wohlabgewogenen Kontrast zur grellen Hitze draußen auf der Straße. Diese matt erleuchtete, zeitlose Bistrowelt von Glamour und Spielchips bot stets Zuflucht vor der harten Hand der Natur.

An der Gästeinformation stellte Temple sich zum Warten an; in der Hotellobby hinter ihr zirpten, klingelten und surrten die Spielautomaten. Kein Quadratmeter in dieser Stadt wurde verschwendet, wenn er Platz für einen Einarmigen Banditen bieten konnte, mit Orangen und Kirschen als Augen und einem Edelstahlschlund als Mund.

Spielautomaten standen in Lebensmittelgeschäften und in Waschsalons; sie waren das erste vertraute Gesicht, das man im Flughafengebäude sah, wenn man ankam, und das letzte, dem man vor dem Abflug noch einen Nickel zum Abschied schenken konnte. Es sei denn, man liebte den Anblick von endlosem Gesträuch und kam deshalb mit dem Auto nach Vegas.

»Jaspar«, klagte der Hotelangestellte und wollte hinzufügen: »Der Computer hat ihn nicht.«

»Mit A-R am Ende«, sagte Temple.

Die Brauen des Angestellten hoben sich. »Das ist er. Nein, er ist noch nicht ausgezogen, Miss. Wenn Sie in seinem Zimmer anrufen möchten: Die Nummer ist 1517. Die Haustelephone sind . . .« Er hatte nicht aufgeblickt, während er seine Daten vortrug, und Temple war gegangen, als sie gehört hatte, was sie wissen wollte.

Sie hielt den Hörer mit beiden Händen fest und stemmte einen hohen Absatz an die Wand, während das Telephon klingelte, einmal, zweimal. Der Himmel mochte wissen, wieso sie das Gefühl hatte, es könnte wichtig sein, mit Jaspar zu sprechen, aber sie hatte dieses Gefühl.

Beim fünften Läuten meldete sich jemand mit einem einfachen »Hallo«.

»Mr. Jaspar? Temple Barr von der ABA. Ich würde gern mit Ihnen über Mr. Royal sprechen. Könnten Sie in die Lobby herunterkommen?«

Er konnte, und er kam. Ein Kinderspiel. Sie hatte sich

beinahe zu gründlich beschrieben, aber trotzdem ging sie vor der Reihe der Aufzüge auf und ab. Es war ihre letzte Chance, ein beinhartes Motiv auszugraben. Die Buchmesse lag in den letzten Zügen. Sie konnte leicht vollends hinscheiden, ohne daß der Mörder Chester Royals entdeckt wurde.

Das wäre ein Makel in Molinas Akte – aber um Molinas Kopf machte Temple sich keine Sorgen. Wann war dieser Bulle in Strumpfhosen je höflich zu mir? Aber es war eigentlich nicht nötig, daß sie den Mörder zuerst fand, solange der Mörder überhaupt gefunden wurde. Wieso war sie so entschlossen, es selbst zu tun? Sie würde kaum ein Unrecht im emotionalen Sinn beseitigen; Chester Royals Tod schien eher als alles andere ein Akt der Gerechtigkeit zu sein. Warum also einen fremden älteren Herrn möglicherweise grundlos belästigen? Weil jemand *ihre* Buchmesse gestört hatte, verdammt. Sie war dafür verantwortlich, daß alles reibungslos ablief. Und sie mußte wissen, warum der Mord geschehen war – und wer es getan hatte.

Jaspar war älter, als sie erwartet hatte – sicher über siebzig – und von einer steifen Gebrechlichkeit, bei deren Anblick sie sich ziemlich mies vorkam. Kein Wunder, daß der alte Knabe sich nicht viel in der Ausstellungshalle herumgetrieben hatte; es hätte ihn wahrscheinlich umgeworfen. Sie begann sich nach einem stillen Plätzchen umzusehen, wo sie sich unterhalten könnten, aber Jaspar spähte in Richtung der Lounge.

»Ich könnte einen Drink vertragen. Dieses Klima trocknet mir die Kehle aus, daß ich mir vorkomme wie ein übergarer Truthahn am Weihnachtsmorgen.«

»Natürlich.« Temple huschte neben Jaspar her, der sich etwas gebeugt, aber mit ziemlich flottem Schritt in Bewegung setzte.

In der Lounge war es nicht still, aber sie hatten zumindest einen Tisch ungefähr von der Größe einer Pizza für sich allein.

»Wer, sagten Sie, sind Sie?« wollte er als erstes wissen.

O Gott, hoffentlich war er nicht halb taub. »Temple Barr . . .«

»Ihren Namen kenne ich schon. Was tun Sie bei der ABA?«

»Public Relations.«

»Was haben Public Relations mit Chesters Tod zu tun?«

»Ich bin der örtlichen Polizei dabei behilflich, einen Überblick über die *dramatis personae* zu bekommen.«

Jaspar sah sie ausdrucklos an. »Die Leute auf der Messe, die ihn kannten.«

»Ich kannte ihn. Kannte ihn seit über vierzig Jahren.« Jaspar prostete mit seinem Bierglas dem Fernsehapparat oben an der Wand zu, den kein Mensch hören konnte.

Auf dem Bildschirm war der Präsident zu sehen; er gab eine Pressekonferenz. Temple fragte sich, wo jetzt nun gerade wieder die Hölle losgebrochen sein mochte, aber dann wandte sie sich wieder Jaspar zu. »Sie waren als Agent für mehrere seiner Autoren tätig.«

»Nein, war ich nicht.«

»Wie bitte?« Inzwischen mußten sie brüllen; es klang wie ein Streit, aber es war der übliche Versuch einer Kommunikation in Las Vegas.

»Ich habe nur hin und wieder mit den Autoren verhandelt und die Verträge begutachtet. Chester hat mir damit eine Gefälligkeit erwiesen, indem er mir hin und wieder ein wenig Beschäftigung zukommen ließ. War nicht viel zu tun dabei, aber er bezahlte ordentlich.«

Noch einer, den Chester Royal übers Ohr gehauen hatte? Temple konnte es nicht glauben. »Aber . . . warum?«

»Wir kannten uns schon sehr lange. Ich habe ihm vor Jahren mal aus der Patsche geholfen.«

»In Albert Lea, Minnesota?«

Jaspar machte ein überraschtes Gesicht. »Ja, ich habe in Albert Lea gearbeitet, aber Chester hatte seine Probleme in Illinois. Viele fragten sich damals, wieso Chester sich einen Anwalt aus einem anderen Staat nahm. Zum einen, weil wir in Milwaukee zusammen aufs College gegangen waren – ich war wegen des Zweiten Weltkriegs schon älter, als ich zum College kam. Zum anderen, weil ich ein guter Anwalt war, und das wußte er. Alle glauben immer, in Minnesota gibt's nichts als Schnee.« Jaspar grinste. »Das stimmt nicht ganz, aber so heiß wie hier ist es jedenfalls nicht.«

»Warum sind Sie zur Buchmesse gekommen, wenn Sie so wenig damit zu tun hatten?«

»Wegen Chester. Er wollte mich in der Nähe haben, falls ein Autor ein bißchen Beruhigung nötig hatte.« Jaspar beugte sich zu Temple herüber und betonte jedes Wort mit Nachdruck. »Sie sind ziemlich temperamentvoll, diese Schriftsteller, hat Chester mir erklärt. Künstlerische Seelen. Er hat wirklich eine ganze Menge Firlefanz gemacht, um sie bei Laune zu halten. Ich verstehe zwar nicht allzuviel vom Verlagsgeschäft, aber an Ihrer Stelle würde ich aussteigen.«

»Ich bin nicht im Verlagsgeschäft, sondern in PR tätig.«

»PR? In Minnesota gibt's nicht viele aus Puerto Rico. Vietnamesen sind eine Menge da.«

»Erzählen Sie mir doch von dem Problem, bei dem Sie Chester geholfen haben.«

»In Illinois?«

»Ja.«

»Das war in den fünfziger Jahren. Traurige Situation, schlimme Sache. So was konnte man damals nicht tun, aber

Chester verstieß immer gegen alle Regeln. Chester war die Verkörperung des Indianergebers.«

»Was heißt das?«

»Wenn er etwas für Sie getan hat, war eine Mausefalle drin versteckt. Er hatte einen merkwürdigen Sinn für Humor. Oberflächlich erschien er wie ein wohltätiger Kerl, aber letzten Endes war alles nicht nur zu seinem eigenen Vorteil, sondern es tat ihm auch irgendwie gut, andere übers Ohr zu hauen. Ein Indianergeber – so nannten wir damals jemanden, der etwas gab und gleich wieder wegnahm, wie die Regierung den Indianern immer wieder das Land wegnahm, das sie ihnen gab. Chester reichte Ihnen mit der einen Hand etwas und nahm Ihnen mit der anderen etwas weg.«

»Er hat ihnen ein Stück von ihrer Seele gestohlen«, meinte Temple dunkel.

»Kann sein. Aber dies eine Mal war es nur ein Körper. Eine Frau starb. Es hieß, Chester sei schuld.«

»Und – war er?«

»Zum Teufel, ja! So was war damals illegal. Ist es vielleicht bald wieder.«

»Abtreibung?« Temple hielt den Atem an. Könnte das der »Kunstfehlerprozeß« gewesen sein, auf den sie Molina angesetzt hatte?

Jaspar nickte und nahm einen Schluck Bier aus dem massigen Krug vor ihm. »Chester konnte von Glück sagen, daß sie nur seine Zulassung kassierten. Die Staatsanwaltschaft überlegte sich, ob sie nicht auf Totschlag plädieren sollte, aber ich war damals ziemlich fix. Am Ende war's eben ein Kunstfehler. Wir hatten Pech, weil die Familie behauptete, die Frau habe keine Abtreibung gewollt. War schwer zu schlucken.«

»Wann war das denn? Ich meine, wann genau?«

Auf Jaspars Stirn bildeten sich Falten. »Anfang der fünfziger Jahre.«

»Genau?«

»Genau gehört nicht gerade mehr zu meinem geistigen Vokabular. Vielleicht . . .'52.« Jaspar brachte es fertig, verstockt und mürrisch zugleich auszusehen, und so versuchte Temple es auf einem anderen Weg.

»Wieso war die Behauptung der Familie, die Frau habe keine Abtreibung gewollt, so hart zu schlucken?«

»Na ja . . .« Jaspar lehnte sich in seinem gutgepolsterten Kapitänssessel zurück. Diese Frage gestattete ihm Ausführungen. »Die Frau hatte schon fast ein Dutzend Kinder. Der Mann war Weichensteller bei der Great Northern Railway, wissen Sie – die Eisenbahn mit der Bergziege im Emblem.«

Temple wußte es nicht, aber sie dachte nicht, daß die Ziege sehr wichtig sein würde, und so nickte sie einfach.

»Gil . . . Gil . . . Gilhooley oder ein ähnlicher irischer Name von dieser Holzschuhsorte. Römisch-katholisch selbstverständlich, aber es ist eine Sache, ob man sonntags zur Kirche geht und seine Kniebeuge macht und sagt: ›Segne mich, Vater‹, und eine völlig andere, mit zehn hungrigen Mäulern zu leben und ein elftes zu erwarten.«

»Aber die Familie – der Ehemann – bestand darauf, sie hätte niemals eine Abtreibung vornehmen lassen?«

»Mary . . . Ellen, genau! Mary Ellen Gilhooley. Frauen kriegen nicht mehr so viele Kinder. Ich habe schon damals nie begriffen, weshalb sie solche Strapazen auf sich nahmen. Und heute machen sie's nicht mehr. Fortschritt.«

»Mary Ellen Gilhooley starb auf Dr. Chester Royals Tisch während einer Abtreibung, von der ihr Ehemann behauptete, sie hätte sie niemals verlangt?«

»Genau. Tja, wenn die Leute jemanden verlieren, der ihnen nahesteht, dann denken sie nicht gern, daß dieser

Mensch zu etwas getrieben gewesen sein könnte, das man nicht tun darf. Aber wer weiß denn besser als ein Arzt – oder ein Rechtsanwalt –, was der Klient wirklich will? Verweigerung, so nennen die Psychologen das heute. Diese Gilhooleys waren die Verkörperung der Verweigerung bis unter die Sommersprossen, was Mary Ellen anging und das, was sie brauchte und wollte. Glauben Sie mir. Der Mann hieß Michael – richtig. Michael, und die kleine Mary Clare, und Eoin und Liam und Brigid und Sean, und – warten Sie – eine Cathleen gab's natürlich auch, und vielleicht noch einen Rory. So irisch, wie man sich's nur denken kann. Kinder genug. Chester versuchte nur, etwas Gutes zu tun. Man kann es ihm nicht verdenken – bloß, daß es eben regelrecht illegal war. Deshalb wurde ihm die Approbation entzogen, und er suchte sich einen neuen Beruf. Ich habe jetzt seit Jahren nicht mehr daran gedacht, aber ich erinnere mich klarer daran als an mein Frühstück von heute morgen. Das übrigens auch ein Vermögen gekostet hat.«

Earnest Jaspar schaute Temple mit seinen hellen alten Augen eindringlich an. »Werden Sie nicht alt und vergeßlich wie ich und Chester. Bei manchen Leuten ist es, als ob sie vergessen, alt zu werden. Andere werden einfach alt, um zu vergessen.«

Temple war vertieft in die Implikationen einer möglicherweise heißen Spur, und sie versicherte Jaspar, sie werde nie vergessen, daß sie ihm begegnet sei. Er redete umständlich davon, daß er vorhabe, morgen an der Gedenkfeier für Chester Royal teilzunehmen, wenn er erst in Erfahrung gebracht habe, wo sie stattfinde; sie notierte sich trotzdem seine Heimatanschrift und seine Telephonnummer – um ihre Schnüffelei Molina gegenüber zu rechtfertigen, falls es je zur Sprache kommen sollte. Sie bedankte und verabschiedete sich, und in der Lobby blieb sie noch einmal stehen und rief zu Hause an, um sich zu erkundigen, wie die Sache an anderen Fronten stand.

»Electra? Hat sich eine Frau namens Lorna Fennick bei Ihnen gemeldet? Gut. Was ist denn da im Hintergrund los? Ich kann hier kaum was verstehen, und bei Ihnen klingt's, als ob Sie ein Fußballspiel im Wohnzimmer hätten.« Temple steckte sich einen Finger in das freie Ohr.

»Das ist bloß MTV, Honey«, sagte Electra. »Ich hab's gern laut. Außerdem bin ich mit dem drahtlosen Telephon in *Ihrem* Wohnzimmer. Mr. Marino ist nämlich krank, und deshalb schaut Matt, ob er Ihren Fensterriegel nicht reparieren kann.«

Temple verlagerte ihr Gewicht auf den anderen Fuß und merkte plötzlich, daß sie erhitzt, müde und deprimiert war – und daß Electra diesen Matt Devine ganz für sich allein in *ihrem* Wohnzimmer hatte.

»Hören Sie, haben Sie irgend was von Louie gesehen? Louie! Der schwarze Kater. Genau. Na, dann schauen Sie bitte jetzt mal eben nach. Auf der Loggia oder unten im Garten.«

Temple tappte mit der Schuhspitze auf den Boden und besah sich den Mann, der hinter ihr zum Telephonieren anstand, mit steinernem Blick. Sollte er doch an den Spielautomaten gehen. Dafür war man in Las Vegas.

»Nichts? Keine Spur? Okay. Ja, ich komme nachher nach Hause, wenn der Verkehr es zuläßt. Halten Sie mir das MTV warm.«

Wo zum Teufel steckte Midnight Louie? Aber sie hatte auch noch andere Feliden im Feuer. Temple zog die inzwischen ganz zerfledderte Seite aus dem Branchenbuch hervor und wählte Eightball O'Rourkes Nummer. Niemand meldete sich; sie hatte es im Laufe des Nachmittags schon ein paarmal versucht, und es war immer das gleiche gewesen. Wahrscheinlich war er mit Emily Adcocks fünftausend Dollar schon auf dem Weg zu den Malediven.

»Du hast wirklich ein gutes Händchen«, tadelte sie sich selbst.

Andererseits konnte es natürlich sein, daß O'Rourke immer noch dem Geld auf der Spur war und den, der das Lösegeld abgeholt hatte, weiter verfolgte. Möglich war es. Oder der Entführer hatte ihn verletzt – k.o. geschlagen. Auch das war möglich.

Angesichts des Mordes an Chester Royal und der Entführung der beiden *Scottish Fold*-Katzen war Temple allmählich genauso ratlos wie beim Verschwinden des ›Mysteriösen Max‹.

Sie hatte allmählich genug davon, daß man sie im dunkeln tappen ließ.

20.
Midnight Louie, Privatdetektiv

Es ist heiß wie in der Hölle in diesem Laden, aber das Leben nach dem Leben habe ich, Bast sei Dank, nicht gesehen.

(Bast gilt als oberste Gottheit der Katzen, seit Ramses seinerzeit im zweifarbigen Sportwagen den Nil rauf und runter flitzte. Low-Rider gab es eben damals schon.)

Normalerweise setzte ich mein Vertrauen nicht in übernatürliche Stellen, zumal diese alten Ägypter meine Vorfahren zu mumifizieren pflegten – und so behandelt man einen Gentleman von meiner Art nicht. Langlebigkeit in Form von getrockneten Petersilienflocken kommt meinem Gefühl für Würde nicht entgegen, von meiner *joie de vivre* ganz zu schweigen.

Aber mein Gefühl für Würde ist in den letzten dreißig Stunden sowieso schon auf eine harte Probe gestellt worden. Ich bin zwar hier in Einzelhaft, aber in der Zelle ist so wenig Platz, daß man seine Lippen nicht in eine Wasserschale tauchen kann, ohne sich mit dem Hintern an den sanitären Anlagen zu scheuern. Schlafen – wer könnte das schon mit einem Todesurteil im Nacken? – geht nur, wenn ich meine Gliedmaßen zu einer Position verknote, die ich das letztemal als Katzenbaby eingenommen habe, als ich es nicht besser wußte, oder als junger Kater, als ich es durchaus wußte und trotzdem tat.

Meine hintere Extremität, einst mein Stolz und meine Freude, entwickelt einen unverkennbaren Knick, gar nicht zu reden von dem Korbgeflechtmuster von dem Druck gegen die Metallgitterwand. Ach, wenn ich die Flügel eines Vogels hätte – ich würde sie essen.

Sie würden jedenfalls besser schmecken als die graubraune Pampe, die mir zweimal am Tag in meine Schale geklatscht wird. Das Zeug reicht nicht mal, um einen mittelgroßen Hamster in Gang zu halten, aber ich rühre es trotzdem nicht an. Vielleicht werde ich deshalb von vorübergehenden Wärtern des Knurrens bezichtigt: Sie hören die unfreiwilligen Beschwerden, die mein Magen absondert.

Ich nutze jede Gelegenheit, um mir zu überlegen, wie ich hier wieder raus kann. Gestern haben sie wenigstens mal ein paar Adoptionsaspiranten durchgetrieben. Aber diese Leute suchen meistens kleine Kätzchen. Unsereins, von beneidenswerter Reife, lockt hin und wieder einen, der mal gucken will, aber anscheinend sieht man in mir einen harten Fall mit hohem Risiko bei Adoption.

Zum einen meckern sie über mein Alter, was sie überhaupt nichts angeht. Zum zweiten beklagen sie die Tatsache, daß eine gewisse abscheuliche Prozedur an meiner Person nicht vorgenommen wurde. Wenn ich bloß davon höre, überläuft mich ein Schauder, und das ermuntert sie zu der Schlußfolgerung, daß ich wahrscheinlich an einer gräßlichen Krankheit leide. Aufmerksamkeit errege ich eigentlich nur, wenn ein Wärter auf mich zeigt und sagt: »Der da ist ja wirklich groß. Schon mal so'n großen gesehen?«

»Nein, wahrhaftig, haben wir noch nicht gesehen«, sagen die fröhlichen Besucher. »Frißt sicher viel.«

Nicht mehr lange.

Baker und Taylor kriegen auch ihren Anteil an Neugierde ab. Sie haben zwar die (von manchen) erwünschte chirurgische Vergangenheit, aber sie leiden ebenfalls am Zustand der Reife und haben außerdem noch komische Ohren. So kann ich sie Tag und Nacht im Auge behalten. Spaß macht das nicht.

Zum einen kommunizieren sie in dem schrecklichsten Mischmasch, den ich je gehört habe. Daneben klingt das Gejaule von Nostradamus, meinem in Brooklyn geborenen Buchmacher, regelrecht euphonisch. (Dieses »euphonisch« bedeutet musikalisch, und ich nehme an, daß es etwas mit »symphonisch« zu tun hat.)

»Jo, Baker«, höre ich Taylor in seinem rollenden Aberdeen-Dialekt brabbeln, »viel Zeit ha'm wir nicht mehr. Das Häuschen hier ist nicht so geräumig wie das hübsche Schloß, das sie uns auf der Messe hingestellt haben.«

»Ach«, flötet Baker, »das ist wahr. Aber wenigstens können wir uns nicht beklagen, daß wir nicht bis zum Ende zusammen sind. Eine Schande nur, daß die Firma unseres Namens ihre Mittel so unnütz verschwenden mußte.«

Und so weiter, das Ganze in einem schottischen Tonfall, der mich an ein Wandertheater erinnert – nicht das, was ich mir für die letzten dunklen Stunden auf Erden als Unterhaltung wünschen würde. Gleichwohl nutze ich die knappe Zeit, und es gelingt mir, dem Pärchen mit den idiotischen Ohren ein paar hochinteressante Neuigkeiten abzuluchsen, und ich beginne einen Ausbruch für uns alle zu planen.

Und dann, als die Sonne mit höchster Wattzahl herniederbrennt, bevor sie die letzte Biege macht und hinter den Bergen verschwindet, betritt ein Eindringling unser durchglühtes Quartier. Es ist der Wärter, den ich Segelohr nenne, und in seiner Begleitung ist eine gut ausgepolsterte Puppe ohne besondere Schönheit, aber mit einem lieben Gesicht. Früher (gestern zum Beispiel) hätte ich gesagt, sie genießt die mittleren Jahre, aber bei solchen Etikettierungen bin ich inzwischen empfindlich.

»Ich kann es nicht glauben«, trillert diese Puppe unbestimmten Alters also dem Wärter in sein Segelohr. »Ich suche schon seit langem zwei Katzen für mein Geschäft. Es sollte viel mehr Läden geben, die Katzen halten; die Kunden freuen sich, das Ungeziefer breitet sich nicht aus, und den Katzen wird ein Verbrecherleben auf der Straße erspart. Aber der Gedanke, daß Sie genau die Katzen haben, die ich mir vorgestellt habe . . .«

»Ja, Sie ha'm recht«, meint Segelohr und bleibt vor Baker und Taylor stehen. »Aber groß sind sie schon.«

»Oh, mit kleinen Katzen könnte ich in meinem Laden nichts anfangen. Diese süßen Kerle sind perfekt! Ich kann nicht glauben, daß jemand ein Paar reinrassige *Scottish Folds* einfach aussetzt.«

»Die sind den meisten Leuten zu alt«, sagt Segelohr, der nach meiner Schätzung mindestens fünfzig ist. »Wir kriegen massenweise erwachsene Rassekatzen. Sind nicht mehr niedlich. Hören Sie, wir machen gleich zu. Könnten Sie sich 'n bißchen beeilen?«

»Wie lange, sagten Sie, sind sie denn schon hier?«

Segelohr grinst bösartig, aber das scheint sie nicht zu merken. »Fast sechzig Stunden. Wurde Zeit für die Spritze.«

»Wissen Sie, wer sie gebracht hat?«

Achselzucken. Segelohr quatscht nicht viel. »Name ist vorne im Buch. Soll ich jetzt den Käfig aufschließen oder was?«

»Natürlich, ich nehme sie. Es ist unglaublich; sie sehen aus wie Baker und Taylor auf den Plakaten. Aber natürlich, sie sind ja reinrassig; da kann man damit rechnen, daß sie alle gleich aussehen. Die echten Baker und Taylor könnten ja hier nun wirklich nicht sein.«

»Ma'am, wir müssen zumachen. Hab' da hinten noch was zu tun.«

Und an dieser Stelle, da könnte ich schwören, wendet sich der Mann nach mir um und grinst hämisch, obwohl meine sechzig Stunden erst halb um sind. Ich kann zählen. Zum erstenmal sehe ich, daß er blinzelt und einen Buckel hat. Und eine Warze, so groß wie ein Mauseköttel, am Kinn. Ein langes schwarzes Haar wächst raus.

»Können Sie den einen tragen?« fragt die Frau. Sie hat ein warmherziges, liebes Gesicht, wie ich schon sagte, und jetzt ruht Baker an ihrem warmherzigen, lieben Busen.

Segelohr schnappt sich Taylor und schlurft zur Tür.

»Ich bin absolut entzückt«, gurrt die Frau und tätschelt Bakers mickrige Öhrchen, während sie hinausgeht. »Ich habe eine Krimi-

Buchhandlung in der Stadt. Sie ahnen gar nicht, wie gut diese beiden zum Geschäft passen. Ich bin so froh, daß ich mir die Zeit genommen habe, von der Messe herzukommen. Die ausgestopften Baker und Taylor am Stand haben mich davon überzeugt, daß ich nicht ohne noch mehr Katzen leben kann.«

Und da ziehen sie ab, mein Motiv dafür, mich in diese Zwangslage zu begeben. Ich befinde mich im gleichen Zustand der Ungläubigkeit wie Ms. Maeveleen Pearl, denn sie war es offensichtlich: die Chefin der Buchhandlung »Thrill 'n' Quill«, die Baker und Taylor vor dem unmittelbar bevorstehenden Hinscheiden am Betriebsende einer Injektionsspritze gerettet hat.

Manch einer findet vielleicht, daß B & T's Rettung mein persönliches Opfer wert war. Ich finde das nicht. Mein Wohlergehen hängt jetzt ausschließlich davon ab, ob Miss Temple Barr fähig ist, auf die Idee zu kommen, mich hier in dieser Höhle des Todes und der Hunde zu suchen. Nur der Gedanke an das Elend eines anderen vermag mich für einen flüchtigen Moment aufzuheitern.

Dieser hochnäsige Ingram wird nicht entzückt sein, wenn er jetzt den Laden mit Baker und Taylor teilen muß.

21.
Endlich allein

Messemitarbeiter strömten zum Haupteingang des Convention Center heraus, als laufe um siebzehn Uhr dreißig das Ultimatum für Aschenputtel auf dem Ball ab. Temple fuhr mit ihrem Storm an der Eingangshalle vorbei, deren Kuppel geformt war wie eine fliegende Untertasse. Sie rechnete jedesmal damit, daß Gort aus dem Eingang treten würde, aber es kamen immer nur gewöhnliche Erdlinge. Man mußte es den Messebesuchern wirklich lassen: Sie waren eine ordentliche, folgsame Herde – abgesehen von der einen, erschreckenden Ausnahme des Mordes.

Auch der hintere Angestelltenparkplatz war ein Schachbrett von leeren Plätzen. Der Ventilator der Klimaanlage rauschte mit voller Kraft, als Temple in eine Box einbog und sich die kurzen roten Locken aus der feuchten Stirn pustete.

Bud Dubbs kam eilig aus der Hintertür in die fast vierzig Grad heiße Luft; sein Baumwollkreppsakko baumelte an einem Finger.

»Wo sind Sie gewesen, Temple? Diese Lieutenant Molina hat ein paarmal angerufen.«

»Ich war auf der Suche nach den beiden verschwundenen Katern von Baker & Taylor. Habe ich eine Nachricht von

Eightball O'Rourke? Und was ist mit Midnight Louie – hat den jemand gesehen?«

Bud blieb wie angewurzelt stehen und machte auf dem Absatz kehrt. »Nicht, daß ich wüßte. *Eightball* O'Rourke? Sind Sie jetzt unter die Billardspieler gegangen? Valerie hat vielleicht eine Nachricht von O'Rourke. Und vergessen Sie diesen streunenden Kater. Gucken Sie auf Ihrem Schreibtisch nach. Gott, ist das heiß. Bis morgen.«

Bud rutschte auf den Vordersitz seines Celica und schaltete die Klimaanlage ein.

Eine ungewohnte Stille beherrschte die hinteren Hallen des Centers. Auch die meisten Aussteller waren offenbar um Punkt halb sechs gegangen. Temple beschleunigte ihren Schritt. Die Sicherheitsleute wollten, daß möglichst wenige Mitarbeiter im Hause waren, wenn geschlossen war. Wenn sie nicht um sechs Feierabend machte, würde es nur noch einen Ausgang geben, wo sie keinen Alarm auslöste, und der war bewacht.

Bud hatte recht; Temples Schreibtisch war übersät von gelben Memozetteln. Jeder hatte anscheinend angerufen, außer Midnight Louie: P.E. O'Rourke, Lieutenant Molina, Emily Adcock, Lorna Fennick.

Bei O'Rourke versuchte sie es zuerst, aber es meldete sich niemand. Sie legte auf und starrte in das Durcheinander auf ihrem Schreibtisch. Unter den neuen Telephonnachrichten zwinkerte die kupfermetallische Pressemappe von Pennyroyal hervor wie ein böses Auge.

Ganz gegen Buds Rat konnte sie die verschwundenen Katzen nicht vergessen. Midnight Louies Verschwinden ging ihr einfach nicht aus dem Sinn.

Sie wuchtete ächzend das Telephonbuch aus der untersten Schreibtischschublade und suchte die Stadtverwaltungseinträge. »Tiersammelstelle« – da war es. Während sie wählte, fiel ihr Blick auf die Uhr, und Panik wallte in ihr auf. Es war kurz vor sechs. Vielleicht war dort schon Feierabend.

Das Telephon läutete und läutete. Vielleicht fütterten sie die Tiere, und es dauerte ein Weilchen, bis jemand ans Telephon gehen konnte. Temple blieb hartnäckig, ohne wirklich damit zu rechnen, daß sie Louie dort finden oder daß sich wenigstens jemand melden würde.

»Ja?«

»Äh . . . ich suche einen Kater.«

»Wir haben geschlossen, Lady. Ich mache hier bloß noch sauber.«

Sauber? Was machte er sauber? Die Überreste der täglichen Hinrichtungen? »Es ist aber wichtig. Der Kater, den ich suche, ist . . . berühmt.«

»Ach ja?« Die Stimme klang über die Maßen gleichgültig. »Hören Sie, dafür gibt's einen Dienstweg. Rufen Sie morgen wieder an.«

»Aber dann ist es vielleicht zu spät. Er ist schon seit über vierundzwanzig Stunden weg.«

»Wir behalten sie drei Tage. Lady, ich muß weg.«

»Halt! Vielleicht ist er Ihnen aufgefallen. Er ist ein großer, schwarzer Kater – ich meine, wirklich groß, so an die zwanzig Pfund.«

»Ja, könnte sein.«

»Sie *haben* ihn!«

»Kann sein. Ist nicht mein Job . . .«

»Wann kann ich ihn holen?«

»Morgen, sag' ich doch.«

»Aber wenn ich . . .«

»Wir haben hier viele Katzen. Sie haben ihn verloren. Das ist Ihr Risiko.«

Temple war plötzlich verzweifelt. »Hören Sie, er ist ein wichtiger Zeuge. Wenn ich die Polizei veranlasse . . .«

»Wir sind keine Polizeibehörde. Wir haben unsere eigenen Vorschriften. Ich muß jetzt aufhören.«

»Aber Sie werden doch nicht ... heute abend noch Tiere töten?«

»Lady, wir töten sie, wenn ihre Zeit um ist und wenn wir dann Zeit haben. Ich weiß nichts, Sie verschwenden *meine* Zeit. Hören Sie, ich bin hier noch bis sieben. Ich lasse Sie reingucken, wenn Sie da sind, bevor ich abhaue. Aber das ist alles.«

Es summte in der Leitung.

Temple preßte grimmig die Lippen zusammen. Zeitungsartikel über Tiere, die im Tierheim versehentlich getötet worden waren, schwirrten ihr im Kopf herum. Sie mußte wissen, ob Louie in Sicherheit war, aber sie hatte sich um zu viele verdammt wichtige Dinge zu kümmern, um im Berufsverkehr quer durch die Stadt zu rasen. Sie blätterte in ihren Zetteln, um Lieutenant Molinas Nummer zu finden. Vielleicht könnte sie dem Morddezernat das eine oder andere über den Mord an Royal berichten, aber erst sollte ein Streifenwagen zum sogenannten Tier-»Heim« fahren und sich vergewissern, daß Midnight Louie nicht dort war und nicht hingerichtet wurde ... und wenn Molina es nicht tun wollte, dann würde Temple es selbst tun, und zum Teufel mit dem Mordfall ...! Dann fand sie Molinas Nummer; sie lag auf einer anderen – getippten – Nachricht, die viel dringender war.

»Habe die Kohle. Wenn Sie die Katzen wollen, kommen Sie heute abend um halb sieben zum Stand von Baker & Taylor und kommen Sie lieber allein.«

Wann konnte das gekommen sein? fragte Temple sich. Hatte es jemand zwischen ihre Zettel geschoben, als alle anderen gegangen waren? Wie war überhaupt die erste Nachricht gekommen? Irgend jemand hier auf der Messe hatte sie für sie hinterlegt; das lag auf der Hand.

Temples Herz pochte heftig. Sie mußte los, mußte sich vergewissern, daß Louie nicht im Tierheim war oder daß er da war und ihm nichts fehlte. Aber ihre erste Pflicht galt ihrem Job: Sie hatte dafür zu sorgen, daß die ABA von unnötiger schlechter Presse verschont blieb. Baker und Taylor zu retten war Teil dieser Arbeit geworden. Wieso benutzte der Catnapper sie schon wieder als Botin? Vielleicht, um sie zu beschäftigen und um sie vom Fall Royal fernzuhalten. Jedenfalls hinderte er sie daran, Midnight Louie zu retten.

Temple warf einen so zweifelnden Blick auf ihre Uhr, als wäre es eine Eieruhr. Sie war nie ein Fan von ultimativen Fristen gewesen. Bis halb sieben waren es noch vierzig Minuten. Sie wählte die Nummer des Sicherheitsbüros. Wie erwartet, meldete sich niemand. Cyrus Dent ging um fünf nach Hause, wie alle anderen auch. Sicher, es waren Wachmänner unterwegs, aber nicht viele. Für Messen mietete man private Sicherheitsfirmen an, die die Ausstellung bewachten. Das Gebäude selbst war eine andere Sache; niemand machte sich an einem Convention Center zu schaffen – außer vorbeigehende Graffiti-Künstler.

Wachmänner waren also da – aber wo in dem riesigen Gebäude hielten sie sich auf? Und sie konnte jetzt losflitzen, um nach Louie zu sehen, aber wenn sie dann nicht rechtzeitig wieder da war, um Baker und Taylor in Empfang zu nehmen? Entführer waren berüchtigt für ihre Ungeduld. Und wenn das Wachpersonal sie nach Feierabend hinausgelassen hätte, würde man sie nachher nicht einfach wieder hereintanzen lassen, nicht ohne viele Erklärungen und Einmischungen ... und das könnte Bakers und Taylors Rückkehr verpatzen.

Aber Louie! Um ihn machte Temple sich mehr Sorgen als um Baker und Taylor. Wenn der Entführer sie zurückgeben wollte, ging es ihnen doch gut. Es lag nahe, sie an den Ort der bösen Tat zurückzubringen; der Entführer kannte sich im Messebereich aus, denn sonst hätte er sie gar nicht erst so erfolgreich klauen können.

Nach ihrer Uhr waren es jetzt noch dreißig Minuten bis halb sieben.

Das Telephon klingelte.

Sie starrte es einen Moment lang an. Wer rief nach Feierabend hier an? Der Catnapper? Molina?

Als sie den Hörer abnahm, blieb es still in der Leitung, so daß sie gezwungen war »Hallo?« zu sagen.

»Miss Barr?«

Sie erkannte die Männerstimme nicht. »Ja?«

»Eightball O'Rourke. Hab'n paar Infos über die Person, die das Lösegeld abgeholt hat.«

»Ich habe mich schon gefragt, wo Sie stecken.«

»Unterwegs, um zu identifizieren, wer das Geld Ihrer Freundin hat. Hat länger gedauert, als ich dachte.«

»Sie werden es schon bezahlt kriegen«, beruhigte Temple ihn, und sie fragte sich, wieviel ihre American-Express-Karte wohl abdecken würde. »Was ist denn passiert?«

»Das Päckchen hat 'ne Weile da gelegen. Dann kommt jemand vorbei, benimmt sich nervös. Und richtig: Einmal gebückt, und der Köder ist weg. Die Spur führte dann ins Las Vegas Hilton.«

»Sie haben die Person gesehen, die das Geld abgeholt hat? Aber das ist doch jeden Penny wert! Wer war es?«

»Das ist das Problem. Das Las Vegas Hilton ist das drittgrößte Hotel der Welt. Da ist es nicht leicht, jemanden zu finden, der rasch durch die Tür huscht.«

»Aber Sie haben die Person gesehen.«

»Sie war verkleidet.«

»Wie kann man sich verkleiden?«

»Hut, Sonnenbrille . . . Sie würden staunen, wie schwer es ist, jemanden anhand der Kleidung zu identifizieren.«

»Nicht, wenn's Electra ist«, brummte Temple.

»Was ist elektrisch?«

»Nichts. Sie wissen also nicht genau, wer das Geld abgeholt hat. Nur, daß es abgeholt worden ist.«

»Genau. Ich hab' dem Personal im Hilton ein bißchen Druck gemacht, aber bis jetzt konnte noch niemand sie identifizieren.«

»Sie?«

»Eine Frau, genau. Großer Hut, großes Chiffontuch, großes Kleid, keine kleine Frau wie Sie, sondern eher . . .groß. Eine stämmige Frau mittleren Alters.«

»Wissen Sie, auf wie viele Frauen in Las Vegas diese Beschreibung paßt?« wollte Temple wissen und machte sich im Geiste ihre eigene private Liste: Lorna Fennick, Mavis Davis, Rowena Novak. Electra Lark übrigens auch.

»Deshalb arbeite ich ja noch dran. Es sei denn, ich soll aufhören.«

»Nein. Ich schätze, die Mieze kann sich noch ein paar Stunden Ihrer detektivischen Tätigkeit erlauben.«

Das Wort »Mieze« erinnerte Temple an ihr gegenwärtiges Dilemma.

»Übrigens«, sagte sie und beschloß, Eightball zu erzählen, daß Baker und Taylor um halb sieben zurückgebracht werden sollten. *Eightball* konnte sich um Midnight Louie kümmern, solange Temple hier festsaß und auf den B&T-Express wartete!

Die Leitung war plötzlich tot. Sie summte nicht mal.

Temple starrte den Telephonhörer ungläubig an. Hatte Eightball einfach aufgelegt, weil er dachte, das Gespräch sei zu Ende, oder hatte . . . jemand . . . sie getrennt? Sie drückte mit dem Finger auf die Gabel und ließ sie dann wieder los. Totenstille. Wie konnte jemand bei einer Telephonanlage den Stecker herausziehen? Wo war überhaupt die Zentrale? Wie gut *kannte* der Catnapper sich im Gebäude aus?

Besser als du, sagte Temple sich. Sie arbeitete zum erstenmal im Convention Center; der größte Teil des Riesengebäudes war ihr unbekannt geblieben. Sie lehnte sich zurück. Ihr Magen fühlte sich hohl an. Es war kein angenehmes Gefühl.

Um fünf vor halb sieben stand sie auf. Sie wagte nicht, zu ihrer Verabredung am Stand von Baker & Taylor zu früh zu kommen. Es würde gefährlich sein, den Entführer dabei zu überraschen, wie er die Entführten zurückbrachte.

Sie warf sich die Tasche über die Schulter und verließ flott das Büro. Die hohen Absätze ihrer Schuhe – schicke Weitzman-Sandalen mit bunten Riemchen – klapperten auf dem harten Boden wie Knallfrösche.

Hat keinen Sinn mehr, zu dieser vorgerückten Zeit diskret zu sein, sagte sie sich.

Ein paar Leuchtstoffröhren flimmerten hoch oben unter den Deckenstreben der östlichen Messehalle; ansonsten war es dunkel. Stände und Displays sahen aus wie mächtige, geduckte Bären – in regelmäßigen Abständen, aber unregelmäßig geformt. Unberechenbar.

Die zebragestreifte Karussellfigur stach aus der Dunkelheit hervor, als Temple vorüberging, und mattes Licht flirrte in der flitterbestreuten Mähne.

Temples Herz klopfte schneller als ihre Schuhe. Wenn sie nun hinkam, und Baker und Taylor waren nicht da? Wenn der Catnapper nun nicht gekommen war?

Oder wenn sie kam, und der Catnapper *war* noch da? Oder wenn der Catnapper der *Mörder* war? Ja, warum eigentlich nicht? Sie wußte nicht, weshalb es so sein sollte, aber Royal war mit einer Stricknadel erstochen worden – einer Frauenwaffe. Und eine Frau hatte das Lösegeld abgeholt.

Baker und Taylor und Bären. Baker und Taylor und Bären. Baker und Taylor und – uh! Temple hielt den Atem an und drückte sich um eine lebensgroße Pappfigur von Mel Gibson herum, die für eine Serie von Mad-Max-Romanen warb. Jetzt fiel es ihr wieder ein. Nur ein apokalyptischer Pappkamerad.

Der Stand von Baker & Taylor lag jetzt unmittelbar vor ihr. Temple bewegte sich gemesseneren Schritts und betrat, sobald es ging, den Teppichbodenbelag, der die Standfläche von B&T definierte.

Die Stille war ohrenbetäubend. Ihre Schritte hatten auf dem harten Boden gehallt. Jetzt wisperte nicht einmal ein Echo in den Stahlstreben hoch über ihr. Licht spiegelte sich in den Plexiglaswänden des Baker & Taylor-Katzenhauses. Temple sah undefinierbare Silhouetten darin – echt oder Electras Werk? Sie schlich sich näher, voller Hoffnung, voll tiefer Hoffnung.

Es war zu dunkel, um etwas zu erkennen. Ihr eigenes Spiegelbild schaute sie höhnisch an, eine unscharfe Doppelgängerin. Temple schob ihr Gesicht an das transparente Plastik. Komm schon, Baker – beweg das Bein! Okay, Taylor, *tu was*! Zucke mit dem Schnurrbart. Putz dir das Ohr ...

Nein. Nichts als ein Paar Kissen. Etwas bewegte sich im dunklen Plexiglasspiegel. Etwas hinter ihr –

Temple wirbelte herum. Ein Schlag traf sie, warf sie gegen die Displayvitrine, daß sie gestürzt wäre, wenn das Ding nicht dagestanden hätte. Ihr Bauch tat weh, vielleicht weil ihr die klobige Schultertasche mit ungeheurer Wucht in die Rippen gerammt worden war. Erst bekam sie keine Luft, und dann barst sie aus ihrer Lunge hervor.

Sie stolperte davon, um den Stand herum. Jetzt sah sie niemanden, aber sie hatte etwas vorüberjagen sehen, eine Gestalt, die eindeutig menschlich gewesen war. Keine Katze.

Der Teppichboden erstreckte sich über ein halbes Dutzend Kojen. Temple schlich darauf entlang, bis sie sich hinter ein anderes Display ducken konnte, eine Insel aus Kunststoff in einem ungewissen Meer aus Dunkelheit und Stille und Gefahr.

Sie zog den einen hochhackigen Schuh aus, dann den anderen und stopfte beide in ihre Tasche. Ihre Hand streifte über die Außenseite der Tasche und stockte. Da stimmte etwas nicht. Vorn in der Tasche war ein Loch. Mit der Fingerspitze umkreiste sie es im Dunkeln, betastete die zerfransten Ränder, wo der feste Stoff zerrissen war. Es war ein rundes Loch, zu klein für eine Kugel und zu groß für Mottenfraß, aber gerade richtig für eine Stricknadel!

Langsam schob sie sich an dem Display herauf. Beim Versteckenspielen als Kind, erinnerte sie sich, war sie jedesmal in Panik geraten, wenn der Suchende eine Handbreit an ihrem Versteck vorbeigekommen war. Sie hatte außerdem geglaubt, wenn sie nur oft und schnell genug »unsichtbar, verschwunden« sagte, dann würde sie es auch sein.

Aber nicht hier.

Hier mußte sie einen Weg hinaus finden. Hier mußte sie sich überlegen, wo sie wahrscheinlich am sichersten wäre, und dann mußte sie sich den besten Weg dorthin suchen.

Auf der Ausstellungsfläche gab es keine Telephone. Ihr Büro? Das kannte derjenige, der die Nachrichten dort hinterlassen hatte. Die Wachmänner? Die waren irgendwo, aber wo?

Und während sie nachdachte, schlich Temple auf

Strümpfen voran, die Schultertasche vor ihre Seite gedrückt wie einen Schild, den Schuhabsatz wie ein spitzes Ausrufungszeichen in der Faust.

Sie hörte nichts als ihren keuchenden Atem. Vielleicht war der Angreifer weg. Aber wieso? Sie war doch immer noch allein, hilflos, im Dunkeln. Nur eben nicht ganz allein, genau wie Chester Royal nicht ganz allein gewesen war, vor vier Tagen.

Er hatte sich nicht gewehrt. Vielleicht hatte er nicht mit einem Angriff gerechnet. Temple hatte jede Sekunde darauf gewartet. Wissen ist Macht – aber dieses Wissen war ein lähmendes Wissen, ein grauenhaftes Wissen. Temple zwang sich, weiter ins Ungewisse zu gehen.

Sie mied den hinteren Betriebsbereich. Dort würde man sie erwarten. Während sie sich immer tiefer in die Finsternis des Convention Centers bewegte, versuchte sie sich krampfhaft an irgendeinen Ausgang oder ein Telephon zu erinnern. Da wäre immer noch die Eingangshalle, aber dort gab es keine Deckung für sie.

Ein Plakat wehte ganz in der Nähe. Jemand war vorbeigegangen und hatte einen Luftzug verursacht. Hatte er sie gesehen? War es überhaupt ein »er«? Irrelevant. Die Person, deren Berührung sie gespürt hatte, war ihr groß vorgekommen, aber alle Leute kamen ihr groß vor. Allerdings war es ein heftiger Schlag gewesen. Sie umfaßte ihre Schultertasche fester, und ihre Fingerspitzen streichelten die zerfaserte Öffnung im Stoff. Es war, als kratze sie an einer Wundkruste. Sie stellte sich vor, wie eine dünne Stahlnadel ihr Fleisch durchbohrte und aufwärts nach ihrem Herzen stach.

Und dann stand sie vor einer Entscheidung: Sollte sie hier im endlosen Raum der Halle bleiben, oder sollte sie den Korridor nehmen, der sich neben ihr auftat? Falle oder Fluchtweg? Das würde sich zeigen.

Nacht geschlossen. Der Wärter geht um sieben, und vielleicht bringen sie den Kater aus Versehen um. So was ist schon vorgekommen! Anders werde ich nicht kooperieren.«

»Wir können Sie festnehmen und in die Stadt mitnehmen.«

»Wieso denn? Da kriegen Sie auch kein Wort aus mir raus. Ins Tierheim.«

»Das ist doch albern.«

»Es ist mein Kater ... gewissermaßen. Außerdem ist er ein wichtiger Zeuge.«

»Sie sind wichtiger. Sie können nämlich sprechen. Und Sie wissen ja nicht mal, ob der verdammte Kater überhaupt da ist.«

»Ich weiß aber auch nicht, ob er nicht da ist – und solange ich es nicht weiß, sag ich Ihnen nicht mal meine Sozialversicherungsnummer.«

Molinas Augen verengten sich zu kobaltblauen Schlitzen. »Sie haben bald keine Sozialversicherungsnummer mehr, wenn Sie der Polizei weiter Schwierigkeiten machen.«

»Was für Schwierigkeiten? Ich sage Ihnen alles unterwegs.«

»Ich würde es lieber in der Stadt hören, wo man es aufnehmen kann.«

Temple grinste. »Dann lassen Sie uns lieber schleunigst zum Tierheim fahren, bevor mein Kurzzeitgedächtnis von diesem Streß gelöscht wird.«

Der Wachmann und der Cop, die beide Schirmmützen mit glänzenden, beruhigenden Abzeichen trugen, schauten Molina erwartungsvoll an. Temple nutzte siegessicher die Gelegenheit, um sich Molinas Schuhe anzusehen – schwarze Wildlederpumps, die dem antiken Kleid keine Schande machten – mit zweieinhalbzölligen Absätzen! Große Frauen hatten manchmal wirklich Nerven!

Molina stand vom Schreibtisch auf und ragte vor Temple empor. Trotz ihres zivilisierten Aussehens sprach sie mit ihrer gewohnten, berufsmäßig monotonen Stimme – flach wie das EKG einer Leiche. »Dieser Fall ist eine Operette, seit Sie und dieser verfluchte Kater einen Pas-de-deux mit der Leiche in der Messehalle veranstaltet haben. Warum nicht noch eine kleine Fahrt ins Blaue dazu?«

Temple stand barfuß auf. Molina überragte sie wie eine Sequoia. Sie sah auf die Uhr – erst achtzehn Uhr dreiundfünfzig, war das zu fassen? – und schaute Molina mit schmalen Augen an, die dem stahlblauen Blick der Polizistin ebenbürtig waren.

»Ich will um sieben da sein, Lieutenant.«

»Rawson«, instruierte Molina den uniformierten Officer mit müder Resignation. »Schalten Sie die Sirene ein.«

22.
Temple auf Eis

Temple saß allein in einem winzigen Raum, der nur mit einem Tisch und ein paar Stühlen möbliert war. Die einzige Tür hatte ein Fenster in der oberen Hälfte, dessen Glas verschmiert war, als ob viele Nasen dagegen gedrückt worden wären. Maschendraht verstärkte die Scheibe in diagonalem Muster; es sah aus wie eine Netzstrumpfhose.

Die Tristesse der Umgebung paßte zu Temples Stimmung. Nach einer rasanten und lärmenden Ankunft an der Tiersammelstelle war kein Midnight Louie im Käfig gewesen. Der mürrische Wärter schwor, daß da ein großer schwarzer Kater gewesen sei, aber der Käfig, zu dem er sie führte, war leer. Im Grunde ihres Herzens war Temple davon überzeugt, daß Louie vor der Zeit eingeschläfert worden war, obwohl der Wärter Stein und Bein schwor, daß an diesem Abend keine »Tilgung« vorgenommen worden sei. Aber was immer der Grund sein mochte: Louie war nicht da.

Temple und Molina hatten dagestanden wie zwei Trottel; aber Temple war viel zu deprimiert, um sich darüber den Kopf zu zerbrechen. Molina war es vielleicht nicht.

Als die Polizistin den Raum betrat, stießen ihre eindrucksvollen Brauen in einem Stirnrunzeln zusammen, und das erinnerte Temple daran, daß es keine gute Einleitung zu einer Vernehmung war, wenn man einen Lieutenant der Polizei in aller Öffentlichkeit blamierte.

Molina war wortlos verschwunden, als sie auf dem Polizeirevier angekommen waren. Als sie jetzt wieder erschien, trug sie ihren khakifarbenen Popelinerock und den Blazer. Es war so warm im Vernehmungsraum, daß sie sich rasch ermuntert fühlte, die Jacke abzulegen und eine kurzärmelige Polyesterbluse mit V-Ausschnitt zu enthüllen.

»Brauche ich einen Anwalt oder so was?« fragte Temple nervös.

»Ihnen wird nichts zur Last gelegt«, sagte Molina. »Gegen Dummheit gibt es kein Gesetz.«

»Dürfen öffentliche Bedienstete zu Beschimpfungen greifen?«

»Verklagen Sie mich doch.«

Molina setzte sich an den zernarbten Kunststofftisch, Temple gegenüber, die sich plötzlich vorkam wie eine unglückliche Zwölfjährige, die eine Standpauke von der großen Campleiterin zu erwarten hatte. Nervös ließ sie einen Fuß baumeln.

Man hatte ihr erlaubt, auf dem Weg zum Revier Lornas Büchertasche im Circle Ritz vorbeizubringen und sich ein Paar Schuhe zu holen. Zumindest war das hier nur eine Vernehmung; man hatte ihr keine Fingerabdrücke abgenommen und sie auch nicht in eine ausgebeulte Knasthose gesteckt.

»Warum sind Sie nach Feierabend noch einmal ins Convention Center gegangen?« wollte Molina als erstes wissen.

»Ich hatte eine Menge Nachrichten aufzuarbeiten.«

»Diese zum Beispiel?« Molina legte ihr den zweiten Brief

des Catnappers vor; er war auf ein größeres Blatt geklebt, so daß man ihn nicht berühren mußte.

»Wie . . .?«

»Die Kollegen haben sich Ihren Schreibtisch angesehen, während wir mit einem Besuch im Tierheim beschäftigt waren. Wenn ein Bürger in einem öffentlichen Gebäude nach Feierabend verfolgt und anscheinend überfallen wird, dann stellen wir auch . . . ernsthafte Ermittlungen an.«

»Was meinen Sie mit ›anscheinend überfallen‹?«

»Bloß eine sorgfältige Polizeiformulierung. – Der Wachmann hat jemanden weglaufen sehen, auch wenn meine Kollegen niemanden gefunden haben. Ich nehme an, Ihre Geschichte wird dieses Faktum bestätigen, desgleichen die Analyse der menschlichen Gewebeproben am Absatz Ihres Schuhs.«

»Nehmen Sie denn an . . .?«

»Was?«

»Daß ich tatsächlich jemanden . . . verwundet habe?«

»Nicht tödlich«, sagte Molina wenig amüsiert. »Wieso könnte jemand Sie überfallen wollen?«

»Wie beim Mount Everest – weil ich da war?« mutmaßte Temple.

»Sie waren wegen dieser Mitteilung da. Hätten Sie was dagegen, mir das zu erklären?«

»Ja, hätte ich. Die Sache ist heikel.«

»Katzen sind eine heikle Sache?«

»Diese beiden sind nicht einfach zwei Katzen. Sie sind Unternehmensmaskottchen.«

»Im Moment stecken sie mitten in den Ermittlungen zu einem Mordfall – genau wie Sie. Also erzählen Sie mir davon.«

Molinas Ton klang nicht im entferntesten einschmeichelnd. Es war ein blanker, unverblümter Befehl. Also gehorchte Temple.

Molina war keine sonderlich ermunternde Zuhörerin, aber so über den Tisch hinweg betrachtet, als Person, nicht als Beamtin gesehen, und auch in Anbetracht ihrer erstaunlichen Verwandlung nach Dienstschluß, erschien sie Temple zum erstenmal beinahe menschlich.

Ihr schweres, fast blauschwarzes Haar, das sie in einer die Ohren bedeckenden, schlichten, eher praktischen als schikken Frisur trug, wuchs ihr zart fedrig in die Stirn, ein Effekt, der mildernd hätte wirken können, wenn Molina sich die Strähnen nicht immer brutal aus dem Gesicht gestrichen hätte.

Ihre starken Brauen waren nicht gezupft; das war bei Models zur Zeit schließlich auch modern, aber Temple bezweifelte dennoch, daß Molina das schon bemerkt hatte. Sie trug kein erkennbares Make-up, von einem weinroten Lippenstift abgesehen, der ihr etwas Farbe verlieh, aber nicht die Spur verführerisch wirkte.

Schmuck trug sie kaum – nur einen Schulring am Ringfinger der rechten Hand, was erkennen ließ, daß sie abgenommen hatte, seit sie ihn bekommen hatte. Auch wenn sie saß, sah Molina beweglich und kompetent aus, nicht unbeholfen, aber ohne Ausdruck oder Gestik, was ja nur von ihren düsteren Geschäften abgelenkt hätte. Bis zu diesem Abend hätte Temple gewettet, daß C.R. Molina weder einen festen Freund noch eine Katze hatte. Ihr nackter Ringfinger ließ vermuten, daß sie zur Zeit nicht verheiratet war, obwohl sie hart auf die Vierzig zugehen mußte.

»Was?« Temple merkte plötzlich, daß sie dabei war, ein Leben für eine Frau zu erfinden, deren Job es war, ihre eigene Situation zu ergründen.

»Ich habe gefragt«, wiederholte Molina gleichmütig, »wie Sie und diese Adcock darauf kommen, daß Sie mit dieser Katzenentführung allein fertigwerden könnten?«

»Die Leute von Baker & Taylor waren sich zunächst nicht ganz sicher, ob es sich tatsächlich um eine Entführung handelte. Sie hofften, die Katzen seien in dem allgemeinen Trubel während des Aufbaus ausgerissen und hätten sich – verängstigt von all dem Krach – irgendwo verkrochen. Das Gebäude ist groß genug für eine Katze, um sich zu verstekken.«

»Das weiß ich«, sagte Molina. »Und Sie sollten es nach heute abend auch wissen. Sie bekamen also den ersten Brief – den will ich übrigens auch haben – und heuerten diesen O'Rourke an, um zu sehen, wer das Geld abholte. Wie ist er zurechtgekommen?«

Temple fand es gemein, daß Molina aus vernehmungstaktischen Gründen auf dem, was sie hatte durchmachen müssen, herumritt. »Sie kennen Eightball?«

Molina nickte und zuckte gleichzeitig kurz die Achseln. »Harmlos.«

Das war nicht gerade das, was Temple über den Privatdetektiv ihrer Wahl gern hören wollte. »Eightball hat mich am Abend angerufen. Sagte, er hätte die abholende Person ins Las Vegas Hilton verfolgt und sie dann verloren.«

»Sie?«

»Ja. Ich war auch überrascht. Glauben Sie, das war eine, die den Entführern nur geholfen hat?«

»Geholfen? Beihilfe und Begünstigung sind die passenden Worte. Und Sie haben das Geld abgegeben, ohne daß man Ihnen die Rückgabe der Katzen garantiert hat?«

»Die Entführer haben ja keine Visitenkarte hinterlassen. Als ich den zweiten Brief bekam, dachte ich mir, sie spielen fair; also ging ich in die Messehalle hinunter und wartete auf Baker und Taylor.«

»Statt dessen kam der Mörder zu seiner zweiten Verabredung. Glauben Sie das?«

»Wenn Sie es sagen, Lieutenant. Und er hat mit einer Stricknadel nach mir gestochen.«

Molinas üppige Brauen haben sich um einen Millimeter. »Erläutern Sie mir ›er‹ und ›Stricknadel‹. Woher wußten Sie das im Dunkeln?«

Temple nahm einen Schluck von der Diät-Cola, die man ihr gebracht hatte. Ihre Kehle fühlte sich wund an. Vielleicht war es falsch gewesen, daß sie sich nicht von einem Arzt hatte untersuchen lassen.

»Das ist eine gute Frage. Ich dachte instinktiv, daß es ein ›er‹ war – reiner, blinder Instinkt. Die Person war größer als ich, aber das sind die meisten Frauen auch. Ich hatte nur das Gefühl, es mit einer Muskelmasse zu tun zu haben.«

Jetzt lächelte Molina tatsächlich. »Männer bewegen sich auch anders. Das merkt man sogar im Dunkeln.«

»Und die Stricknadel – na, als meine Tasche aufgespießt wurde, kam sie mir als erstes in den Sinn.«

»Ihre Tasche? Zeigen Sie sie mir.«

Temple hob ihre Schultertasche auf. »Was könnte sonst dieses Loch verursacht haben?«

Bei Licht bildete der zerfaserte Rand des Einstichs einen tadellosen Kreis mit dem Durchmesser einer Stricknadel Nummer fünf. Temple schauderte es.

»Die Tasche brauche ich ebenfalls als Beweismaterial.«

»O nein! Ich kann ohne diese Tasche nicht leben. Ich habe praktisch meine nächsten Anverwandten da drin.«

Molina schüttelte den Kopf. »Dann machen Sie sie leer. Wir geben Ihnen ein paar Umschläge, damit Sie Ihr Zeug mit nach Hause nehmen können.«

So sehr es Temple widerstrebte, den Inhalt ihrer Tasche – ihr Leben, praktisch – dem Lieutenant zu offenbaren, das Wort »nach Hause« hatte doch einen hübschen, hoffnungsvollen Klang.

Sie zerrte ihre Schminktasche und ihren Terminplaner heraus – beides so groß wie ein Zwerghuhn –, ein paar zerknautschte Dairy-Queen-Servietten, ihren Autoschlüssel und ihre Brieftasche, drei Pfefferminzbonbons, zirka fünfzehn alte Reinigungszettel, einen kleinen Schraubenzieher, ein Bündel Papiertaschentücher, drei Päckchen Diät-Salatdressing, ein wie eine Erdbeere geformtes Nähetui sowie verschiedenes Diverse.

»Planen Sie eine Reise in den Urwald?« wollte Molina wissen.

»Hören Sie, das ganze Zeug hat mir das Leben gerettet, als der Mörder nach mir stach.«

»Okay. Sie sagen es. Der Mörder. Was hat der Mord an Chester Royal mit der Entführung der beiden Katzen zu tun?«

»Vielleicht lauert dieser Killer jede Nacht im Convention Center und wartet, ob jemand auftaucht – wie das Phantom der Oper –, und ich kam nur zufällig zu meinem Rendezvous mit dem Entführer der beiden Kater.«

»Das Convention Center wird entzückt sein von diesem Publicity-Gag, Barr. Die Katzen sind doch nie erschienen. Ist Ihnen klar, was das heißt?«

»Daß *sie* ermordet worden sind?«

»Kein Mensch hatte je die Absicht, Katzen zurückzubringen. Es war ein Trick, um Sie in die Messehalle zu locken, allein, im Dunkeln.«

»Das ist doch albern. Wer sollte denn . . .?« Temple versuchte es noch einmal. »Das bedeutet, der Mörder . . . Mich? Wieso?«

Molina seufzte. »Ich widerspreche nur sehr ungern meinem eigenen Instinkt, aber wahrscheinlich glaubt der Mörder, Sie wüßten zu viel.«

»Ich? Bloß weil ich über die Leiche gestolpert bin?«

»Ich glaube, mit Ihren schicken Schühchen sind Sie in den letzten Tagen über einiges mehr gestolpert. Bud Dubbs sagt, Sie laufen in Angelegenheiten herum, die ungewöhnlich vage sind – selbst für Ihre Verhältnisse.«

»Es ist mein Job, auf dem laufenden zu bleiben.«

»Und es ist der Job des Mörders, dafür zu sorgen, daß über den Mord niemand allzu gut auf dem laufenden ist. Als ich hörte, daß der Mörder die Katzen benutzt hat, um Sie heute abend in die Messehalle zu locken, war ich davon überzeugt, daß die Katzen überhaupt erst deshalb entführt worden waren.«

»Von dem Mörder? Als . . . Ablenkung?«

»Ja.«

»Das ist dämlich. Niemand wußte, daß sie verschwunden waren – mit Ausnahme der B&T-Leute und mir. Was für eine Art Ablenkung ist denn ein Staatsgeheimnis?«

»Es wußte nur deshalb niemand, weil Sie und Emily Adcock so verdammt gute Arbeit geleistet haben, um es zu vertuschen. Deshalb war das Lösegeld so gering: Niemand wollte Geld haben. Gewünscht war die Ablenkung, aber die verhinderten Sie, und zugleich liefen Sie herum und löcherten jeden, den Sie zu fassen kriegten, wegen des Mordes.«

»Glauben Sie, ich weiß etwas?«

»Ich geb's nicht gern zu, aber – ja. Wahrscheinlich wissen Sie selber nicht, was, und das paßte dann schon wieder eher ins Bild. Sie haben's wirklich raus, eine Ermittlung zu vermasseln.«

»Wieso machen Sie *mir* da Vorwürfe? Es *war* schließlich mein Job, mit den Beteiligten zu reden, und ich bin in einer besseren Position, um die Insidestory herauszufinden, als jeder Polizist.«

»Das ist Ihr Bier«, sagte Molina.

»Ich verstehe, was Sie meinen. Haben Sie denn Beweise, die auf einen bestimmten Verdächtigen hindeuten?«

»Nein.« Molina war noch nüchterner als gewöhnlich. »Der Schlüssel zu dem Verbrechen ist das Motiv, und Beweise gibt es nur wenige – oder nur wenige offensichtliche.«

»Chester Royal war ein Kotzbrocken. Jeder hatte ein Motiv – seine drei Spitzenautoren, seine Ex-Frau, die Lektorin, seine Ex-Assistentin und derzeitige PR-Chefin bei Reynolds/Chapter/Deuce, und sogar, vermute ich, sein alter Kumpel, der Rechtsanwalt«, zählte Temple auf.

»Über die weiß ich Bescheid«, sagte Molina. »Bis auf den Anwalt.«

»Sagen Sie mir, was Sie über den Kunstfehlerprozeß gegen Royal erfahren haben?«

»Sie zuerst.«

»Earnest Jaspar. 'n komischer alter Knabe aus Minnesota. Er wohnt im Hilton. Chester hatte ihn hier bei der Hand für den Fall, daß eine unsichere Autorin wie Mavis Davis eine kleine Stütze brauchte. Jedenfalls hat Jaspar damals Royal in dem Kunstfehlerprozeß in Illinois verteidigt, in den fünfziger Jahren: Eine Frau starb auf seinem Operationstisch im Verlauf einer illegalen Abtreibung, von der ihre Familie behauptete, daß sie ihr nie zugestimmt hätte. Aber wenn Sie sich den Fall angesehen haben, dann wissen Sie das alles.«

»Nicht die Details. Die Presse ging damals sehr diskret mit Abtreibungsskandalen um. Ich lasse mir Kopien der Gerichtsakten schicken, aber das dauert eine Weile. Bei diesem Fall ist uns nämlich, müssen Sie wissen, neben allem anderen auch noch das Wochenende dazwischengekommen.«

Temple vermutete, daß mit »allem anderen« sie gemeint war – und die verschwundenen Katzen. »Ein Wochenende – war das nur ein Wochenende?« Sie fühlte sich plötzlich so restlos geschafft, daß sie Mühe gehabt hätte, auch nur ihren Namen zu nennen.

»Ich nehme an«, sagte Molina, »Ihr fiebriges Hirn ist nun zu dem Schluß gekommen, daß ein Hinterbliebener der längst Verstorbenen nun nach Rache trachtet.«

»Ich weiß nicht, ob ich je so weit vorausgedacht habe. Aber ich finde, daß ein Kunstfehlerprozeß in der Vergangenheit des Opfers eine ziemlich interessante Sache ist. Sie nicht auch?«

»Mordopfer haben meistens eine Menge interessante Ereignisse in ihrer Vergangenheit aufzuweisen. Aber dieser Kunstfehlerprozeß liegt Jahrzehnte zurück. Ziemlich weither geholt.«

»Wo steht geschrieben, daß Mörder zuschlagen müssen, solange ihr Zorn noch heiß ist? Es könnte doch das grollende Opfer irgendeines miesen medizinischen Spiels sein. Warum nicht?«

Molina schüttelte den Kopf. »Besser gefragt: Warum *jetzt*?«

»Sie meinen, warum all die Jahre warten?«

»Ja. Wir reden hier von vierzig Jahren. Wir reden also auch von einem älteren Mörder.«

Temple dachte lange und hilflos nach. Dann blickte sie auf. »Das würde die Stricknadel erklären.«

Molina schüttelte wieder den Kopf. »Klar. Ein Grandma-Moses-Killer. Sie sind allmählich groggy. Ich lasse Sie von einem Officer nach Hause fahren.« Sie ging zur Tür, öffnete sie und rief ein paar Anweisungen hinaus, bevor sie zurückkam und sich vor Temple aufbaute. »Ich habe Ihren Wagen schon zu Ihrem Apartment zurückbringen lassen; Sie können morgen also gleich weiter ihren zweifelhaften Angelegenheiten nachgehen.«

»Hey, danke. Das war nett.«

Ein Polizist trat ein und brachte einen Stoß braune Umschläge mit. Temple schaufelte den ausgelagerten Inhalt ihrer Schultertasche hinein. Sie stand auf. Ihre Knie fühlten sich an wie Gummi. Solange sie auf den Absätzen stehen konnte, war alles okay. Molina führte sie an die Tür des Vernehmungsraumes. »Wenn Ihnen etwas einfällt, sagen Sie es mir – sofort.«

»Natürlich.« Selbst wenn es bedeutete, daß sie – Temple guckte hinunter und kicherte – mit einem Plattfuß zusammenarbeitete.

Aber draußen vor der Tür fuhr sie noch einmal herum, die Umschläge an die Brust gedrückt.

»Natürlich – das Schild!« Es war in den Windungen ihres Gehirns aufgeblitzt wie das rosarote Neonlicht des Flamingo Hilton. »Wenn Chester Royal aus Gründen der Medizin und nicht des Buchgeschäfts umgebracht wurde? Wenn das Schild auf seiner Leiche nicht *STET* als Korrekturzeichen bedeutete, sondern *STET* wie in ... Stethoskop?«

23.
Cool Hand Louie

Nur eines auf der Welt kann Midnight Louie übertreffen, wenn er ein Solo-Jazzriff für die Ladies in einer einsamen Seitenstraße hinlegt.

Die Sirene eines Polizeifahrzeugs.

Meistens verdufte ich, wenn ich eine höre, und genau das tue ich auch, als ich aus dem Heim fern der Heimat flüchte – aus dem Tierheim: mit Vollgas ab in die andere Richtung.

Wie mir die unerhörte Großtat dieses Ausbruchs gelingt, das ist schon wieder eine Geschichte für sich. Geben wir's zu, Freunde, die Überlebensstatistik für meinesgleichen in einem solchen Etablissement ist gleich Null minus Zero.

Wie verbreitet diese Postkarten auch sein mögen, auf denen ein Quintett von Kätzchen in einem Korb, einem Goldfischglas oder einer anderen, eingerahmt für die Küchenwand geeigneten Umgebung zu sehen ist – die harten Fakten des Felidenlebens sind die, daß vier von fünf dieser niedlichen kleinen Zuckerpussies ihren ersten Geburtstag nicht feiern.

Ich habe mein reifes Alter nicht dadurch erreicht, daß ich ignoriert habe, wie meine Chancen standen, auch wenn man in einer Stadt wie Las Vegas zu solcher Idiotie neigt. Und die Chancen hier sind ziemlich groß, daß Miss Temple Barr im Moment sehr viel mehr im Kopf hat als den Zustand meines Fells.

Eines wird durch mein *tête-a-trois* mit Baker und Taylor jedenfalls klar. Miss Temple Barr hat recht: Der Entführer des Duos mit den welken Öhrchen ist derselbe Täter, der auch den alten Knaben ausgetilgt hat, über den ich vor so wenigen Tagen und so vielen Leben in der Ausstellungshalle der Buchmesse gestolpert bin. Ich beschließe, das Schicksal bei den Hörnern zu packen und zu flitzen, auf daß ich meine Informationen einer größeren Welt zugänglich machen kann. Es ist die Geschichte meiner Leben: Ich weiß mehr, als gut für mich ist, und jemand hat es auf mich abgesehen.

Als erstes musterte ich den schurkischen Wärter, dem zu begegnen ich das Pech hatte. Dieser großohrige Knilch ist ebenso träge wie schlampig, und ich komme auf den Gedanken, diese Schwäche zu meinem Vorteil zu nutzen. Der Plan erfordert, daß ich das zweitkostbarste meiner Glieder riskiere, aber ohne einen kleinen Hang zur Tollkühnheit in meiner Seele habe ich nicht so lange überlebt.

Als Segelohr mit meiner abendlichen Pampe aufkreuzt, gelingt es mir, meine prachtvolle Extremität – die groß, üppig und buschig gewachsen ist, wenn ich das selbst mal so sagen darf – zwischen Rahmen und Zellentür zu schieben.

Es erfordert meine ganze nicht unbedeutende Selbstbeherrschung, zu vermeiden, daß ich meiner Empörung über den daraus resultierenden Widerstreit zwischen Fels und harter Materie lautstark Ausdruck gebe. Erst jetzt sitze ich buchstäblich in der Klemme. Aber es soll genügen, wenn ich sage: Der Riegel der Zellentür rastet nicht vollständig ein.

Kaum ist Segelohr in seinen Geschäften weitergezogen, werfe ich die Tür auf, springe auf den Boden hinunter und nehme das Gejohle meiner staunenden Artgenossen entgegen (die ich auch locker befreien würde, wenn die Federn ihrer Zellenriegel nicht zu stramm und ihre Schwänze zu ausgemergelt wären, um eine zuschlagende Tür abzufedern).

Die Steinplatten sind noch feucht nach Spülungen abstoßender

Natur, als ich mich darangebe, mich von diesem unseligen Ort weit zu entfernen. Ein unbewachtes Tor, ein sorglos unverriegeltes Fenster, und ich bin draußen. Ich ducke mich nieder und warte auf den Schutz der Dämmerung.

Der Abend ist warm und dunkel, als ich losziehe, unsichtbar und unbesiegbar. Ich gedenke vor Miss Temple Barr am Circle Ritz einzutreffen.

Während ich dahinschnüre, betrachte ich die Probleme, die noch bevorstehen. Zum einen kenne ich zwar die Identität des Täters, aber ich habe (neben meinem Schwanz) eine lange, unerschütterliche Tradition hinter mir: Ich schweige. Gleichwohl widerstrebt es mir, mein Püppchen im dunkeln tappen zu lassen. Ein bißchen Wissen ist eine gefährliche Sache, hat irgendein hoher Kirchenguru, glaube ich, mal gesagt, und Miss Temple Barr weiß gerade wenig genug, um in große Schwierigkeiten zu kommen.

Also fliegen meine Pfoten über das warme Pflaster, und im Geiste hechele ich die Möglichkeiten durch, wie ich mein Püppchen alarmieren kann, ohne aus der Deckung zu kommen. Und noch während ich über die Zukunft nachdenke, erfüllt mich unwillkürlich ein warmes, wattiges Gefühl, wenn ich an meine triumphale Flucht vor der Nadel des Todes denke. Das war besser als eine Zaubernummer.

Vor allem meine Abschiedsgeste. Beim Hinausspringen habe ich der Zellentür nämlich mit einer Pfote noch einen Schubs gegeben. Sie knallt zu, und der Riegel rastet ein. Im Handstreich habe ich im Tierheim von Las Vegas das erste und einzige Geheimnis um einen verschlossenen Raum hinterlassen.

Jetzt können sie sich tagelang die Köpfe kratzen (werden sie auch, in Anbetracht der Parasitenpopulation, die in dieser Flohkiste ihr Unwesen treiben darf), aber meine Lippen sind versiegelt.

Womit wir es hier zu tun haben, ist ein Fall von Kommunikationsversagen.

24.
Der Name des Spiels ist . . . Mord

Die rosarote Neonuhr in Temples Küche verkündete eine unglaubliche Zeit: zweiundzwanzig Uhr. Erst. Temples Geist und Körper schwebten irgendwo auf der dunklen Seite der Mitternacht, etwa sechzehn Lichtjahre weit von der Realität entfernt.

Sie warf die dicken braunen Umschläge auf ihre Küchentheke, ohne sich darum zu kümmern, daß sie ihre Habseligkeiten hervorwürgten. Sie hatte bereits den Hörer des Küchentelephons in der Hand, um die Penthouse-Nummer zu wählen.

»Ja, bin zu Hause. Wollte nur nachfragen. Eine *lange* Geschichte. Oh, Electra, ich fürchte, Louie ist endgültig weg! Natürlich. Ich hätte gern noch ein bißchen Gesellschaft.«

Temple hatte ihr leopardengeflecktes Lieblings-Sleepshirt an, bevor es an ihrer Tür klingelte. Es hatte sie immer entzückt, ein Apartment mit einer richtigen Türglocke zu haben, mit einem melodischen Gesang, der von einer Reihe langer Bronzeröhren ausging. Aber jetzt klang es wie eine Totenglocke.

Das üppige Tropenmuster von Electras hawaiianischem

Flattergewand schillerte vor der Tür, aber das Chamäleonhaar der Hauswirtin war rabenschwarz eingesprüht, als hätte sie gewußt, daß Trauer angesagt war.

Als Temple sie mit großen Augen anstarrte, beruhigte Electra sie rasch. »Die Haarfarbe ist für Lorna Fennicks Trauerfeier morgen – besser gesagt, für Chester Royal. Keine Angst, das ist nur vorübergehend.«

»Das hatte ich ganz vergessen.«

»Für Sie.« Electra hielt ihr ein Glas Scotch entgegen, das sie mitgebracht hatte.

»Danke, aber das schaffe ich nicht, nicht mal nach einer Vernehmung auf dem Polizeipräsidium. Ich mache zwar hier die tolle, brandheiße Detektivin, aber wenn alle Stricke reißen, ziehe ich mich auf ein großes Glas Crystal Light zurück. Für mich nur Wasser.«

»Sind denn alle Stricke gerissen?«

»Fast alle. Ich bin durchs Convention Center gejagt und von Lieutenant Molina ausgequetscht worden, und wie es aussieht, haben sie Midnight Louie . . . eingeschläfert.«

»Wie furchtbar!«

»Eine Zeitlang dachte ich heute abend, ich würde dieses Haus überhaupt nicht mehr wiedersehen. Dem armen Louie muß genauso zumute gewesen sein, bevor sie . . .«

Electra sah Temple mit merkwürdigem Blick an. Genau gesagt, sie schaute Temple überhaupt nicht an, und das war merkwürdig angesichts des emotionalen Feuerwerks, das Temple hier abbrannte.

»Liebes, was ist da auf Ihrem Couchtisch?«

Temple schaute über die Schulter hinweg in das matt erleuchtete Zimmer. Lichtreflexe von der Straße warfen ihre Strahlen gespenstisch in Aquamarin und Merkurochrom über die gewellte Decke. Eine Silhouette ragte wie ein Hügel über die sonst glatte Glasfläche des Couchtisches.

»Ein paar Romane, die eine Frau auf der Messe mir gegeben hat. Wollen Sie ein paar Gratisbücher? Ich bin nicht in der Stimmung für Medizinthriller.«

»Nicht die Bücher. Das Ding da neben den Büchern.«

Temple schaute noch einmal hin. »Ich muß eine Handtasche dort hingeworfen haben. Ich weiß es nicht mehr. Ich hatte einen schrecklichen Tag ...«

Electra streifte an ihr vorbei – was ihr nicht schwerfiel: Electras geräumige Flattergewänder streiften immer alles im Vorübergehen. Sie schlug auf den Lichtschalter im Wohnzimmer, daß alle blinzelten, auch der schwarze Kater, der im jähen Schein der Deckenlampe wie eine Sphinx auf dem Couchtisch ruhte, das Hinterteil von einem Time-Life-Beutel bedeckt, die Vorderpfoten auf einem umgekippten Bücherstapel.

»Louie!« jubelte Temple.

Er gähnte und leckte sich eine Vorderpfote.

»Louie!!« Temple stürzte sich zwischen Couchtisch und Sofa, und dabei erinnerte sie sich an einen ähnlichen Augenblick in der Jagd auf diesen speziellen Kater.

Midnight Louie war der mutmaßlichen Gefangennahme gegenüber jetzt liebenswürdiger eingestellt; zumindest gestattete er Temple, ihm den Kopf zu streicheln und ihn mit dem unqualifizierten Staunen zu begaffen, das normalerweise neugeborenen Säuglingen vorbehalten ist.

»Wie bist du hereingekommen?« hauchte Temple. »Wie bist du rausgekommen? Wenn du überhaupt je im Tierheim ***warst*** ...«

Louie war ein Meister in der Kunst, weise zu gucken und die Klappe zu halten.

»Ich frage mich, wie lange er sich hier schon rumlümmelt, während ich vor Sorge um ihn fast krank bin«, sagte Temple.

»Lange genug, um seine Beißerchen ein paarmal in diese Bücher zu schlagen.« Electra deponierte den Scotch auf dem Couchtisch und schüttelte sich wirkungsvoll. »Was für unheimliche Titelbilder. Ich hasse diese medizinische Staffage – Skalpelle und Chirurgenmasken.«

»Aber so was verkauft sich. Manche Leute mästen sich an diesem Zeug. Hier, das hat eine Krankenschwester geschrieben.« Temple reichte einen Mavis-Davis-Band hinüber. Electra begutachtete ihn zweifelnd.

»Wo denn? In Transsylvanien? Na, wo Sie jetzt Ihre Miezekatze wiederhaben, werde ich mal loszockeln. Sie dürften hier jetzt sicher sein. Matt hat das Schloß an Ihrer Loggiatür repariert. M.L. kommt jedenfalls nicht mehr raus, und ich bezweifle, daß jemand hereinkann.«

»Wo ist Matt?« Temple hörte auf, Midnight Louie zu bewundern, und blickte auf. Es war schon spät, und sie sah katastrophal aus, aber es konnte nicht schaden, sich bei einem guten Nachbarn zu bedanken.

»Arbeiten.«

Louie streckte sich und spazierte zwischen den Büchern über den Tisch. »Vorsicht!« schrie Electra. »Er trinkt meinen Scotch!«

Louies Kopf steckte wirklich bis zu den Barthaaren im Whiskyglas.

»Stört ihn das Eis nicht?« wollte Electra wissen.

»Es ist ja warm hier.« Geistesabwesend entschuldigte Temple die Verkommenheit des Katers, während er sein feuchtes Mäulchen aus dem Glas hob. »Und er hat ein quälendes Erlebnis hinter sich. Glaube ich.«

Louie verließ den Couchtisch und nahm Kurs auf die Küche; dort sprang er auf die Theke und schnupperte zwischen den braunen Umschlägen und ihrem ehemaligen Inhalt herum.

»Achtung, jetzt ist er am Müll«, warnte Electra freundlich. Offensichtlich hatte sie ihre Kontaktlinsen für die Nacht schon herausgenommen. »Legen Sie sich jetzt lieber hin. Die Gedenkstunde ist morgen früh um Punkt zehn. Soll ich Sie telephonisch wecken?«

Temple nickte und führte Electra zur Tür. Dann kehrte sie zum Couchtisch zurück, um den Schaden zu begutachten. Louie hatte tatsächlich in die Bücher gebissen, stellte sie fest, als sie die perforierten Hochglanzcover betrachtete. Anscheinend verschlangen nicht nur Menschen diese Thriller. Hauptopfer war ein Owen-Tharp-Titel. *Die Originale,* auf dessen Titelbild ein wie eine stoßbereite Schlange zusammengerolltes Stethoskop prangte. Vielleicht hatte der kurze Blick auf dieses Bild Temple unbewußt zu der STEThoskop-Assoziation geführt, die sie Molina vorgetragen hatte.

Das Thema der *Originale* war jedenfalls nicht appetitlich: Ein dämonischer Arzt klonte eine Armee von Körperteilspendern aus seinen ahnungslosen Patienten. Louie hatte zweifellos kritischen Anstoß daran genommen, denn er hatte den in Versalien geschriebenen Titel so zerkaut, daß er aussah, wie eine Leuchtschrift über einer Theatermarkise, der jedoch etliche Birnen fehlten. Lesbar war nur noch »__E O_I__N___«.

Der Kater sprang von der Küchentheke.

»Nichts als Ärger hat man mit dir«, tadelte sie in gespieltem Abscheu. »Nicht nur, daß man meistens nicht weiß, wo du dich herumtreibst – wenn du mal da bist, versaust du alles, was du zu fassen kriegst. Glaubst du, du schaffst es, zur Abwechslung mal eine ruhige Nacht zu Hause zu verbringen?«

Louie begleitete Temple zur Wohnungstür, wo sie ein messingglänzendes neues Kettenschloß bemerkt hatte; jetzt verbrachte sie zwei Minuten mit dem Versuch, das Endstück der Kette in die Rille zu schieben. Schließlich gab sie auf und stolperte ins Schlafzimmer.

Sie schlief wie ein Kätzchen und wachte nur hin und wieder kurz auf, um sich zu vergewissern, daß sie warm und entspannt und in Sicherheit war. Sie spürte Midnight Louie als Klotz auf ihren Füßen, dann an ihrer Seite, dann gar nicht, dann doch wieder.

Einmal schrak sie hoch – sie glaubte einen Mann im dünnen Nachtlicht des Schlafzimmers stehen zu sehen. Mit pochendem Herzen erwog sie zwei unzusammenhängende, aber gleich entsetzliche Möglichkeiten. Entweder war der Mörder ihr immer noch auf der Spur ... oder es war Max Kinsellas Geist. Der verschwommene Lichtfleck ihres Fensters sog die Illusion auf, und danach schlief sie noch fester.

Als sie wieder erwachte, wußte sie nicht, ob es früh oder spät war. Gedanken und Bilder kreisten in ihrem Geist herum, bunte Staubflöckchen in einem goldenen Auge, die davonhuschten, wenn sie erkennbar wurden. Buchumschläge, Wörter, Lettern, Schriften Geräusche, Bilder. Die ABA-Messe kreiste in ihrem Kopf, und immer wieder schlängelten sich ein Stethoskop und eine Stricknadel darin herum. Schmetterlinge des Gehirns. Und Marienkäfer. *Marienkäfer, Marienkäfer ... die Marie ist ein Käfer, und Pennyroyal preßt Trauben ... Bienenknie und Kankakee und Stricknadeln Nummer fünf und Tweedledee und Tweedledum, zwei sind ein Pärchen, doch nicht nur im Märchen* ... Temple fing ein paar der Schmetterlinge und dann noch ein paar aus dem Brainstorm, der in ihr toste, und dann noch ein paar ... und dann wußte sie es.

Sie knipste die Nachttischlampe an. Louie starrte sie vom Fußende her vorwurfsvoll an; schwarze, senkrechte Schlitze halbierten seine smaragdgrünen Augen. Temple blinzelte in der plötzlichen Helligkeit, als sie im Telephonbuch blätterte, die Nummer wählte und dem Mann, der sich meldete, sagte, was sie wollte.

Es dauerte ziemlich lange, aber schließlich meldete sich C. R. Molina. Es klang, als sei sie auf Alpha Centauri.

»Temple Barr hier.«

»Wissen Sie, wie spät es ist? Ich schlafe auch manchmal.«

»Ich weiß es nicht, aber es ist auch nicht so wichtig. Sie sagten, Sie wollen Bescheid wissen – sofort. Ich *weiß* jetzt, was ich weiß.«

»Sie wissen, was Sie wissen . . .«

»Louie hat's mir gesagt. Er ist wieder da, und er ist okay. Und wie! Kommen Sie morgen früh um zehn zur Trauerfeier für Chester Royal in die Hochzeitskapelle ›Lover's Knot‹, und ich werd's Ihnen zeigen.«

»Sie meinen, heute früh, verdammt noch mal!«

»Okay – heute früh, verdammt noch mal. Aber kommen Sie.« Und dann erklärte Temple der Polizistin haargenau, was sie mitbringen sollte – von ein paar Polizisten abgesehen.

Electra hatte sich selbst übertroffen.

Der hochzeitliche Spalierbogen des Eingangs war in eine Wolke von dunklem Crêpe gehüllt. Die ausgestopften Figuren in den hinteren Reihen waren geschmackvoll mit einem Hauch von schwarz versehen worden, die Männer mit Armbinden, die Damen mit Schleiern oder Hüten.

Massen von Gladiolen und anderen fleischigen Blumen – Dank an Sam's Beerdigungsinstitut – waren noch frisch von der Totenfeier des vergangenen Abends und verströmten einen schweren, traurigen Duft.

Temple trug ein schwarzes Leinenkostüm und ihre schwarzledernen Beverly-Feldman-Pumps, verstohlen verziert mit einem Touch Jett. Ein Onyx-Halsband verbarg einen aufblühenden Blutergruß. Ein bißchen kam sie sich vor wie eine Heavy-Metal-Sängerin, allerdings wie eine todmüde.

An der anderen Seite des Kapelleneingangs stand Lorna Fennick in einem braunen Kleid, das ihre lehmige Gesichtsfarbe noch unterstrich. Ihre Haut war dünner und straffer geworden, seit Temple ihr zum erstenmal begegnet war. Nur ihre Augen bewegten sich, und nervös musterte sie die versammelte Puppengemeinde, als rechne sie damit, daß sich gleich jemand unanständig benehmen werde. Aber sie selbst erwachte jäh zum Leben, als der Reynolds/Chapter/Deuce-Manager Raymond Avenour mit einer unbekannten Frau an seinem Arm hereinkam. Lorna eskortierte sie mit peinlicher Ehrerbietung in die vorderen Reihen. Die stets stummen Mittrauernden nahmen die beiden gar nicht zur Kenntnis, als seien sie es gewöhnt, daß ihr Publikum wie gebannt dasaß.

Temple beobachtete die Szene seltsam unberührt. Mavis Davis traf ein, die Dauerwellen mit einer dünnen schwarzen Spitzenmantilla bedeckt, und ihre Augen blickten bang über Halbmonde in Dunkelbraun hinweg. Die Blicke der Frau huschten in der Kapelle umher, entdeckten die stumm posierenden Puppen, aber fanden auch in ihrer harmlosen, wenngleich etwas verrückten Anwesenheit keine Ruhe.

Rowena Novak kam in Begleitung von Earnest Jaspar – die Kombination verblüffte Temple. Aber Rowena war ja mit Chester Royal verheiratet gewesen. Höchstwahrscheinlich hatte sie auch den Freund kennengelernt, der alle Ehefrauen überdauert hatte. Vielleicht lag der Grund für die Langlebigkeit dieser Freundschaft in den schandbaren Geheimnissen des Gilhooley-Prozesses. Die Schuld zementierte seltsame Freundschaften.

Um zehn vor zehn tauchte Matt Devine im Durchgang zum Circle Ritz auf. Er hatte irgendwo einen schwarzen Anzug aufgetrieben und nahm jetzt mit geziemend gedämpfter Haltung an der Orgel Platz. Er sah prächtig aus in Schwarz.

Temple dachte immer noch über Matts unerwarte Teilnahme nach, als Lanyard Hunter hereinkam; seine Patrizierstimme wehte ihm voraus, als Lorna ihm entgegenging.

»Eine Hochzeitskapelle! Welche Ironie – als ob man Chesters Gedenkfeier in einer Kneipe abhielte, aus der er ein paarmal rausgeflogen ist.«

Hunters silberne Haartolle streifte die schwarze Crêpe, die den Spalierbogen verhüllte, als er darunter hindurchschritt und Lornas Arm unter den seinen zog. Sie führte ihn nach vorn.

Der nächste Ankömmling war eine Überraschung für Temple: Claudia Esterbrook. Sie leckte sich nervös die Lippen und trug ein schreiend rotes Kostüm sowie ihre gewohnte Maske der Ungeduld. Sie nickte den bereits Versammelten zu und setzte sich mürrisch hin, als sei es ihr eine saure Pflicht, hier zu sein. Temple fragte sich, warum.

Owen Tharp erschien als letzter. Munter winkte er ab, als die fürsorgliche Lorna auf ihn zukam; er nickte Temple zu – als einziger – und ging den kurzen Gang halb hinauf. Mit Bedacht setzte er sich neben ein Mitglied aus Electras stummer Gemeinde, eine gut ausgepolsterte Matrone, die heute mit bräutlichem Schwung schwarze Satinrosen und einen mitternachtfarbenen Schleier an ihrem breitrandigen Hut trug.

Temple schaute auf die Uhr. Der kleine Zeiger stand auf der Zehn, der große schob sich der Zwölf entgegen. Wo war Lieutenant Molina? Temple erhaschte einen Blick von Electra, die vorn im Haus . . . äh, in der Kapelle stand. Das hier war schließlich kein Theater, und Temple arbeitete nicht mehr als PR-Beauftragte für das Guthrie. Aber das hieß nicht, daß sie nicht trotzdem ein bißchen die Inspizientin spielen konnte. Also starrte sie Electra an und tippte mit dem Zeigefinger auf ihre Armbanduhr.

Moment noch, sagte die Geste, du weißt ja.

Electra wußte – nicht, was passieren würde, aber daß mehr als eine Gedenkfeier und ein düsterer Duft in der Luft war. Immerhin hatte sie alle einschlägigen Presseveröffentlichungen auf ihrem Redepult gesammelt, und sie war bereit zu langem und lautem Besinnen auf Chester Royals Leben und Tod wie auf die Natur der geistigen und weltlichen Dinge überhaupt.

Völlig unerwartet kam jetzt der letzte Gast durch die stets offene Zwischentür hereinspaziert: Midnight Louie mit frisch gestriegeltem, in ganzer totenfeierlicher Pracht erstrahlendem Pelz und blitzsauberem weißen Schnurrbart nach seinem morgendlichen Krabbenfrühstück.

Aber wo war Molina?

Der lange Zeiger bedeckte die Zwölf, und der Augenblick der Wahrheit *und* ihrer Konsequenzen war nicht länger hinauszuschieben.

Electra nickte Matt feierlich zu, und dieser entlockte seiner Orgel eine Reihe kummervoll fließender Töne. Louie flüchtete aus der Nachbarschaft des Instruments und schmiegte sich an Temples Knöchel. Temple erkannte die Melodie nicht – wahrscheinlich irgendein Michael-Jackson-Trallala auf dreiunddreißig-ein-drittel gespielt –, aber sie war schwer von machtvollen Akkorden.

Sie unterdrückte ein Lächeln. Von hinten betrachtet erinnerten die schwarz aufgemotzten Puppen an eine Gangsterbeerdigung.

Die Kapelle hatte noch nie so viele lebende Zuschauer gesehen. Das Heiraten in Las Vegas war bekannt für seine Umstandslosigkeit – es gab weder Wartezeiten noch Bluttests, teures Personal oder Zeugen, die vielleicht nicht für alle Zeit Frieden hielten. Die Deckenventilatoren drehten sich mit sirupartigem Laissez-faire. Es wurde warm im Raum, von den Menschen und von der Tageshitze – vielleicht aber lag es auch nur daran, daß Temple nervös war, weil sie nicht wußte, was sie tun sollte.

Oder an Molinas Abwesenheit . . . Wußte die Frau denn nicht, was »wichtig« bedeutete?

»Wir sind heute hier versammelt«, begann Electra »hier in dieser Stadt der Extravaganz, um ein Leben zu ehren, das nicht so sehr geendet, als vielmehr sich auf eine andere Ebene fortentwickelt hat.«

Köpfe wandten sich ob dieser überoptimistischen Beschwörung einander zu. Keiner der Anwesenden brannte darauf, sich Chester Royal in irgendeiner Hinsicht fortentwickelt vorzustellen – zumal wenn das sein Überleben bedeutete, seine Beförderung mit irgendeiner unirdischen Airline, die die Überreste seiner scheußlichen Persönlichkeit wieder zur Erde zurücktransportieren könnte.

»Er ist nicht fort«, deklamierte Electra. »Er ist . . . entrückt.«

Temple war einen Blick zu Matt hinüber. Er hatte sich von der Orgel abgewandt und betrachtete Electra mit höflichem Staunen. Na, Electra hatte nicht ganz unrecht. Jemand hatte Chester Royal in der Tat sozusagen weggerückt.

»Wir dürfen nicht trauern«, fuhr sie jetzt vehement fort. »In diesem Augenblick schwebt Chester Royal vielleicht im Äther unserer unbestimmtesten Gedanken, ein beständiges Wesen auf der Suche nach einem Ort, wo es willkommen ist. Wie ihr alle von ihm denkt, so wird er bei euch allen sein. Er war ein Mann, an den man sich erinnert.«

Mit Abscheu, dachte Temple und stellte sich die unausgesprochenen Empfindungen der »Trauergemeinde« vor.

»Ein Mensch von . . . endloser Zärtlichkeit.«

Mit fünf Ex-Frauen.

»Ein brillanter Unternehmer in der Kunst wie im Geschäft.«

. . . der die krassesten Interessen beider Bereiche zu einem mittelmäßigen Matsch verrührte.

»Er hatte immer Zeit für den Gedanken an einen Freund.«

. . . und daran, wie er das Ego dieses Freundes auf Streichholzgröße herunterschnitzen könnte.

»Ein Mann, dem viele einen Erfolg verdankten, den sie in ihren schönsten Träumen nicht erwartet hätten.«

Und zu ihren schönsten Träumen gehörte es, ihn umzubringen.

»Der nichts für sich selbst verlangte . . .«

Außer der totalen Kapitulation der anderen.

». . . und den wir alle vermissen und zutiefst betrauern werden.«

Während wir unsere Freiheit von ihm feiern.

»Und den wir nicht vergessen werden.«

Bis wir diese Backofenstadt endlich verlassen und zu Hause wieder Business as usual betreiben können.

Electra hielt inne, um das Maß der Betäubung bei ihrem Publikum abzuschätzen. Sie warf Temple einen Blick zu, und diese schaute auf die Uhr, blickte zur Tür und schüttelte dann den Kopf. Electra redete unverdrossen weiter. »Und jetzt, Ladies und Gentlemen, möchte ich gerne über die heilende Kraft der Kristalle sprechen, die dem von Trauer Geplagten helfen kann.«

Ein unterdrücktes Stöhnen kam von jemanden im Publikum. Es wirkte wie ein geheimes Zeichen. Plötzlich flogen die beiden Außentüren der Kapelle auf. Licht flutete herein wie Fanfarenschall, als Molina und drei uniformierte Polizisten von hinten in die Kapelle kamen.

Temple stürzte ihr entgegen. »Haben Sie's?«

Molina wedelte mit einer Handvoll wehendem Faxpapier. Temple griff danach, aber Molina hatte nicht die Absicht, es loszulassen.

»Warum sagen Sie mir nicht einfach, was hier los ist?« schlug sie statt dessen zuckersüß vor.

»Weil Sie dann nicht schon wieder dumm dastehen, wenn ich mich irre.«

Das glatte Papier spannte sich zwischen ihnen. Dann ließ Molina loß, und Temple hatte die alleinige Gewalt. Hastig überflog sie, was auf dem Fax stand. Aha! Sie war sicher gewesen, daß er da sein würde, und er war da!

Köpfe hatten sich nach den Neuankömmlingen umgedreht, und Temple winkte die Abgesandten des Gesetzes zu Seite.

»Jeder, der an dem Fall beteiligt ist, ist hier«, berichtete sie Molina mit einem Theaterflüstern. Sie deutete mit dem Kopf auf Midnight Louie, der auf eine Sitzbank gesprungen war und neben einem ausgestopften Gentleman mit Zylinder Platz genommen hatte. »Sogar mein verschwundener ... äh, Partner, der die Leiche ja entdeckt hat.«

»Alle außer dem Catnapper«, sagte Molina.

»Auch der Catnapper.«

»Gut. Ich möchte mir die Gelegenheit, jemanden wegen eines so schweren Vergehens festzunehmen, auch nicht entgehen lassen«, sagte die Polizistin säuerlich. »Können wir jetzt zur Sache kommen? Ich bin müde, und ich möchte aufs Revier zurück und an meinen Schreibtisch.«

Temple nickte Electra zu, und diese endete mit einem rhetorischen Schnörkel, in dem das Überleben der Persönlichkeit, Channeling, Liebe-deinen-Nachbarn und die Vorteile von braunem Reis behandelt wurden.

Temples Schritte hallten ominös auf den weißen Fliesen des Ganges, als sie jetzt nach vorn ging. Geflüster erhob sich unter den lebenden Mitgliedern der Versammlung. Einer dieser netten Menschen hatte erst gestern abend versucht, sie Knall auf Fall zu erwürgen.

Molina und ein Officer folgten ihr, die beiden anderen Polizisten postierten sich an den beiden Ausgängen der Kapelle.

Electra drückte sich an den Rand, so diskret, wie es einer Frau von ihrer Größe und Persönlichkeit möglich war, als Temple vorn angekommen war und sich umdrehte. »Ich habe auch ein paar letzte Worte über Chester Royal zu sagen«, begann sie. »Sicher will niemand von Ihnen Las Vegas verlassen, ohne daß der Mord an ihm aufgeklärt ist.«

Auf diese Feststellung kam, wie erwartet, keine Reaktion.

»Ein Schild mit vier Buchstaben wurde auf der Leiche gefunden. Nur der Mörder, die Polizei und ich, die als erste am Tatort war, können das wissen.«

Und Temple nahm Beweisstück A von Electras Rednerpult, ein Plakat, das sie am Morgen gemalt hatte, und hielt es in die Höhe.

»Sie alle wissen, was dieser Ausdruck STET bedeutet – vielleicht mit Ausnahme von Mr. Jaspar.« Er nickte dankbar. »Stehenlassen«. Temple machte eine Pause. »Jemand wollte Chester Royal nicht stehenlassen. Er hat Chester Royal gestrichen. Getilgt, wie man auch sagt. Und noch etwas wissen einige unter Ihnen vielleicht nicht. Die Mordwaffe war eine altmodische Stahlstricknadel.«

Temple nahm eine Stricknadel von ihrem Pult. Diesmal schnappte man im Publikum nach Luft.

»Sie wurde benutzt von jemandem, der wußte, wie und wohin er damit stoßen mußte. Von jemandem mit medizinischen Kenntnissen. Fast alle hier hatten Zugang zu solchen Kenntnissen, und sei es nur durch ihre Bekanntschaft mit Chester Royal.«

»Moment mal«, sagte Avenour. »Wenn diese Sitzung dazu dienen soll, die Verdächtigen zusammenzutreiben und den Schuldigen zu entlarven, dann möcht ich mich mit allem Respekt zurückziehen. Ich weiß nichts über Medizin und wenig über Chester Royal persönlich. Ich bin hier, um meinen Verlag zu vertreten, nicht, um an den melodramatischen Ausführungen einer Amateurdetektivin teilzunehmen. Punkt.«

»Ich bin Amateurin«, stimmte Temple ihm zu, »aber es ist eine durchaus echte Polizistin zugegen, um die Sache in die Hand zu nehmen, falls es nötig ist. Und ich werde Ihnen handfestes Beweismaterial präsentieren.«

»Ein nachgemachtes Schild und eine Stricknadel, die Sie im Supermarkt gekauft haben?« fragte Esterbrook ätzend. »Kommen Sie zu sich.«

»Ich habe diese Nadel geborgt«, sagte Temple. »Von unserer geschätzten . . . Trauerrednerin. Und ob dies die Nadel ist, mit der Chester Royal ermordet wurde, oder nicht, ist auch gar nicht so wichtig. Es war ohnehin immer eine symbolische Waffe.«

»Symbolisch?« Das war Molina; sie klang angewidert.

Temple nickte. »Ich habe – sexistischerweise – angenommen, daß die Verwendung einer Stricknadel auf einen weiblichen Täter schließen ließ, ungeachtet der Tatsache, daß jeder sie mühelos an den Kontrollen vorbei in die Messehalle hätte schmuggeln können. Dessen ungeachtet konnte sie, in der richtigen Weise unter die Rippen und aufwärts in lebenswichtige Organe gestoßen, rasch tödlich wirken. Abgesehen davon, daß die Blutung großenteils innerlich und daher unauffällig sein würde und daß die exzentrische Wahl der Waffe die Polizei ratlos machen mußte.«

Molina wollte etwas sagen, aber Temple ließ sich nicht unterbrechen.

»Einige von Ihnen wissen vielleicht nicht, daß Chester Royal praktizierender Arzt war, lange bevor er Sachbuchautor, Verlagsagent und schließlich Verleger und Herausgeber unter dem Dach von Reynolds/Chapter/Deuce wurde.«

In den richtigen Gesichtern spiegelte sich scheinbare Überraschung: Lorna Fennick, Claudia Esterbrook, Mavis Davis – alle Frauen außer Rowena Novak, die dasaß wie ein Grabstein aus Granit. Sie wußte es, hatte es immer gewußt.

»Woher wußten Sie es, Mr. Hunter? Sie wußten es doch, oder?«

»Lanyard«, korrigierte er mit öliger Freundlichkeit und herablassendem Lächeln. »Von meinen vielen medizinischen Maskeraden. Chesters Kenntnisse gingen weit über die eines bloß Medizinbegeisterten hinaus. Ich kann Ärzte wittern; ich bin ziemlich erfolgreich auf Cocktailparties, wenn ich ihre Fachgebiete richtig identifiziere.«

»Und Chester Royal – wie hat er auf diese erstaunliche Fähigkeit reagiert?«

»Er war nicht erheitert.« Hunter warf Lorna Fennick, die sich neben ihn gesetzt hatte, einen ziemlich zärtlichen Blick zu. »Lorna war damals seine Assistentin, und sie stieß völlig unschuldigerweise auf seine Examensurkunde, die er in eine Schublade gestopft hatte. Chester hat getobt vor Wut.«

Temple wandte sich mit einer neuen Einsicht Lorna zu. »Er hat Sie also gefeuert, weil Sie zuviel wußten.«

Lorna nickte widerstrebend. »Ich wollte sowieso gehen. Ich hatte genug von seinen Manipulationen. Er haßte mich, weil ich es nicht nur schaffte, im Konzern zu bleiben, sondern sogar eine verantwortungsvolle Stellung zu bekommen.«

Noch einmal ging Temple ein Licht auf. »Und *Sie* gaben Lanyard Hunter den Tip über Royals Achillesferse!«

»Ich habe ihm keinen ›Tip‹ gegeben. Ich habe mich über Chesters unfaire Behandlung bitter bei ihm beklagt. Wir hatten etwas miteinander, aber das wußte Chester nicht. Lanyard hatte eben eine Autobiographie über seine medizinischen Hochstapeleien abgeliefert. Chester sagte, er wolle sie kaufen, und unterdessen versuchte er Lanyard zu überreden, das Buch zurückzuhalten und statt dessen Romane zu schreiben.«

Hunter nickte. »Als Lorna mir erzählte, wie wütend Chester gewesen war, weil sie seine Examensurkunde entdeckt hatte, da wußte ich, daß er etwas zu verbergen hatte.«

»Und so wurden Sie zu seinem Favoriten – indem Sie ihn erpreßten.«

»Nichts so Krasses. Er wußte, daß ich es wußte, und bewegte sich vorsichtiger. Das ist alles. Ich wußte ja nichts – außer daß er etwas aus seiner Vergangenheit zu fürchten hatte. Das genügte, um mir einen Angriffspunkt zu geben, und wie jeder in einer Welt, wo Autoren Autoren fressen, habe ich es benutzt.«

Auf der anderen Seite des Ganges schnaubte Owen Tharp verächtlich. »Haben Sie je die Methode erwogen, einfach gut zu schreiben, um Ihre Karriere voranzubringen?«

»Wieso denn?« schaubte Hunter zurück. »Das war für Royal doch nie so wichtig; sonst hätte er ja nicht so viele von Ihren Büchern gedruckt.«

Temple sah, wie die neugeborene Ghostwriter-Allianz zwischen Tharp und Hunter vor ihren Augen in einer ätzenden Rauchwolke explodierte.

»Ich kann nicht glauben, was da bei Pennyroyal Press vorgegangen sein soll«, sagte Mavis Davis. »Jeder Mann agierte für sich, und die Frauen wurden ausgebeutet. Ich bin froh, daß meine Bücher nicht mehr unter diesem scheußlichen Namen erscheinen werden.«

»Andere auch nicht«, sagte Avenour plötzlich. »Ich werde es dementieren, wenn es irgend jemand herausplappert, aber R/C/D wird Pennyroyal Press versenken. Ich rate Mr. Hunter und Mr. Tharp, sich einen neuen Verlag zu suchen.«

»Was ist denn mit meinen Verkaufszahlen?« platzte Hunter heraus. Er bekam keine Antwort.

»Ich bin jetzt sehr geduldig gewesen«, schaltete Lieutenant Molina sich ein und verlagerte ihr Gewicht auf den anderen Fuß.

Temple hob beide Hände, um alle zum Schweigen zu bringen. »Nur noch wenige Punkte«, sagte sie und wandte sich wieder an ihr Publikum. »Sicher war Chester Royal einzigartig, was die Böswilligkeit angeht, die er überall bei Pennyroyal Press walten ließ – aber seine Ermordung hatte wenig mit Schriftsteller- oder Lektoren-Ego, mit geschäftlicher Ausbeutung oder überhaupt mit dem Verlagsgeschäft zu tun. Und genau aus diesem Grund wurde der Mord auf der Buchmesse begangen, wo alle – auch die Polizei – annehmen mußten, daß es so sei.«

»Und das STET, das man ihm, wie Sie sagen, auf den Leib geschrieben hat?« wollte Owen Tharp wissen.

»Das STET funktioniert auf zweifache Weise. Einmal als Tarnung, um den Zusammenhang mit dem Verlag zu unterstreichen. Aber der Mörder war frech genug, gleichzeitig auch noch ein Wortspiel zu versuchen. Es ist nämlich auch die Abkürzung für das bekannteste Hilfsmittel eines Arztes: das Stethoskop.«

Lorna Fennick runzelte die Stirn. »Temple, Sie haben eine mega-kreative Phantasie. Selbst wenn es ein Stethoskop impliziert – na und? Jeder wußte, daß Chester Royal Medizinthriller herausbrachte, und insofern führt es auch nur zurück zum Verlag.«

»Nicht . . . unbedingt. Der Mörder wollte eine sehr lange zurückgehaltene Botschaft übermitteln. Die Stricknadel war mehr als der plumpe Versuch, den Verdacht auf die vielen von dem Fall betroffenen Frauen zu lenken, auf Mavis Davis oder Rowena Novak oder sogar auf Sie, Lorna – denn der Mörder kannte Chesters Misogynie. Die Stricknadel war genauso symbolisch wie das STET. Eine Stricknadel paßte besonders gut zu dem Verbrechen, für das er mit seinem Leben bezahlte.«

25.
Abgang Mörder

Das ist lächerlich!«

Lieutenant Molina stemmte die Fäuste in die Hüften und senkte den dunklen Schädel wie ein wütender Bulle. Anscheinend war sie im Begriff, Temples Auftritt zu beenden.

»Eine Minute noch! Ich versprech's. Eine Minute.« Temple griff nach der Stricknadel. »Das hier ist nicht bloß eine Stricknadel. Damit wurde in vergangenen Zeiten auch noch etwas anderes gemacht, etwas Furchtbares.«

»Mein Gott . . .« Die Stimme klang leise und zittrig. Rowena Novak vergrub das Gesicht in den Händen. Dann blickte sie auf und schaute Lieutenant Molina an. »Sie hat recht. Ich habe nie daran gedacht, und dabei war es so offensichtlich! Chester verheimlichte seine medizinische Vergangenheit wegen eines Kunstfehlerverfahrens. Er hatte vor Jahren, zu Anfang der fünfziger, an einer Frau eine illegale Abtreibung vorgenommen. Damals gab es keine sichere Alternative zu unerwünschter Schwangerschaft, abgesehen von den Engelmachern in dreckigen Hinterhäusern oder Hausmitteln wie Kleiderbügel und Stricknadeln.«

Molina machte ein strenges Gesicht. »Sie haben von dem

ehemaligen Beruf – und den juristischen Schwierigkeiten – Ihres Ex-Gatten nichts erwähnt, als ich Sie vernommen habe.«

»Es ist fast vierzig Jahre her. Für Chester lag es Jahrzehnte zurück, als ich ihn heiratete. Ich hatte es vergessen, das ist alles. Die Stricknadel hat mich nicht daran erinnert.«

»Die Stricknadel war eine Botschaft von einem Mörder zum anderen«, sagte Temple. »Chesters Tod war eine Hinrichtung.«

»Warum müssen wir hier sitzen?« wollte Avenour plötzlich wissen. »Wenn es nichts mit dem Verlag zu tun hat?«

Temple beherrschte sich. »Der Mord hat nichts mit dem Verlag zu tun, aber der *Mörder* sehr wohl.«

»Dann behaupten Sie immer noch, es ist einer von uns«, erklärte Claudia Esterbrook erbost.

Temple musterte sie alle. »Ja. Ich behaupte, es ist einer von Ihnen.«

»Und Sie wissen, wer es ist.« Lanyard hob den Silberkopf wie ein Jagdhund, der Witterung aufnimmt.

»Ich weiß, wer es ist.«

Es war still. Jemand räusperte sich.

Temple hatte sie jetzt – das ganze Publikum, auch Electra, die am Rand stand, und Matt, der sich von den Orgeltasten abgewandt hatte und aufmerksam auf seiner Bank saß. Sogar Midnight Louie hatte aufgehört, sich zu putzen; sein schwarzes Hinterbein lag noch auf seiner Schulter wie ein Schrotgewehr.

»Na, machen Sie schon! Sagen Sie's uns!« platzte Mavis Davis nervös heraus.

»Ich muß es Ihnen zeigen – und der Polizei. Mr. Jaspar, von den Pennyroyal-Autoren abgesehen kennen Sie niemanden hier?«

Der alte Rechtsanwalt schüttelte den Kopf.

»Aber Sie kannten Chester vom College her. Sie kannten ihn besser als sonst jemand?«

»Länger jedenfalls«, antwortete Jaspar mit einer juristischen Einschränkung.

»Dann berichten Sie von dem Fall Gilhooley.«

Jaspar lehnte sich nach vorn und rückte seinen Körper auf der harten Sitzbank zurecht. Seine Augen blickten wäßrig und nachdenklich.

»Den Fall habe ich verloren. Man erinnert sich immer an die, die man verliert. Natürlich war es ein törichtes Unternehmen, in den fünfziger Jahren einen Gynäkologen und Geburtshelfer gegen die Anklage einer illegalen Abtreibung zu verteidigen.

Ich hatte meine Kanzlei in Albert Lea, und ich kannte Chester. Also tat ich's. Aus irgendeinem idiotischen Grund, vielleicht für Geld, hatte Chester bei einer gewissen Mary Ellen Gilhooley eine Abtreibung vorgenommen; sie war zum achten oder neunten Mal schwanger – ich weiß es nicht mehr; sie hatten damals große Familien. Jedenfalls kam es zu Blutungen. Sie waren nicht zu stoppen, und die Frau starb. Ich konnte Chester nicht herausholen. Er verlor seine ärztliche Zulassung, weil er diese illegale Abtreibung vorgenommen hatte. Mir hat er nie einen Vorwurf daraus gemacht. Es war nun mal so.«

»Hat er es wirklich nur für Geld getan, Mr. Jaspar? Mehrere Frauen hier haben mir erzählt, Chester habe eine pathologische Feindseligkeit gegen Frauen gezeigt. Warum sollte er seine Zulassung riskieren, um einer Frau zu helfen? Oder ist er aus diesem Grund verbittert worden?«

»Chester hat immer gegen irgend jemanden oder etwas gewettert. Das lag in seiner Natur. Er hat mir nie gesagt, warum er es getan hat. Aber Sie müssen bedenken, daß er in einer Zeit Arzt war, wo die Leute – vor allem die Ärzte selbst – wirklich glaubten, sie wüßten es selbst am besten. Wenn Sie mich fragen: Er litt an Überheblichkeit.«

»Haben Sie mir nicht erzählt, daß die Familie Gilhooley behauptete, Mary Ellen hätte niemals eine Abtreibung verlangt, und es sei gegen ihre Religion, ihren Wunsch und ihren Willen geschehen.«

»Ja, aber Familien werden nun mal hysterisch, wenn so was passiert. Tatsache ist, daß sie auf dem OP-Tisch lag und daß sie starb. Niemand hat je in Frage gestellt, daß Chester Royal dafür verantwortlich war und daß er gegen geltendes Gesetz verstoßen hatte.«

»Moment mal!« Lorna Fennick beugte sich vor. »Ich begreife, worauf Temple hinauswill. Ich habe Chester viel später sehr gut gekannt und seinen Frauenhaß in voller Blüte erlebt – und ertragen . . . Hat denn damals jemand gefragt, ob der Arzt die Frau vielleicht getäuscht hatte?« Lorna strich ihre Ponyfransen beiseite, wie um klarer denken zu können. »Hat jemand daran gedacht, daß er sie vielleicht unter einem Vorwand auf seinen Tisch gelockt hatte und dann tat, was *er* für richtig hielt? Egal, ob sie das Baby wollte oder nicht, und wie viele sie schon hatte: *Doktor* Chester Royal hatte entschieden, daß sie zuviele hatte. Er nahm sich vor, das Kind abzutreiben, und nachher zu sagen, es sei spontan geschehen. Vielleicht hätte er sie sogar sterilisiert, wenn sie nicht diese Blutung bekommen hätte. Ärzte haben so etwas schon getan. Es hätte zu ihm gepaßt! Der Mann hatte ein so . . . verkorkstes Verhältnis zu Frauen!«

Avenour runzelte jetzt auch die Stirn. »Was ist denn mit dem Mann, mit dem Ehemann der toten Frau?«

»Er dürfte inzwischen auch tot sein«, meinte die unbekannte Frau, die ihn begleitete.

»Und überlebende Kinder?« Lanyard Hunter verzog nachdenklich das Gesicht. »Wie alt wären die heute?«

Alle sahen Temple an. Sie warf einen Blick zu der ungeduldigen Molina hinüber und nahm das Fax zur Hand.

»Nach den Informationen über den Fall, die Lieutenant Molina heute morgen bekommen hat, hieß der Ehemann Michael Xavier Gilhooley. Die Kinder reichten, was das Alter angeht, vom Kleinkind, Marie Clare, bis zum Teenager. Mr. Jaspar konnte sich an einige der Namen erinnern. Wollen Sie sehen, wie gut Sie gegen die Akten bestehen, Mr. Jaspar?«

»Marie Clare«, bestätigte er. »Tragisch – so ein kleines Mädchen ohne Mutter. Es waren lauter irische Namen – altmodische irische Namen; fordern Sie mich also nicht auf, sie zu buchstabieren oder richtig auszusprechen. Da waren Liam und Sean und Eoin . . .«

»E-O-I-N? Das hört sich nach einem seltsamen Namen an.«

»Ja, aber so schreibt er sich. Einen solchen Namen würde ich nie vergessen. Sie wurden in der Anklageschrift genannt – obwohl wir die Kinder vor Gericht natürlich nicht zu sehen bekamen. Also, Eoin, wie gesagt, dann Brigid und Cathleen. Wie viele waren das?«

»Sechs.«

»Es gab mehr. Komisch, es geht einem wie mit den Namen der sieben Zwerge – man kriegt sie nie *alle* zusammen. Marie Clare, Brigid und Cathleen, Eoin, Sean und Liam, und . . . Maeve! Genau, und noch ein komischer Name. Rory vielleicht. Das macht acht.«

»Und Kevin«, endete Temple. »Neun Gilhooley-Kinder. Aber die kleine Marie Clare müßte heute einundvierzig sein. Und die älteste dürfte über fünfzig sein.«

Alle blickten sich nervös an und berechneten insgeheim das jeweilige Alter.

Zum erstenmal lächelte Lieutenant Molina. »Und welcher Gilhooley hat sich getarnt auf der Buchmesse eingeschlichen? Hat die kleine Marie Clare bei der Anmeldung gearbeitet? Oder Sean bei den Technikern? Das hier ist keine Cluedo-Runde«, warnte sie etwas strenger. »Wenn Sie Anschuldigungen erheben, müssen Sie sie untermauern.«

Temple wandte sich ihr zu. »Sie haben gesagt, der Schlüssel zu diesem Fall ist das Motiv, und ich habe Ihnen ein plausibles geliefert. Sie haben außerdem gesagt, es hat keinen Sinn, fast vierzig Jahre zu warten, ehe man einen Mord aus Rache begeht. Letzte Nacht habe ich Sie gebeten, die Zeitungsberichte über den Gilhooley-Clan seit dem Prozeß herbeizuschaffen, und Sie haben einen einzigen auftreiben können.«

Temple nahm ein Fax. Es herrschte gespanntes Schweigen. Sie schob ihre Brille von der Stirn auf die Nase herunter.

»Hier ist er. Ein Ausschnitt aus der *Chicago Daily News* vom 15. Mai dieses Jahres. Ein Nachruf auf Michael Xavier Gilhooley, 73 Jahre. Mary Ellens Mann ist jetzt also auch tot. Was immer geschieht, er muß nicht miterleben, daß eines seiner Kinder wegen Mordes vor Gericht kommt, obwohl der Mörder damit auch nicht gerechnet hat. Chester Royals Tod war lange geplant, und er hätte narrensicher sein sollen. Daß Michael Gilhooley am Vorabend der Buchmesse starb, war nur der Zuckerguß auf der Torte des Mörders. Wo ließ sich ein Motiv besser verbergen als unter vierundzwanzigtausend Messebesuchern?«

»Was für eine Story!« Lanyard Hunters Augen blitzten. »Ich werde das Sachbuch schreiben, das ich immer schon schreiben wollte, und es wird von diesem Fall handeln. Sie können sich die Zunge abbeißen, Avenour. Kein großer Verlag wird sich eine solche True-Crime-Geschichte wie diese entgehen lassen. Ich brauche weder Pennyroyal Press noch RCD.«

»Das alles war höchst informativ«, sagte Owen Tharp. »Und, Lanyard, mit diesem Buch bin ich vor Ihnen an der Druckmaschine. Sie sehen eine gute Idee doch nur, wenn man sie Ihnen um die Ohren haut.«

»Lassen Sie sich nicht abschrecken, Lanyard!« Claudia Esterbrook johlte regelrecht. »Es sei denn, *Sie* wären der versteckte Gilhooley. Sie haben übrigens nie verraten, ob Sie unter einem Pseudonym schreiben oder nicht.«

»Das geht Sie gar nichts an!« fauchte er.

»Das ist die Frage, nicht wahr?« Temple fühlte sich ausgewrungen. Die Faxe in ihrer Hand waren zerknüllt, so fest hatte sie sie gehalten. »Wer ist das Kind, das den frühen Tod der Mutter nicht vergessen hat, das nie geglaubt hat, daß sie gegen ihr Gewissen gehandelt haben könnte, allem Anschein zum Trotz? Mary Ellens Tod hat einer jungen Familie die Mutter geraubt – und schlimmer noch: die Selbstachtung, denn die Mutter starb unter Umständen, die von der Gesellschaft als schändlich betrachtet wurden.«

»Sie klingen wie die Verteidiger des Mörders«, stellte Molina fest.

»Im Kopf des Mörders erschien das Verbrechen im Laufe vieler qualvoller Jahre des Planens als gerechtfertigt.« Temple holte tief Luft. »Die Identität des Mörders hat uns ins Gesicht gestarrt, genau wie das Schild mit dem Wort STET. Wir wußten nur nicht, wie wir es interpretieren sollten.«

»›Wir‹?« fragte Lieutenant Molina. »Sprechen Sie bitte in der ersten Person Singular.«

»Okay. Denken Sie noch einmal an die Gilhooley-Kinder. Lassen einige dieser Namen nicht eine Glocke läuten?« Eine lange Pause trat ein; Temple zog ein anderes Hilfsmittel hervor, eine Namensliste. »Etwas störte mich, als Mr. Jaspar sie mir das erstemal nannte, aber ich konnte nicht sagen, was es war. Aber dann wußte ich es. Diese irischen Namen«, sagte sie, an Jaspar gewandt, »sind altmodisch, wie Sie sagen, aber kehren Yuppie-Eltern nicht zu Namen wie Sean zurück? Und jeder weiß, daß es S-E-A-N buchstabiert wird und wir es wie ›Sie-en‹ aussprechen würden, daß es aber in Wirklichkeit ›Schoun‹ heißt.«

Jaspar nickte. »Verdammt, das weiß sogar ich. Wußte ich auch damals schon. Aber in den meisten Fällen ist man bei dieser irischen Schreibweise ratlos.«

»Ich weiß. Ich habe im Guthrie-Theater gearbeitet, als die irische Schauspielerin Siobhan McKenna dort auftrat. Ich fand, ihr Vorname war der häßlichste, der je auf einem Theaterprogramm gedruckt worden war, bis ich hörte, wie er ausgesprochen wurde: ›Schiworn‹. Und das ist ein hübscher Name.«

Jaspar war nicht der einzige verblüffte Zuhörer, aber Temple redete unbeirrt weiter. »Und jetzt gibt es Sinead O'Connor, die heiße Popsängerin. Die meisten Leute ermorden auch diesen Namen: ›Siniad‹. In Wirklichkeit heißt sie ›Schineyd‹. Ist das nicht viel schöner?«

»Wenn Sie es sagen«, murrte Jaspar. »Diese neumodischen Namen sind in meinen Augen ziemlich albern. Mädchen, die Meredith heißen, und Tyler –«

»Und Temple?« ergänzte sie. Jaspar verstummte. »Sogar Maeve ist wieder da. Früher hätte ich es ›Mey-iew‹ ausgesprochen, aber inzwischen weiß ich es besser. Es heißt ›Meyw‹.«

»Worauf wollen Sie hinaus?« fragte Lorna. »Wollen Sie damit sagen, daß eine von uns eine Gilhooley-Tochter ist und ihren Namen geändert hat?«

»Manchmal ändert ein Name sich von allein. Wußten Sie, daß viele keltische Namen nur Variationen voneinander sind? Nehmen Sie einen so fundamentalen Namen wie den englischen ›John‹. Die Schotten sagen ›Ian‹, die Iren ›Eoin‹. Da spricht man jeden Buchstaben – aber schnell, nicht jeden Buchstaben für sich, wie Mr. Jaspar es vorhin getan hat. Nicht Eh-oh-ei-en, sondern schnell: ›Eoin‹. Die Waliser schreiben es wieder so, daß es wir es alle verstehen: ›Owen‹.«

Die Versammlung saß wie versteinert da, und alle starrten plötzlich einen Mann an.

Das Schweigen dauerte an, bis Owen Tharp resigniert die Hände spreizte. »Ich habe nicht damit gerechnet, daß man darauf kommt.«, sagte er. »und schon gar nicht damit, daß ein Name mich verrät. Aber ich bin froh, daß Dad starb, bevor ich es tat.«

Noch während er sprach, kamen die Polizisten auf ihn zu. Er leistete keinen Widerstand, sondern stand auf und ließ sich Handschellen anlegen. Einen Augenblick später rezitierte ein Officer murmelnd die rituelle Aufzählung der Rechte, ein düsteres Ritual für eine Hochzeitskapelle.

»So hatte Chester am Ende noch eine sehr lebendige Totenfeier. Ich hätte sie um nichts in der Welt versäumen mögen.« Claudia Esterbrook stand auf und strich die Falten aus ihrem scharlachroten Rock. »Ich nehme an, wir anderen können jetzt gehen?«

Molina nickte. Temple sah zu, wie die Leute aufstanden; sie sah verloren und ein bißchen beschämt aus. Nicht so Claudia; sie marschierte großspurig vor Avenour, seiner immer noch anonymen Begleiterin und Earnest Jaspar den Gang hinunter. Niemand sonst ging hinaus, und niemand schaute Owen Tharp in die Augen außer Temple.

»Obwohl Sie versucht haben, mich umzubringen, hat es mir . . . leidgetan, Sie zu verraten.«

Tharp schüttelte erbittert den Kopf. »Nach Royal hatte ich eigentlich nicht mehr die Fähigkeit, noch einmal zu töten. Es war nur ein Reflex; ein Mörder soll ja schließlich bemüht sein, seine Haut zu retten, seine Freiheit. Ich habe gemerkt, daß ich es nicht bin.« Er wandte sich an Lanyard Hunter. »Aber mir liegt sehr wohl etwas an meiner Arbeit! Und wenn Sie Ihre inkompetenten Finger nicht von meiner Story lassen, verklage ich Sie, daß Ihnen Ihr Pseudonym in Fetzen geht!«

»Sie dürften jetzt Zeit zum Schreiben haben,« meinte Rowena Novak nachdenklich. »Ich lasse mich gern für Ihr Buch interviewen.«

»Das war es?« fragte Lorna Fennick einigermaßen ehrfürchtig. »Sie sind darauf gekommen, daß sein Pseudonym der Schlüssel war?«

»Jeder kreative Mensch möchte sein Werk auf irgendeine einzigartige Weise bekannt machen«, sagte Temple. »Gilhooley war nie ein guter Kandidat als Name für ein Buchcover – zu lang, zu kabarettistisch und für Eoin Gilhooley auch zu bitter. Also nahm er Michaels. Er war Michaels Sohn, erinnern Sie sich? Die anglisierte Version seines Taufnamens nahm er als Nachnamen und nachher als Vornamen. Tharp enthält das Wort ›harp‹ – die Harfe, eine Metapher für den irischen Geschichtenerzähler und Barden. Im Laufe der Jahre machte er Wortspiele aus seinen Pseudonymen, und die führten am Ende zu seiner Vergangenheit zurück.«

Sie wandte sich an Lanyard Hunter. »Sie haben es selbst gesagt, als wir zusammen aßen: Die beste Lüge ist eine Wahrheit, die niemand ernst nimmt. Sie wird den Lügner niemals einholen und alle anderen gründlich in die Irre führen. Owen Tharp hat mit der Auswahl seiner Pseudonyme seine Vergangenheit verschleiert und ihr zugleich ein Denkmal gesetzt. Chester Royal hat nie etwas gemerkt. Auf seiner Reise durch die literarischen Genres hat er sich mit zahlreichen Persönlichkeiten maskiert. Aber die wahre Persönlichkeit, die sich im Laufe der Jahre nie änderte, das war der junge Mann, der mitangesehen hatte, wie ihm seine Mutter geraubt worden war. Das war der Mensch, der Chester Royal ermordete.«

»Ziemlich nah dran«, sagte Tharp auf Temples Diagnose mit abgewandtem Kopf. Er hatte nicht vor, das Geheimnis seines Handelns, die Geschichte seiner Manie jemandem mitzuteilen. Vielleicht hob er es sich für das Buch auf – und höchstwahrscheinlich auch für den Film.

»Was ist mit dem Catnapper?« Lieutenant Molina wartete immer noch; sie stand mit verschränkten Armen da und zeigte sich unbeeindruckt.

»Wie Sie schon vermuteten, Lieutenant, die Entführung von Baker und Taylor war ein Ablenkungsmanöver, das Tharp sich ausdachte, um die ABA und die Presse von Royals Tod abzulenken. Nur, daß Emily Adcock und ich dabei nicht mitgespielt haben. Wir haben es nicht publiziert. Also legte er mir eine Lösegeldforderung auf den Schreibtisch, in der Hoffnung, er könne mich damit zwingen, an die Öffentlichkeit zu gehen. Aber Emily zog ihre American Express Goldcard heraus und bezahlte das Lösegeld, was auch diese Hoffnung vereitelte. Da versprach er dann, die Katzen zurückzugeben, um mich so in die Messehalle zu locken und seinen halbherzigen Mordversuch zu unternehmen. Aber ich neige zu dem Glauben, er wollte eher Verwirrung stiften, als mich ermorden. Allerdings – da kann ich mich irren.«

Tharp sagte gar nichts.

»Und die Frau, die das Lösegeld abholte?« Molina blieb hartnäckig. »Das ist ein weniger schweres Verbrechen, aber sie ist immer noch irgendwo da draußen. Wer ist sie, und wo ist das Geld?«

Temple zuckte voller Unbehagen die Schultern. »Ich weiß ja nicht alles, Lieutenant. Etwa muß ja auch für die zuständigen Behörden übrigbleiben. Sie war vermutlich bloß dafür engagiert wie mein Mr. O'Rourke. Ich wünsche Ihnen Glück, wenn Sie sie suchen, Lieutenant – falls Tharp Ihnen nicht helfen will.«

Molina wollte etwas erwidern, aber Temple wandte sich rasch an Owen Tharp. »Aber eines *verdiene* ich zu erfahren, Mr. Tharp. Diese Katzen sind unschuldige Opfer bei alldem. Wo sind sie?«

Owen Tharp machte zum erstenmal ein beschämtes Gesicht. »Ich mußte sie ja so schnell wie möglich loswerden. Sie sind . . . im Tierheim.«

»Seit wann?«

»Seit Freitag.«

»Mein Gott! Dann sind sie inzwischen hinüber!« Temple hatte einen Kloß in der Kehle, und sie sah Midnight Louie an, der neben Matt auf der Orgelbank ruhte.

»Oh, arme Emily!« Lorna Fennick kam herüber, um ihr Mitleid auszudrücken.

»Danke für Tharp«, sagte Molina knapp, und sie und ihre Polizisten führten den Mann hinaus.

Lorna umfaßte Temples Schultern. »Hören Sie nicht auf diese Miesmacherin. Das war eine Tour de force, Temple. Besser als in *Mord ist ihr Hobby.* Ich hoffe, Sie kriegen auch die verdienten Lorbeeren.«

»Tja, es war aufregend und riskant, und ich bin froh, daß diese Messe nicht mit einem unaufgeklärten Mord zu Ende geht. Aber so faszinierend so ein Puzzlespiel auch ist – mir wird doch eben klar, daß dieses damit endet, daß ein Mann für mehrere Jahre ins Gefängnis muß. Irgendwie mochte ich Owen Tharp, obwohl er meine Tasche mit einer Stricknadel durchbohrt hat. Seine Gründe hatte er jedenfalls, und zwar dreifach. Und – die arme Emily! Mir wird ganz schlecht bei dem Gedanken, daß Baker und Taylor im Tierheim eingeschläfert worden sind. Das habe ich wirklich verpatzt. Schauen Sie – Louie kommt, um sich an meinen Beinen zu reiben und mich zu trösten. Nicht wahr, Louie? Ich bringe es nicht über mich, es Emily zu erzählen.«

»Werden Sie aber müssen«, sagte Lorna wachsam. »Da kommt sie nämlich.«

»Temple – Gott sei Dank, daß ich Sie erwische! Ich bin auf dem Weg zum Flughafen, aber sehen Sie . . .« Emily versuchte die Doppeltür mit der Schulter aufzudrücken; ihre Handtasche hing an der einen Schulter, eine große Einkaufstasche an der anderen, und ein Katzenkorb baumelte an jeder Hand, und sie verhedderte sich rettungslos zwischen den Türflügeln.

Temple und Lorna rannten hin, um sie zu befreien.

»Ihre entzückenden ausgestopften Katzen sind in der Einkaufstasche«, sagte Emily atemlos. »Wir brauchen sie nicht mehr.« Sie hielt die Tragekörbe hoch. »Schauen Sie! Der rechte ist Baker, der linke Taylor. Dachte mir, Sie haben's verdient, sie auch mal leibhaftig zu sehen.«

»Sie haben sie wieder? Oh, Emily, wie ist das passiert?«

»Die Besitzerin einer Krimi-Buchhandlung hier in der Stadt hat sie im Tierheim gekauft. Können Sie sich das vorstellen? An diesem Wochenende. Sie war ganz entzückt, weil sie solche ›Doppelgänger‹ für ihren Laden gefunden hatte. Als sie sie dann mit den Plakaten verglich, erkannte sie, daß sie die echten Kater gekauft hatte. Na, sie kam ins Convention Center zu Baker & Taylor, als wir den Stand abbauten. Ich habe leider Ihren Katzenkorb für Baker ausborgen müssen. Maeveleen, die Buchhändlerin, hat mir einen von ihren gegeben, und jetzt fahren wir drei mit dem Wagen raus nach Minden, Nevada – fragen Sie mich nicht, wo das liegt; der Fahrer weiß Bescheid. Muß los. Bis nächstes Jahr auf der Messe in Vegas!«

Emily drehte sich um und polterte zur Tür hinaus, die Lorna und Temple ihr aufhielten.

»Vergessen Sie den Katzenkorb ruhig!« brüllte Temple ihr nach, als Emily auf die weiße Limousine zulief, die am Randstein wartete. Konzernkater reisten stilvoll. Temple sah Midnight Louie an, der herangetrottet war, um Baker und Taylor durch die Korbgitter zu beschnuppern. »Ich brauche ihn nicht mehr.« Sie senkte die Stimme. »Aber was ist mit Ihren fünftausend Dollar?«

Körperlose Hände nahmen die beiden Katzenkörbe mit Baker und Taylor in Empfang und verstauten sie auf dem Rücksitz. Emily Adcock hechtete hinter ihnen her; sie hielt nur noch einmal inne, um Temple ein ekstatisches Lächeln zu schenken.

»Keine Sorge – die Firma erstattet sie mir – oder die Bibliothekare sammeln das Geld. Mir ist es auch egal. Ich bin so froh, sie wiederzuhaben. 'bye!«

Die verbliebenen Ex-Verdächtigen kamen langsam aus der Kapelle heraus in die gleißende Mittagshitze.

Lanyard Hunter setzte eine dunkle Brille auf und zog Lorna Fennicks Arm unter seinen. »Das war eine ereignisreiche Buchmesse, und das verdanken wir zum Teil Ihnen, Temple. Ich werde Ihnen ein Buch widmen müssen.«

»Hat mir Spaß gemacht, mit Ihnen zusammenzuarbeiten«, sagte Lorna Fennick und gab ihr zum Abschied die Hand. »Gewissermaßen. Ich muß jetzt auch abreisen.«

Sie schlenderten davon; sie erneuerten eine alte Bekanntschaft und vielleicht mehr. Mavis Davis kam als letzte heraus; ihre ungeschützten Augen zogen sich im Sonnenlicht faltig zusammen. Sie sah um zehn Jahre älter aus.

»Ich . . .« Sie verstummte und starrte kläglich den Strip hinunter, wo die anderen im Hitzedunst zwischen flirrenden Reklameschildern verschwanden.

»Wann haben Sie Ihren Namen in Mavis geändert?« fragte Temple leise.

Sie blickte ihr endlich ins Gesicht. »Aber . . . das wußten Sie auch?«

Temple lächelte. »Maeve Gilhooley konnte man unmöglich auf ein Buch schreiben. Das wußte sogar ein Branchenneuling wie Sie. Außerdem wollten Sie der Vergangenheit entrinnen. Ich könnte mir denken, daß Sie so lange den Familiennamen Ihrer Pflegeeltern getragen haben, daß ›Ihr‹ Name Ihnen gar nicht mehr als der Ihre erschien; warum also nicht gleich einen anderen nehmen? Deshalb wollten Sie kein Pseudonym annehmen, als Reynolds/ Chapter/Deuce Sie dazu aufforderten. Mavis Davis war schon eins. Und Mavis ist auch irisch: die Singdrossel – wie heißt es in dem alten Lied? ›I heard the mavis singing . . .‹ Genau wie Ihr Bruder haben Sie sich Ihre ursprüngliche Identität auf eine gewisse Weise bewahrt. Ich schätze, das schriftstellerische Talent lag wohl in der Familie.«

»Ich kannte die Wahrheit über den Tod meiner Mutter nicht, ich wußte auch nicht, daß ich einen Vater hatte – oder alle diese Geschwister. Stellen Sie sich das vor!« Mavis lächelte, aber ihre Augen füllten sich mit Tränen. »Der Skandal verstreute die Familie in alle Winde, und arm war sie schon vorher gewesen. Eoin ging wie die anderen älteren Jungen schon in jungen Jahren von Zuhause weg, um Geld zu verdienen. Wir Kleinen wurden in aller Stille auf andere Familien verteilt. Das ging damals, ohne daß die Behörden sich einmischten. Eoin hat mir erzählt, daß Dad nach Mas Tod nie wieder derselbe war. Er trieb sich herum, trank . . . Eoin schickte Geld, so oft er konnte. Er hat nie vergessen, nie vergeben. Ich war natürlich noch zu klein, um mich an den Prozeß und all die Schwierigkeiten zu erinnern.«

»Eoin hat Ihnen das alles erzählt? Wann denn?«

Mavis hob die Hand und nahm die Trauermantilla ab. »Er kam erst vor zwei Tagen zu mir. Es war wie in einem der Thriller, die wir geschrieben haben und an die ich nie ernsthaft geglaubt habe – die längst überfällige Wiedervereinigung, die Sünden der Vergangenheit, Rache ... Er hatte planvoll angefangen, für Pennyroyal Press zu schreiben, um so auf seine Chance zu warten. Mich hatte er all die Jahre hindurch im Auge behalten, uns alle, aber er hat nie Kontakt mit uns aufgenommen ...«

»Das ist ein Punkt, in dem er sich verraten hat«, warf Temple ein.

Mavis runzelte die Stirn. »Indem er uns im Auge behalten hat?«

»Ich habe gehört, wie er Lieutenant Molina erzählte, Sie seien aus Kankakee. Aber woher wußte er das? Später ging mir ein Licht auf: Die Information stand nicht in Ihrem Autorenporträt, also mußte es eine verborgene Verbindung zwischen Ihnen und Owen Tharp geben.«

»Armer Eoin. Er mag ein Mörder sein, aber von unserer Verwandtschaft hat er mir nur deshalb nichts gesagt, weil er nicht wollte, daß wir anderen für sein Verbrechen würden büßen müssen, falls man ihn erwischte – obwohl er sicher war, daß er ungeschoren davonkommen würde. Er war von neuem wütend darüber, wie .. Mr. Royal seine Schwester behandelte. Als er mir alles erzählte, als ich sah, wie ich mein Leben lang belogen worden war – daß man mir die Geschichte meiner Mutter vorenthalten hatte, daß ich meinen Vater und meine Familie nicht hatte kennen dürfen, daß man mir den Glauben an mich selbst genommen hatte – als ich erkannte, daß Chester Royal es geschafft hatte, mein Leben zum zweitenmal zu ruinieren ... ja, da war ich auch wütend, und ich tat, was Eoin wollte. Er war mein Bruder.«

»Aber Sie brauchten sich auch nur dumm zu stellen und das Lösegeld abzuholen, nicht wahr?«

Sie nickte. »Ich schicke Emily Adcock das Geld zurück.«

Temple grinste. »Unter Pseudonym hoffentlich.«

»Sie meinen . . .?«

»Niemand braucht es zu wissen. Wieso, glauben Sie, habe ich den Mund gehalten? Sie haben ja nichts getan, außer daß Sie einem Verwandten beim Catnapping geholfen haben; das ist wohl kaum mit einem Mord zu vergleichen. Und Sie sind endlich frei von Chester Royal. Für alles, was Sie vielleicht getan haben, haben Sie längst im voraus bezahlt, einfach indem Sie mit dem alten Ungeheuer jahrelang zusammengearbeitet haben. Fahren Sie nach Hause, und schreiben Sie Ihr großes Buch.«

»Ich werde Eoin nicht verlassen, nachdem ich ihn einmal gefunden habe. Der Tod unserer Mutter hat die Älteren gezeichnet, und ich kann es ihnen nicht verdenken. Manchmal, Miss Barr, ist Unwissenheit ein Segen. Ich bin froh, daß ich nicht schon früher wußte, was Chester Royal war. Vielleicht hätte ich getan, was Eoin getan hat.«

»Das bezweifle ich.« Temple bückte sich und hob Midnight Louie auf. »Puh, was für ein Brocken.«

Mavis betupfte ihre Augen mit einer Ecke der Mantilla. »Danke. Auf Wiedersehen und danke.«

Temple sah Mavis Davis nach, wie sie sich der Wanderung auf dem Strip anschloß, und sie hielt sich aufrechter, als Temple es je gesehen hatte. Die meisten würden jetzt schleunigst zum Hotel gehen und sich dann in die Flughafentaxen stürzen. Bald würden sie die Buchmesse in Las Vegas vergessen haben. Und wer saß hier fest? Temple wandte sich ab und schleppte den Kater hinein.

Electra huschte zwischen ihren Puppen umher und nahm ihnen die Trauerstaffage ab.

»Das war unter allen Umständen aufregender als eine Hochzeit«, stellte sie fest. »Ich dachte schon, die Polizei kommt überhaupt nicht mehr. Besonders dankbar war sie nicht, wenn Sie mich fragen. Und diese Verlagsleute! Ich hatte ja keine Ahnung, daß das so ein verschrobener Haufen ist. 'türlich, wenn man sich überlegt, was heutzutage in manchen Büchern so vor sich geht . . . Ich wette, Sie sind froh, daß dieser ABA-Job vorbei ist und Sie sich wieder auf normale Klienten konzentrieren können, zum Beispiel auf den Schlammringer-Verband.«

»Ich gehe jetzt hinauf in meine Wohnung, Electra. Ich breche gleich zusammen, und Louie braucht seinen Lunch.«

»Schön, schön.« Eine matronenhafte Puppe war mit einem Handstreich ihren Schleier und ihre Perücke los.

Müde schlenderte Temple durch den Verbindungsgang, und der Kater tappte hinter ihr her. Die schwülen Korridore lagen verlassen da. Ihr war, als bewege sie sich durch einen warmen Pudding, wie eine Träumerin, die sich immer weiter vom Ufer der Realität entfernte.

Als der Aufzug in ihrem Stockwerk anhielt, blieb Louie mitten in der Tür stehen und überlegte, was er als nächstes tun wollte.

»Rein oder raus, Dicker? Entscheide dich.«

Schließlich geruhte er den gebogenen Hauskorridor entlangzuspazieren. Als Temple bei dem langen, halbdunklen Gang anlangte, der zu ihrer Tür führte, blieb sie stehen.

Matt Devine, jetzt wieder in Zivil, lehnte an der Wand, und was er in den Händen hielt, sah aus wie zwei frostige Margaritas.

»Dachte mir, Sie könnten nach dieser Show eine Erfrischung vertragen. Das war eine ziemliche Strapaze.«

Temples Lebensgeister erwachten sofort wieder. »Tolle Idee, danke. Sagen Sie, was war das für ein Trauermarsch, den Sie da am Anfang gespielt haben?«

Er grinste. »Ihre Neugier ist noch mal Ihr Verderben. Woher wissen Sie, daß es nicht Mozart war?«

»Es war nicht Mozart.«

Matt seufzte und studierte den Inhalt seines Glases. »›A Whiter Shade Of Pale‹. Procol Harum.«

»Eins meiner Lieblingslieder!«

»Wirklich?«

Matt nickte und deutete dann auf die Visitenkarte, die Temple in den Rahmen an der Tür geschoben hatte. »Das da habe ich gesehen, als ich Ihr neues Kettenschloß eingebaut habe. Ich finde, es stimmt nicht.«

Sie starrte ihre Karte an, und er reichte ihr den Drink, der ihr fast die Hand erfrieren ließ. »Ich sehe nicht, was damit nicht stimmt.«

Matts Glas stieß klickend gegen ihres. »Es müßte heißen: Temple Barr, Privatdetektivin.«

Der Gedanke gefiel ihr, das Kompliment auch, und vor allem der, der es ihr machte. Aber bescheiden antwortete sie: »Nein, eigentlich nicht. Nie wieder. Das schwöre ich feierlich.« Tatsächlich erwog sie im Moment Intimeres als kriminalistische Ermittlungen.

Midnight Louie, der unbeachtet zu ihren Füßen wartete, reckte träge seine Vorderpfoten hoch bis zum Türknopf und verpaßte ihm einen majestätischen Klaps.

26.
Louies letztes Miau

Niemand ist glücklicher als meine Wenigkeit, daß diese ABA-Geschichte vorbei ist. Zum einen brauche ich mir keine Sorgen mehr zu machen, weil ich wegen Mordes geschnappt werden könnte. Zwar trage ich ein paar Fäuste voll Schnappmesser mit mir herum, aber selbst in dieser Stadt würden wenige so was mit einer Stricknadel verwechseln.

Was meine häusliche Unterbringung anbelangt, so habe ich mit Miss Temple Barr eine zufriedenstellende Vereinbarung treffen können: Sie läßt jetzt das Fenster im Gästebad weit genug offen, daß ich mich abends rein- und rausdrücken kann.

Anfangs befürchtete ich, die Tatsache, daß Baker und Taylor im Tierheim nur mit einem blauen Auge davongekommen sind, könnte sie dazu ermuntern, meine, äh, Bewegungsfreiheit einzuschränken. Aber ihre Stimmung hellt sich auf, als der Übeltäter gefaßt ist – und noch weiter, als Mr. Matt Devine seine freundliche Ouvertüre abspielt –, und so habe ich keine Mühe, sie zu meiner Ansicht zu bekehren.

So bin ich nun also viel unterwegs, und manchmal spaziere ich sogar den Strip hinauf zum Crystal Palace, wo man immer viel Aufhebens um mich macht; man sieht, daß auch ein bißchen Midnight Louie ziemlich lange vorhält.

Mir geht's prima, aber bei meinem Kumpel Ingram bin ich nicht so sicher. Sein Mäulchen wird täglich um eine Schattierung heller, das schwöre ich. Diese Geschichte mit Baker und Taylor geht ihm nicht aus dem Kopf; er ist keiner, der sein Territorium teilt. Sein Mensch, Miss Maeveleen Pearl, hat sein Vertrauen in ihren Geschmack und ihre Vernunft ernstlich erschüttert. Man findet ihn jetzt häufig zusammengerollt auf diesen grausigen Bänden, die man Lebenshilfebücher nennt – mit Titeln wie *Menschen, die Tiere lieben, die ihr kreatürliches Behagen lieben* und *Wenn bösen Hunden Gutes widerfährt.*

»Ein unzivilisierter Akzent, Louie«, klagt er, wenn ich mal auf ein Schwätzchen an der Tür vorbeikomme. »Und keine anständigen Ohren, die der Rede wert wären. ›Jungchen‹ haben sie mich genannt – in meinem eigenen Laden!«

Ich kann das Weiße in seinen Augen sehen.

Es hilft auch nicht gerade, daß Miss Temple Barr in einer der diplomatischen Gesten, für die sie bekannt ist, Baker und Taylor – die Attrappen – an Miss Maeveleen Pearl verschenkt hat; der gefällt es jetzt, die schlappen Figuren an verschiedenen Stellen überall im »Thrill 'n' Quill« zu postieren. Ingram weiß nie genau, wo sie als nächstes auftauchen werden – vielleicht in seinem eigenen Bett.

Laß ab, sage ich, als ich diese Beschwerden zum x-ten Mal von ihm höre. Es hat keinen Zweck, ihm zu erzählen, daß meine Unterhaltungen mit Baker und Taylor im Knast über das mutmaßliche Geschlecht ihres Entführers – und über den schottischen Namen Ian und seine Verwandtschaft mit dem gälischen Eoin und dem walisischen Owen – mich befähigt haben, den ABA-Mörder festzunageln.

Manche werden sich vielleicht darüber wundern, daß ich auf meine gewohnt geschmackvolle Art just das Wort zum Schlüssel des Geheimnisses mache, das der langvergessene Taufnahme des Schuldigen ist.

Electra Lark und ihresgleichen würden meine mystischen Talente auf ein früheres Leben zurückführen (eine gangbare Theorie, wenn Sie mich fragen), auf die tiefgründigen spirituellen Fähigkeiten meiner Art, die bis in die Zeit der Pharaonen zurückreichen, oder auf schlichte alte Katzenintuition.

Tatsache ist: Ich kann in der knappen Zeit, die mir zur Verfügung steht, nicht einen ganzen Titel zerkauen und nur Owen Tharps Autorennamen übriglassen. Auch werden die Kommunikationsversuche meiner Spezies nur zu oft als blanke Zerstörungswut mißdeutet. Nennen Sie das Spiel eine Charade des Unbewußten. Indem ich die anderen Buchstaben entfernte und nur einen merkwürdig aussehenden Rest übrigließ – nämlich __EO_I__N___ –, hinterließ ich einen einprägsamen Eindruck bei Miss Temple Barr und produzierte das, was Literaten vielleicht als Homophon des derzeitigen Namens unseres Mörders bezeichnen möchten – oder jedenfalls halbwegs ein Homophon. (Ein Homophon ist nicht etwa Kommunikationsapparat für Typen einer speziellen sexuellen Abteilung, sondern ein schickes Wort, mit dem sich sagen läßt, daß Owen und Eoin gleich klingen, aber anders geschrieben werden.) Es mag die Methode zum Wahnsinn passen – in diesem Fall zum Chaos der Buchmesse und zu allem Literarischen.

Um es zusammenzufassen – was Miss Temple Barr am liebsten tut –: Was soll's, zum Teufel, es hat geklappt, oder etwa nicht? Dank meiner üblichen Mischung aus physischem Heldentum und intellektuellem Scharfsinn.

Da wir von Scharfsinn sprechen: Lieutenant Molina hat sich endlich einmal nützlich gemacht und die Listen des Tierheims überprüft, und dabei hat sie den Namen gefunden, den die Person benutzte, die Baker und Taylor in dieser betrüblich unzureichenden Einrichtung ablieferte: Gil Hooley. Owen Tharp spielte Wortspiele bis zum Schluß. Und so wird der letzte Nagel in diesen Sarg geschlagen. Ich bedaure nur, daß es nicht einer von meinen eigenen ist.

Nachdem ich meine dringlichsten Angelegenheiten geregelt und mich vergewissert habe, daß die Welt überwiegend in Ordnung ist, kann ich mich wieder darangeben, mich auf gewohnte Weise zu unterhalten: Ich gehe auf Karpfenfang im Teich hinter dem Crystal Palace, ein Unternehmen, das um so vergnüglicher ist, weil es erfordert, hin und wieder dem fliegenden Küchenbeil des Hotelkochs auszuweichen (Song, der chinesische Koch, ist ein großer Karpfenliebhaber, genau wie ich, aber genau an diesem Punkt trennen sich unsere Wege auch, könnte man sagen.) Meine diversen Freundinnen verlangen Aufmerksamkeiten einer der Zensur unterliegenden Natur. Ich hoffe, sie mit meinen Erfolgen beeindrucken zu können, aber schon die Vergangenheit hat gezeigt, daß ich den gebührenden Ruhm für die Aufklärung des Mordes an Royal nicht erhalte. (Aber so geht es uns Detektiven immer, von Sherlock Holmes an.)

Es ist eine einsame, gefährliche und nie besungende Arbeit (daß sie unbezahlt ist, versteht sich von selbst), und deshalb bin ich umsichtig genug, meine Memoiren selbst zu schreiben. Ich komme zwar in die Jahre, aber ich habe nicht die Absicht, still dahinzudämmern, auch wenn ich – zugegeben – in letzter Zeit bedächtiger werde, wenn ich in Miss Temple Barrs Abwesenheit in meinem Ruhesitz-Apartment herumlungere. Sie treibt sich mit Mr. Matt Devine in der Stadt herum und schippert hoffnungsvoll über den berühmten Liebesweiher des Crystal Phoenix.

Ich verbringe glückliche Stunden in der Erinnerung an reizende Ladies, denen ich den Hof gemacht, an Rivalen, die ich von der Landkarte gekratzt habe (sozusagen), und an meine weitverstreute, zahlreiche und gottlob von meiner Existenz ahnungslose Nachkommenschaft.

Und während ich so auf den Pfaden der Erinnerung wandle, drücke ich in einer unabsichtlichen Bewegung auf den ON-Knopf der TV-Fernbedienung, und MTV spendet meinen Ohren den Segen eines extremen unanständigen Rocksongs von einer Gruppe namens »Rollige Steine«. Aber vielleicht habe ich mich da auch nur verhört.

Meine Ohren sind nicht mehr das, was sie waren; andererseits sagt man mir oft, ich sei schon zur Welt gekommen mit einer Gassenmentalität.

Midnight Louie beißt die Hand, die ihm das Futter reicht

Ich werde nicht oft gebeten, mich einem gebannten Publikum zuzuwenden, von meinem Mittagessen vielleicht abgesehen. Wie kann ich also der Versuchung widerstehen, obige literarische Übung damit zu vollenden, daß ich die sogenannte Autorin demaskiere? Zumindest der Untertitel stimmt: »Ein Midnight-Louie-Kriminalroman«.

Dabei gibt es an diesem Roman nichts Geheimnisvolles. Ich sage es frei heraus: Diese Dame Douglas verdankt mir alles. Ich habe ihr alles beigebracht, was sie weiß, und dann noch ein bißchen mehr. Ihr Vater war Lachsfischer an der Nordwestküste, und wenigstens das sprach von Anfang an für sie. Und mit Vergnügen gebe ich ihrem Auftritt mit etwas echter Klasse hinzu, mittels jener Art von Telepathie, über die wir schon in jenen Tagen verfügten, als Moses noch ins Binsenkörbchen paßte.

Kennengelernt haben wir uns während ihrer sechzehnjährigen Tätigkeit als Block-und-Bleistift-Quälerin bei einem Lokalblättchen in St. Paul, Minnesota. Das war in den siebziger Jahren, als sie noch ein schickes junges Ding und ich ... na ja, wie stets in den besten Jahren war. Ich erregte ihre Aufmerksamkeit sofort – eine dreizöllige Anzeige mit winziger Schrift war nötig, um meine vielen Vorzüge in der »Haustiere«-Spalte aufzulisten. Auf den ersten Blick sah sie, daß ich zu Höherem geschaffen war, und so rief sie an, um sich meine Lebensdaten geben zu lassen: achtzehn stramm bemuskelte Pfund, Augen grün wie Katzenminze, rabenschwarzes Fell – und zwar jede Menge –, vier wohlmanikürte Pfoten sowie die volle Werksausstattung.

Natürlich macht sie eine große Story über mich, und ich lande auf einer Farm in Minnesota und treibe mich da mit den Kühen herum. Inzwischen fühlt meine künftige Komplizin sich im Journalismus eingeengt: Kleine Puppen gelten nicht als Beförderungsmaterial in dieser Branche, in der sich seit den Tagen von *Front Page* wenig geändert hat.

Und so schreibt diese Douglas-Puppe ganz allein dreiundzwanzig Romane. Ich luchse verstohlen hinein, als ich einmal so tue, als machte ich ein Nickerchen auf ihrem Bücherregal, und stelle fest, sie schreibt Historisches, Krimis, Fantasy, Science Fiction und sogar Liebesromane. Mir ist das recht; Louies *l'amours* sind legendär. (Nicht selten bringe ich mich da in heikle Situationen. Ich liebe die Gefahr.)

Zu meinem Glück legen Angehörige des Feliden-Stammes häufig Gastauftritte in ihrer Prosa hin, wie beispielsweise dieser schiefzahnige Felabba in *Six of Swords* und in ihrer *Sword and Circlet*-Trilogie. (In ihrer neuen Fantasy-Trilogie *Taliswoman* spielt ein Samojeden-Spitz namens Rambeau die pelzige Hauptrolle. Ich bin ja durchaus für »gleiches Recht für alle« und »Tierrechte« etc., aber es ist doch erfreulich, daß sie in diesen Krimis hier mit meinen Solo-Auftritten wieder aufs rechte Gleis zurückgefunden hat. Es sind meine Heldentaten im Asphaltdschungel, die dafür sorgen werden, daß in diesem Hause die Tacos nicht ausgehen, wenn Sie mich fragen.)

Was diese Schriftstellerpuppe angeht – was soll man sagen? Sie führt ein langweiliges Leben, verglichen mit mir. Sie hängt inzwischen in Fort Worth rum, immer noch mit demselben Mann, Sam the »D« (wie in Douglas), mit dem sie zusammen ist, seit sie sich beim Schauspielern in irgendeinem Theaterstück in St. Paul kennengelernt haben. Er ist Künstler und macht einzigartige Acryl-Kaleidoskope. Ahem. Wenn ich was Buntes sehen will, das im Kreis rumläuft, ist mir eine punkmäßig eingesprayte Wüstenrennmaus lieber. Die Schriftstellerpuppe sammelt außerdem zierliche alte Kleider, die zu nichts taugen, außer vielleicht dazu, meine Krallen durchzuziehen, was sie aber aus irgendwelchen Gründen immer hysterisch werden läßt.

Zu meinem Unglück bin ich nicht der einzige Kater in ihrem Leben; dazu zählen außerdem zwei Straßentypen, Longfellow und Panache (sechzehn bzw. fünfzehn Pfund – keine Bedrohung für *meinen* Schwergewichtsmeistertitel) und ein Paar platinfarbene, reinrassige Perser-Miezen, Summer und Smoke, die von einer nicht zu verachtenden Üppigkeit sind, sich aber unfreiwillig dieser furchtbaren Operation haben unterziehen müssen und mir deshalb überhaupt keine Beachtung schenken. Ihr Pech.

Aber es gibt nur einen Top-Kater in Las Vegas und in den Büchern der Dame Douglas. Denken Sie daran, und ich werde mir versagen, Sie daran zu erinnern, indem ich meine Initialen in Ihre Epidermis graviere.

(gezeichnet) Midnight Louie – sein Zeichen

Carole Nelson Douglas schlägt zurück

Zunächst einmal: Wenn Coda »Schwanz« bedeutet, kann man nach Louies Schilderung unserer Beziehung sagen, daß er seinen ziemlich hoch trägt. Seinen derzeitigen Ruhm und sein Vermögen hat er ausschließlich meinen literarischen Bemühungen zu verdanken. Tatsache ist, daß Midnight Louie für einen Dollar zu haben war, als ich ihn 1973 im kleingedruckten Teil der Kleinanzeigen entdeckte.

Der »große schwarze Kater« war offensichtlich ein hübscher Bursche und stellte ebenso offensichtlich ein Disziplinproblem dar. Seine damaligen Obhutgeber beschrieben ihn als »Betrüger und achtzehn Pfund schweren knuddeligen Pussykater, äußerst weltgewandt und auf ihrer neuen Couch ebenso daheim wie in der alten Mülltonne ihres Nachbarn«.

Sie gaben zu, daß er mit »geklauten Goldfischen« großgezogen worden sei, und behaupteten, er »verstehe« Englisch, spreche es aber nicht.

Sie baten nur darum, daß Louies neue Halter ihm erlaubten, weiter umherzustreifen und der Schürzenjäger zu bleiben, der er (ebenfalls offensichtlich) immer gewesen war. Da mir nicht klar war, ob und wo ein *roué* wie Louie in die Abteilung Familienleben passen würde, in der ich meine

Feature-Artikel schrieb, rief ich seine Pflegefamilie an und bat um nähere Auskunft.

Sie waren von schonungsloser Offenheit. Eines Morgens um zwei Uhr hatte Louie sich neben einem Coke-Automaten in einem respektablen Motel in Palo Alto an die Ehefrau gehängt; er wilderte dort Karpfen, wenn er nicht gerade für die weiblichen Gäste den Gigolo machte. Der Geschäftsführer des Motels stand im Begriff, Louie einen Wohnortwechsel zukommen zu lassen, vom Fischteich zum Tierheim. So kam es, daß die liebesblinde Gattin Louie per Luftfracht (in einem geliehenen Hundewelpenkorb, den er über die Maßen verabscheute) nach St. Paul expedierte.

Dort angekommen, attackierte Louie ihren Mann, einen Rechtsanwalt; er versuchte ihre sterilisierte Siamkatze zu belästigen, fing eine Schlägerei mit dem heimischen Hoover-Staubsauger an und entschied, daß das Katzenklo zwar die nächstbeste Verbindung nach China sei, nicht aber der Ort, wo man einen Akt persönlicher Hygiene beging.

Nach kurzer Zeit bemerkte das Paar, daß Louie in der häuslichen Sicherheit sein Gewicht auf bloße fünfzehn Pfund verringert sowie ihre Wohnung in ein Schlachtfeld verwandelt hatte. Endlich gaben sie eine Anzeige auf. Nicht lange, und die Leser schlugen sich darum, den berüchtigten Kater zu adoptieren. Louie stieg zu einer bukolischen, obskuren Existenz auf, nachdem ich meinen Feature-Artikel geschrieben hatte. Mein erster Fehler war es, daß ich ihn den überwiegenden Teil des Artikels mit seinen eigenen Worten bestreiten ließ.

Innerhalb der nächsten drei Jahre begann ich, in meiner Freizeit Romane zu schreiben, aber Midnight Louie kam mir erst 1984 wieder in den Sinn, als ich anfing, hauptberuflich Bücher zu schreiben. Ich überredete ihn, ins grelle Licht von Las Vegas umzuziehen und ein Quartett von

Liebesromanen mit einem durchgehenden Kriminalfall, der im letzten Band aufgeklärt wurde, zu erzählen. Für Louie, das war sofort klar, war Las Vegas, was für eine Ente das Gründeln im Schlamm ist. Aber er nahm es übel, daß der Lektor von sich aus rund vierzig Prozent seines ... hm, mit Stolz und Freude beigesteuerten Anteils einfach herausstrich. Die Leser schrien nach mehr, nicht nach weniger – ganz wie Louie es vorausgesagt hatte.

Louie, dem Unrecht widerfahren ist – das ist weder ein zivilisierter, noch ein hübscher Anblick. Ich hatte erst Ruhe, als ich mich bereitfand, Louie seine Krallen in etwas Handfestes schlagen zu lassen: Mord mit großem M. (In Anbetracht der erlebten lektoralen Verstümmelungen ist es kein Zufall, daß Louies erster Ausflug in die Kriminalliteratur den Mord an einem Lektor auf einer Buchmesse zum Gegenstand hat.) Louie sagt gern, es gebe acht Millionen Stories unter dem nackten Neon von Las Vegas. Das hier war eine davon. Er hat die Absicht, sie alle zu erzählen, ausführlich und mit seinen eigenen Worten, solange sein »Sprachrohr« mitmacht.

Die Zusammenarbeit mit Louie ist anstrengend, aber faszinierend, und was soll's, zum Teufel – irgendeine weichherzige Lady irgendwo muß es ja schließlich geben, die dem dicken Brocken sozusagen die Pantoffeln hinterherträgt. O Gott, und es ist ansteckend ...

ECON KRIMI

Margaret Maron
Schleichendes Gift
Ein Deborah Knott-Krimi
TB 25119-8

Ein Südstaaten-Krimi: Die neuernannte Bezirksrichterin Deborah Knott arbeitet in ihrer Freizeit mit ihrer Nichte Anni Sue an einem Benefiz-Projekt. Als ein junger Bauinspektor versucht, Annie Sue zu vergewaltigen und später tot aufgefunden wird, stellt sich für Deborah die Frage, ob jemand aus ihrer Familie zu einem Mord fähig ist …

Carole Nelson Douglas
Nachts sind alle Katzen schlau
Temple Barr & Midnight Louie
Ein Katzen-Krimi
TB 25051-5

PR-Agentin Temple Barr muß ihren Erzfeind Crawford Buchanan vertreten und rutscht so in einen Mordfall hinein, in den auch wieder der samtpfotige Schnüffler Midnight Louie verwickelt ist.
Ein Katzenkrimi der allerbesten Sorte …

Thomas Prinz
Mode, Mord und Models
Krimi
TB 25109-0

In Düsseldorf arbeitet Kommissar Kärrner gerade an dem Mordfall eines jungen Amerikaners, während zur gleichen Zeit in Paris der junge Diplomat Thomas Olt das amerikanische Ex-Model Tattry Cohen kennengelernt. Während Kärrner einer Mörderin aus der Modebranche auf die Spur kommt, entwickelt sich die Beziehung zu Olt und Tattry zu einem Spiel auf Leben und Tod.

K 013

ECON TASCHENBÜCHER

ECON